读客®图书

一千零一恋

是今／作品

我以为我只是迷上你的故事，后来发现，我迷上的是讲故事的人

河北出版传媒集团

花山文艺出版社

目录
contents...

一千零一恋

楔子　前缘如梦

S市素来干旱少雨，往年的一雨成秋都极为利索干脆，今年却一反常态地缠绵悱恻。一场雨淅淅沥沥、断断续续地下了一个多星期还没有停歇的架势，整个城市像是从湿漉漉的湖水中打捞出来，透着湿冷清寒的气息。

时针已经指过凌点，夜雨敲窗的声音依旧不断。

江绿汀在键盘上十指如飞地打着字，心里想的却是另一件事：这样的天气，明天还能不能去悟觉寺？

据说初一、十五去最好，明天就是阴历初一。她前几天就和周师傅约好了时间，若是雨一直不停，明天恐怕无法成行。

没想到连着下了数天的雨，竟然在夜间善解人意地停住了。早上八点，出租车如约开到楼下，江绿汀接到司机周师傅的电话，便拿着准备好的东西快步下了楼。

周师傅和她颇为熟悉，这段时间，她频繁奔波于医院和居所，一直叫的都是他的车。

周六早上，市内道路出奇的通畅，四十分钟后，车子开到了城郊的眉山。这是S市周边唯一一座山脉，因为山脊起伏如少女的弯眉，所以名曰眉山。

江绿汀请周师傅在山脚下等候，独自一人踏着石阶上了山。

雨后的山路格外洁净，石阶旁的草叶水灵灵的青翠惹人。半晴半阴的天气、山坳间的蒙蒙青雾，给山色平添了一抹水墨的味道。

江绿汀以前和好友顾淼一起来过几次眉山，春来踏青、冬来赏雪，但这里的悟觉寺却从未进去过。她没有宗教信仰，以往路过，也只是草草留下一眼，隐约有个古朴安宁的印象，没想到有一天会专程来悟觉寺。

步行了二十分钟，便到了山门外。眉山并非名山大川，悟觉寺的香火也比较清冷，只有在每年三月初三庙会的时候才会热闹一阵。平素少有人来，特别是这样一个雨后的早晨。

寺内清幽宁静，好似空无一人。带着湿意的空气分外清新干净，甚至闻不到香火气。参天古树的枝叶不时掉落几滴雨水，滴答一声敲破地上的水洼。

韦陀、弥勒、十八罗汉、四大天王，江绿汀挨个拜过去，最后来到大雄宝殿。

殿内坐着一位午轻的僧人，江绿汀轻步上前，说明来意。

僧人起身，双手合十道："请施主稍候，我去请师父过来。"

江绿汀轻声道谢，看着僧人出了大殿朝右侧的一排厢房走去。

殿中静谧无声，菩萨低眉善目，满面慈悲。

江绿汀跪在蒲团上，双手合十拜了三拜。这段时间她带着兰洲四处看病无果，终于体会到病急乱投医的滋味，一向没有宗教信仰的她也跑来求菩萨保佑。

许过愿，她起身走到大殿门口。

隔断了红尘俗世的寺院，静谧安宁到了极致，偶尔只听见滴答一声残雨。

殿门两侧放有转经筒，江绿汀挨着个地摸过去，走过转角时，意外地发现殿后栏杆处站着一个男人。

或许是因为青墨色的眉山做了背景，或许是因为他身着一袭黑衣，静寂无声地站在空旷台阶之上，这道挺拔修长的身影，像是嵌在一幅空山新雨的画卷中，油然生出一股轩昂而孤清的气势。

听见身后有人，他回过头来。

江绿汀微微一怔，阴雨天，他竟然戴着一副墨镜，而且镜片极大，几乎挡住了他的半张脸。

虽然见不到他的全貌，但高挺的鼻梁和冷峻的下颌，线条优美流畅，无形之中给人一种容颜不错的感觉。

江绿汀收回目光，绕着殿外的转经筒走了一圈，回到大殿。

此时殿中已经多了一位年约六十的年长僧人。

年轻的僧人指着江绿汀道："就是这位施主想要开光。"

江绿汀双手合十行了一礼，将早已准备好的一个红袋双手递给老师父，然后将备好的钱放进功德箱，数目是事先已经打听好的。

老师父用一个托盘将红袋接过去，放在佛前。

红袋里有一块玉佩，还有一张红纸，写着江兰洲的名字和生辰八字。

开光仪式比江绿汀想象的简单，师父念过经文，洒了净水之后将红袋交还给她。

江绿汀看着掌心里的红袋，心里暖暖一热，又重新燃起了希望，哪怕这个希望渺茫如一闪而逝的星火，她也要试一试。

·

走出悟觉寺没多远，已经停了的雨突然又下起来。

江绿汀急忙捂着头朝着山下跑去。

一开始只是零零星星的雨滴，不多时，便哗哗啦啦地拉开了阵势，豆大的雨滴噼里啪啦打得脸生疼。江绿汀目光扫到路边的棚子，无暇多想，手掌挡着脑门便冲进去，等放下双手才发现里面还站着一个人。

她此刻衬衣湿透，紧贴在身上，眼见棚子里有个男人，便立刻背过身去。

和一个陌生男人单独待在一起避雨本就别扭，她身上的衣服又被雨水淋湿，曲线毕露，心里不免有点紧张不安，手里握着手机做好准备，万一这男人有不轨的举动就立刻打电话报警。

良久身后没有动静，江绿汀微微侧身扫了一眼，入目的一袭黑衣很眼熟，原来是刚才在寺院里那个戴墨镜的男人。

江绿汀悄然松了口气，一大早就去寺院里拜佛的人，应该不会有什么歹心，而且此人完全没有和她搭讪的意思。

雨毫无停住的势头，越下越大。棚子里的男人自始至终一言不发，连站立的姿势都一丝一毫未变动，仿佛一座静默的雕像，那种孤高疏远的气息，愈发的浓烈。

江绿汀如此狼狈，自然也不会主动开口找他说话。眼看雨势不停，她便往棚子里面走了走，想要找个地方坐下歇一会儿。

棚子靠着山壁搭起，里面放着一张又破又脏的大方桌，却没有凳子，靠着山体的一角还有个大铁桶，不知道是做什么用的。

雨声噼里啪啦毫无节奏，乱纷纷没有停住的架势，让人心急。

周师傅可能是等得着急，打了电话过来。

此刻大雨倾盆，山上信号格外差。江绿汀捂着话筒，提高声调，一句话重复好几遍，对方才能听清："真是对不起，雨下得太大了，麻烦您等等。车费我会再多付一些，请您……"

话未说完，突然头顶轰的一声响，她还没反应过来发生了什么，头上一阵剧痛，手机已经从她手中摔了出去……

昏沉浑噩中有人在晃她的肩，她吃力地睁眼，隐隐约约看见眼前有个黑色的影子晃了晃，而后，便失去了知觉。

随后的记忆仿佛被抹去，不知过了多久，她稍微有了些意识，好似听见了救护车的声音。

雨滴纷纷打到脸上，她勉强睁开一条眼缝，一张年轻男人的面孔落入眼帘，蒙蒙雨雾中，眉眼清俊却又模糊，依稀像是傅明琮。

他怎么会在这儿呢？这是做梦还是幻觉？

恍惚中的她比清醒时勇敢，理智和克制都不知去了何处，竟然大胆地抓住了他的手。

握在手心里的手掌很凉，湿漉漉的都是雨水，但是触感真实无比。

原来不是梦。

她又惊又喜，忍不住问："你怎么在这儿？"

被她紧紧握住手的人并没有回答，只是往外抽手。

江绿汀急忙扯住他的手指："你记不记得，我曾经送你的那条小狗502？"

黑衣男子听见这些莫名其妙的话，知道她此刻神志不清认错了人，没有回应，只是继续往外抽手。

"你知道502什么意思吗？"她头疼欲裂，每说一个字都觉得异常费力，但却不知从哪里来的一股勇气，想要说出深埋在心里许久的秘密。

从她掌心里抽出一半的手指停了停，他问："什么意思？"

"我要和你，一辈子黏在一起。"

第一章 一千零一夜

两年后，S市曙星双语幼儿园。

江绿汀坐在马桶盖子上，长长吐了口气，然后从上衣口袋里拿出一颗糖剥开放进口中，随着一股清爽的薄荷气息在口腔里弥漫开，焦躁烦乱的情绪也终于平静了一些。

这个S市出了名的贵族幼儿园，学费出了名的贵，孩子也是出了名的金贵，个个出身非富即贵，容不得半点差池。和这些小皇帝小公主们在一起，时时刻刻都要操着心，需要有眼观六路、耳听八方的本事。江绿汀时常恨不得自己三头六臂，后脑勺也长一双眼睛，但即便再小心谨慎，也挡不住偶尔会出点小纰漏。

昨天下午放学孩子们排队上校车的时候，站在后面的靓靓出其不意猛扯了一下嘉嘉的辫子，嘉嘉在校车上哭了整整一路。于是今天一大早，嘉嘉的妈妈刘太太跑到学校兴师问罪。

江绿汀当着她的面，批评了靓靓，让他向嘉嘉道歉。靓靓在家也是娇生惯养的小皇帝，不仅不肯道歉，反而顶嘴，结果刘太太怒不可遏，一巴掌朝着靓靓挥了过去。

江绿汀急忙伸手去挡，这一巴掌便直接扇到了她手背上。

刘太太用了十足的力气，江绿汀的手背顿时跟着了火似的，火辣辣的疼。

她心里气极，却还不得不继续赔着笑脸说好话，直到口干舌燥、精疲力竭，才好不容易将这位趾高气扬的阔太太送走，脑子已经被吵得快要炸开。

学校管理严苛，到处都是摄像头。工作时间也唯有躲在卫生间才能放松片刻。

江绿汀坐在马桶盖子上，揉着隐隐作痛的太阳穴，第一百零一次地涌起辞职的念头，但第一百零二次地又推翻了自己的想法。

她大学修的汉语言专业，就业范围并不宽，去哪个公司能提供食宿、有这么高的薪水、闲暇时可以码字挣稿费、一年有两个长假期？而且，因为霍同同的缘故，她还拿着双倍工资。

呸，人穷志短。

她吸了口气，从马桶盖子上站起来，打起精神准备出去投入新的战斗。

正当她要推开面前的小门时，突然听见外面响起窃窃私语声，腔调很熟悉，是同事秦苏和白雯。

"周末霍家司机来接孩子的时候，她也一起上了霍家的车，你说会不会……"白雯的话遮遮掩掩，欲语还休，但话中意味不言而喻。

秦苏哎哟了一声，阴阳怪气道："还真有心机，霍先生是学校股东，能攀上这棵大树也算是飞上枝头变凤凰了。"

江绿汀放在门把上的手，硬生生停住。

白雯道："可我又觉得不大可能，霍先生怎么会看上她？"

秦苏冷笑："那她周末去霍家干什么？还不是送货上门。"

江绿汀听到此处，终于是忍无可忍，砰一声推开门，将两个一脸八卦的女人吓得一脸苍白。

教职工的女卫生间有六个隔断，只有一个隔间安装的是马桶，一般人都不习惯用公共场合的马桶，即便每天保洁女工消过毒也不例外。

秦苏和白雯看到厕所里没人才敢私下八卦，但怎么都想不到，那个隔断里会有人，而且还偏偏就是江绿汀。

白雯连忙赔着笑叫了声江老师，暗自庆幸自己没有说过激的话语。

秦苏却暗叫倒霉。霍易霆是学校的股东，背后这样议论他，传到他的耳朵里，后果可想而知。

江绿汀胸中怒火只燃烧了片刻便熄灭了。这两年在曙星被小家伙们磨炼出了一流忍功，养出一副刀枪不入的好脾气，也算是一大收获。

她缓了下情绪，浅浅一笑："我周末去霍家，是因为这几个月霍同同的保姆有事请假，霍先生让我周末去霍家带同同。如果你们不信，可以去问章校长。"

她眉眼清丽，唇角生有两个小巧梨涡，笑起来温柔甜美，十分可爱。但秦苏此刻见到她笑，却心惊胆战，生怕她笑容里飞出一把刀来。

"我不过就是霍同同的老师和兼职保姆，我和霍先生没有你们想的那种关系。"江绿汀语气温柔平和，却又掷地有声。

秦苏平素伶牙俐齿，此刻却因为尴尬、紧张、害怕、担忧，竟然一句话也吐不出来，眼睁睁看着她走到镜子前洗手，映在镜中的面孔年轻美丽，从容坦荡。

江绿汀关了水龙头，走出卫生间，绕过回廊来到她所带的班级前。

她停住步子，透过一尘不染的玻璃窗看进去。

教室里阳光明媚，深蓝色布满星星的地毯上，孩子们正跟着外教老师唱英文歌。

霍同同坐在中间第三排，这是班里最漂亮的一个男孩子，也是和她最亲近的一个。通常孩子三岁才送到幼儿园，他两岁就来了，而且是全托。

那时江绿汀初到学校，手头正紧，为了能拿高工资，主动申请上夜班，晚上照顾全托的孩子。

章校长便将霍同同托付给她。

她初来学校，并不知道霍同同就是霍易霆的儿子。刚好章校长的秘书赵歌是她的学姐，从赵歌口中，她才知道霍同同的身份，而且也了解到，他之所以这么小被送来全托，是因为他的父母正在打离婚官司。

霍易霆的前妻名叫鹤羽。这个姓很少见，江绿汀当时听到这个名字便忍不住赞叹："这名字真美。"

赵歌感慨道："你是没见过她，人更美。"

闲聊之中，江绿汀得知了一些霍易霆的八卦。

霍易霆家境优渥，成绩优异，很有经商头脑。大学期间由四六级英语考试而萌生了创业的灵感，和同学合伙开了一家公司做英语培训。经过十年的经营扩展，现已经成为S市最大的英语培训机构，而他的殊荣公司也从教育扩展到其他领域，规模越来越大，如今实力雄厚，资产不菲。

鹤羽原本是霍易霆公司里的秘书，和霍易霆朝夕相处，一直保持着上司和下属的关系，直到一次出差途中，霍易霆乘坐的汽车突然出事，鹤羽冒险将霍易霆从车里救出来，这段关系才得以质变。

霍易霆回到S市便和她举行了隆重而盛大的婚礼，当时人人都道这是一桩美人救英雄的佳话，随后霍同同出生。谁能想到，这么美好的故事，却在霍同同两岁的时候烂尾了。

没有任何人知道两人离婚的原因，据说霍易霆一向洁身自好，没有任何绯闻，而鹤羽婚后在家相夫教子，更没有红杏出墙之说。

时至今日，两人离婚的原因依旧是个谜。

几乎所有的童话，都戛然而止在公主嫁给王子的那一刻。而现实却没有童话那么唯美浪漫，霍同同全托的第一晚哭得地动山摇，水漫金山。

江绿汀怎么都哄不住，后来看到他手里的小汽车，灵机一动说："阿姨给你讲个汽车人的故事，你要不要听？"

霍同同根本就不搭理她，继续哭闹不休。

江绿汀父母都是语文老师，耳濡目染，从小就喜欢文学，中学起就给杂志写过童话故事，大学时开始在网站上连载长篇小说，她的强项就是编故事。顾淼一直说她脑子里的故事，就像是自来水管一样，打开就滔滔不绝。

她并非师范专业，也非能歌善舞，当初能应聘到这个学校，一是因为有学姐赵歌介绍，二就是因为她特别会讲故事，而且有一把动听之极的好嗓子。

"有一天，小斑马皮皮在河边玩耍的时候，突然发现草丛里有两只亮晶晶的眼睛，它吓了一跳，还以为是什么外星怪物，等它蹑手蹑脚走上前，轻轻拨开草丛，这才发现，原来这两只亮晶晶的眼睛，是一辆小汽车的车灯……"

江绿汀随口就编出了一个新奇有趣的故事，绘声绘色讲起来。

霍同同渐渐停住哭闹，听得入了迷，后来在故事中睡着了。

江绿汀看着他湿漉漉的长睫毛，心里很不是滋味。锦衣玉食又如何，没有父母关爱，还不是孤零零的小可怜。

因为同情心泛滥，她对霍同同照顾得无微不至。而离开父母孤零无依的霍同同，也对她格外依赖，每晚都缠着她讲故事，像个小尾巴似的粘着她。

几个月后，霍同同的抚养权毫无悬念地归属于霍易霆。全托变成了日托，晚上由司机接霍同同回家住。

不过，同同已经习惯了江绿汀每晚给他讲睡前故事。

于是，章校长向她转达了霍易霆的一个提议，希望她能继续每天晚上给霍同同讲故事，以双倍薪水作为报酬。

　　江绿汀那时缺钱缺到恨不得像孙悟空一样拔出毫毛变出无数个分身去挣钱，自然一口答应。

　　于是，每晚八点半，她准时拨打霍家的固定电话，给霍同同讲睡前故事。

　　时间飞逝，故事一讲就是两年。

　　她有时候觉得自己就像是《一千零一夜》里的山鲁佐德，只不过，她面对的不是一个暴君，而是一个可爱的小男孩。

　　霍同同从生下来就有一位专职保姆，名叫陈洁。三个月前，她向霍易霆提出辞职，想要专心照顾即将高考的儿子。霍易霆不想另找保姆，便再次通过章校长向江绿汀提出，由她周末暂为照顾霍同同，等陈洁儿子高考完毕。这几个月，会多支付一笔薪水，算她的加班费。

　　时隔两年，江绿汀依旧缺钱，自然也不会拒绝。

　　只是没想到，她的周末"兼职"会让秦苏和白雯产生那种不堪的联想，以为她在打霍易霆的主意。江绿汀低头揉了揉太阳穴，不过是在心里稍稍想了一想"如果有个这样的男朋友会是什么感觉"便觉得身上忽地一冷，赶紧捂住胸口，念了一声阿弥陀佛。

　　周五的下午放学比平时早，四点钟孩子们便排好队，准备上校车。

　　班里二十五个孩子，大部分都是校车接送，小部分是家里的司机或是家长来接。

　　江绿汀把孩子们送上校车，一回头，秦苏惴惴不安地站在她身后，可怜巴巴地眨着眼睛。

　　曙星虽然管理严苛，但提供食宿，薪水丰厚，而且一年有两个假期，学校还组织旅游，这样的工作在S市并不好找。秦苏权衡利弊之后，不得不放下自尊，过来给江绿汀赔礼道歉，以免话传到霍易霆的耳中，失掉这份工作。

江绿汀本来就没打算和她计较，所以听了道歉释然一笑："以后不要无中生有，制造谣言，影响我的名声不打紧，别影响了人家霍先生的名声。"

"嗯，我知道了。"秦苏松了口气，正要说几句好话套套近乎，突然脸色一变，看着江绿汀的身后，小心翼翼地叫了声霍先生。

江绿汀不用回头，已经感觉到一股迫人的气息侵过来。有些人，即便不动声色，手无寸铁，也总是给人一种威压之感，就像是武侠书中的杀手，逼近之时会有一股无形的煞气。

霍易霆显然就是这种人。

江绿汀回过身，心虚地笑了笑。平时都是霍家的司机张弛接送霍同同，霍易霆极少出现，但偏偏今天这么巧，谈论他的时候被他逮个正着，只是不知道他听见了多少。

霍易霆的目光从她脸上一扫而过，越过她投向秦苏，容色清冷如雪峰上的一轮孤月。

江绿汀笔下描述过无数的俊美男人，霍易霆却是她笔力无法描述的那一种，"丰神俊朗""玉树芝兰"这一类的词用在他的身上，只会显得俗气。

"什么名声？"

霍易霆股东的身份已经让人敬畏，再加上他一双眼睛尤其的犀利清冽，目光一瞪，便仿佛利剑直指人心。秦苏心虚得不知如何作答。

江绿汀忙笑吟吟地说："我们正在八卦刚刚离婚的一位明星。"

霍易霆的目光重又挪到她的脸上，江绿汀顿感一张冷气罩劈头盖脸地笼下来，笑容有被冻住的趋势，简直难以为继。

霍易霆淡淡道："我竟然都不知道我何时成了大明星。"

江绿汀打圆场被他点破，立刻窘得面呈绯色。

还好霍同同救了场，拉着她的手，迫不及待要回家。

江绿汀赶紧和霍同同一起上了车，本以为已经逃过一劫，谁知刚扣上安全带，便听见身后霍易霆说："你回头告诉那位同事，我不喜欢被人议论，尤其是无中生有的事情。若有下次，请她离职。"

后果这么严重？江绿汀吐了吐舌头，停了片刻，小声说："其实她没说霍先生坏话。"

"说你的也不行。"

江绿汀怔了一下，完全是条件反射地问了句："为什么？"

霍易霆沉默片刻，冷声反问："你说为什么？"

江绿汀从他语气中听出了不悦之意，不敢再问。

身后静默沉寂，再无一丝动静。车子朝着东城而去，一直开到霍宅，车内的几个人，都集体保持沉默，鸦雀无声。

霍家就建在眉山东侧，隔着一条马路，有一条不知名的河流，河并不宽，清流涓涓，每隔一段，水面上便架着一座木桥。江绿汀不懂风水，但也粗略看出，这是背山面水的意思。

从外表看，霍家根本看不出什么奢华骄横之气，安静沉默地卧于山脚，外墙上爬满了爬山虎，远看还以为那是一座山壁，和这里的山水凝为一体，只有进去之后，才发现内里的乾坤，别有洞天。

江绿汀写小说经常查资料，对家具、古董等也略知一二。可惜，霍家的豪绰是完全看不透来历的那一种，但环境如人，自有一股气场。

江绿汀第一次来霍宅，便对这种气场生出一种惊艳之感。

而第一次见到霍易霆，更加惊艳。

那天霍家司机把她接过来的时候，霍易霆并不在。

一位年近六十的阿姨接待的她。聊天中，她才知道这位刘阿姨原先竟然是霍易霆公司的保洁女工。因为家里负担太重，到了退休年纪还在到处找事做，霍易霆得知之后，便让她来霍家管事。

江绿汀当时心想：这位霍先生对公司的保洁女工都这么厚道体贴，可真是宅心仁厚，温和良善。但很快她就推翻了自己的看法。

霍家宅院挺大，主宅是一座两层楼房，前面是一片整齐的草坪，屋后是花园，两侧对应着各建了一个小楼。左边的这座，一楼作为车库，二楼是客房，刘管家帮她安排住在二楼。

客房的布置有点像是酒店，干净整洁，十分舒适。江绿汀只在霍家待一个周末，所以也没带什么行李，除却笔记本电脑，也就简单的两件衣服和洗漱用品。

在房间收拾东西的时候，一股若有若无的清香从窗户飘进来。她走到窗前往下一看，原来靠近窗户种着几树丁香，淡紫色的花开得清雅无比，香气就是由此而来。

她闲着无事，收拾完了便下楼走进花园。

正值春天，园中姹紫嫣红，开满了各色花卉，草坪修剪得极好。

奇怪的是，草坪中有一片地空裸着，没有种花，也没有铺上草坪，有些突兀。她站在近前看了看，不明白这空出来的一块地究竟是何用意。

再往里走，有一片玫瑰单独被米白色的木栏杆围起，外面种着几树西府海棠。她沿着草坪中的鹅卵石小路走进去，伸手拉过一束开满花的丁香枝丫，低头嗅了嗅。

就在这时，她听见身后响起沉稳而从容的脚步声，不轻不重，不疾不徐，像是很有音律的鼓点。

她回过头，看见一个男人长身玉立，站在海棠树下，隔着高高低低的玫瑰花丛看着她。

满园姹紫嫣红好似都失了颜色，刹那失神之际，丁香枝丫从她手心里弹回去，啪的一下，险些打到她的眼睛。

人生若只如初见，霍易霆的长相属于让人见上一面，便会记得一辈子的那种。

江绿汀惊艳之余，不知怎么，突然间冒出个有点荒唐的念头。

两年前，她从悟觉寺出来避雨，被棚子上掉落的石头砸破了头昏倒在地，醒来后，据医院的大夫说，是一位身穿黑衣的男子背着她下山，叫来救护车。

江绿汀立刻就想到了那个戴墨镜的黑衣男子，因为当时只有他和她两个人在棚子里避雨。他和她素不相识，却冒雨背着她走了二十分钟的山路替她叫救护车，实在是让人敬佩。伤好之后，江绿汀专程去了两趟悟觉寺，希望能再次碰到那个黑衣人，想当面致谢，可惜再也没见过他，其实，即便当面遇见她也未必能认得出来，因为她根本不知道他的样貌，第一面，他戴了墨镜，第二面，她没有见到他的正脸。

霍家就在眉山脚下，霍易霆个子也很高，当年救了她的那个人，会不会是他？

这个念头涌生出来的同时，她又觉得这种可能性几乎为零。

茫茫人海，大千世界，怎么会有如此巧合的重逢？

她在可能和不可能之间翻来覆去推理分析，失眠了大半夜，床单滚得皱巴巴也没推断个子丑寅卯出来。

第二天上午，她顶着两个乌眼圈，刚好在庭院里碰见了霍易霆。

他一手提着桶，另一只手拿着钓竿，显然是钓鱼归来。

春日的阳光，明媚得耀眼，而阳光下的男人，更是耀眼得叫人屏息。

冷傲的气质介于清雅修竹和锋芒利剑之间，身影修长而挺拔，和记忆中的那个黑色身影，依稀有几分相像。

那个猜测就像是一条小蛇，在她的心尖上蹿来蹿去忙碌了一夜，她觉得自己若是不弄个明白，恐怕今夜还要失眠。

看着他手里的小桶，她灵机一动：悟觉寺里有个放生池，如果他信佛的话，说不定会把鱼拿去放生。

于是，她走上前，试探着问了一句："霍先生，这鱼要拿去放生吗？"

心里明知道，这种机缘巧合的概率几乎为零，她还是忍不住激动紧张，心跳的简直比当年给傅明琮送小狗时还要快。

霍易霆用很奇怪的眼神盯了她一眼，言简意赅地说了一个字："吃。"

这个回答就像迎头泼了一盆冷水过来，把她滚烫的心，浇得温度骤降五十度。

但她不死心，眼巴巴望着他又问了一句："霍先生你信佛吗，悟觉寺你有没有去过？"

霍易霆再次用很奇怪的眼神盯了她一眼："去干吗，出家？"

江绿汀："……"

一句话把她激动的心脏彻底给冷静了下来。她脸上的笑容，像是被一坨502给糊住了。扶着僵硬的脸颊，目送着霍先生的俊美背影，她第一次领教了他的高冷犀利。

第二章 一次相亲

如果说第一次见面，江绿汀还曾不知天高地厚地幻想过霍易霆可能是那个救过她的人，基本上第二天她就否定了自己那个天真的设想。随后的几个月，她全方位无死角地领会得更加透彻。

在和他相处了一个周末之后，她就无比肯定，全世界的高个男人都有可能是那个人，唯独霍易霆不可能。

原因有三：一、他不信佛，也不去悟觉寺；二、他对亲生儿子都比较冷，何况对个不相识的路人；三、他有洁癖。她那天摔到地上，糊了一身泥水，可想而知多么狼狈，他绝对不会把脏兮兮的她背到身上。

所以，那位热心快肠的好心人，不可能是他。

推断出来这个结论之后，江绿汀也就淡定地继续把他当一位学生家长对待，只不过，他和其他学生家长截然不同。江绿汀班里的孩子，几乎个个都是父母的掌中宝，被家长百般宠爱，而霍易霆对儿子的态度，却让她很费解。

她在霍家这么久，从未见过霍易霆陪同同玩耍嬉戏，父子之间，总是保持着一种不远不近的距离，同同和他又长得一点不像，两人在一起，不像是父子，而像是严苛的师父和恭敬的弟子，有一种说不出来的奇怪感觉。

相比之下，同同反而更喜欢她，白天的大部分时间都和她在一起，晚上又在她的故事中入眠。

江绿汀带着同同在后花园玩到晚饭时间，洗了手之后去餐厅吃饭。

餐厅就在客厅的东侧，宽敞洁净，灯光通明。

雕花实木餐桌的正中摆放着一丛玫瑰。已经布置好的晚餐丰盛而清淡，白瓷餐具亮洁如新，光可鉴人。一切都完美的像是电影画面，唯有坐在主位上的男主人，因为表情清冷，又沉默不语，无形之中营造出了一股低气压，有点影响食欲。

霍易霆不在的时候，江绿汀和霍同同说说笑笑，轻松快乐。有了他，空气骤冷，就连霍同同的就餐礼仪，都比平时更加注意，小小年纪，端的是一副绅士模样。

在江绿汀的印象中，公司领导者应该常年在外应酬，绝没工夫在家吃晚饭，霍易霆完全刷新了她的观念。他竟然几乎每天晚上都在家吃晚饭，而且周末很少出门，没事宅在家里，最大的消遣就是去门口的河边钓鱼。

钓鱼在江绿汀的心目中，一直是退休老汉的娱乐活动。霍易霆年纪轻轻，身家丰厚又姿容出色，为何不去钓妹子而去钓鱼，江绿汀一直觉得很费解。

饭吃一半，霍易霆突然开口："江老师。"

"霍先生请说。"

江绿汀抬起头，透过玫瑰枝叶的空隙，只能看见他的下半张脸，没有目光的交汇，看不见那双犀利清冷的眼眸，她放松许多，视线大大方方落在他的下颌上，趁机养一养眼。

霍易霆五官清俊，下颌长得尤其好看，有一道浅浅的沟，十分性感。

"明日起教同同背《弟子规》。"

江绿汀爽快地答应了，然后朝坐在身边的霍同同小朋友投去同情的目光。

"爸爸，我吃完了，请您慢用。"

霍同同放下筷子，眨着大眼睛看着霍易霆。

霍易霆嗯了一声作为回应，语气和神情都很清淡。

当初他和鹤羽打官司争夺同同的抚养权，江绿汀以为他对儿子爱如掌珠，谁知到了霍家，却发现并非如此。他给了同同优越的生活，也配了保姆专职照顾，但他自己却对儿子少有温柔和蔼、亲昵宠爱的时候。

江绿汀不知道他是性格严肃所致，还是不善于表达情感。

吃过晚饭，霍易霆竟然破天荒地开车出去了。

霍同同和江绿汀顿觉轻松，彼此交换了一个欣喜的眼神。

霍易霆在家，同同连看动画片都要向他请示，尤其是某些国产动画片，直接被他归入看了会降低智商的范畴，坚决禁止。

等他一走，霍同同就飞快地打开了电视机。

江绿汀帮霍同同挑了一部动画片，里面的小朋友养了一条牧羊犬。

霍同同托着小脸看得津津有味，过了一会儿，自言自语："我也好想要一条狗啊。"

江绿汀看他一副快要流口水的样子，忍不住笑着摸摸他的头："那我送你一只小狗吧。"

霍同同叹气："不行啊，爸爸有洁癖，说狗狗会掉毛。"江绿汀经常给他讲动物小说，特别是猎犬和导盲犬的故事。他一直都很想要一条狗，奈何霍易霆不肯。

江绿汀拿出手机说："不知道有没有不掉毛的狗啊。"

霍同同一看她在百度各种狗狗照片，马上趴在她怀里一起看。

霍易霆回到家，刚好八点。

走到客厅门口，他停住步子。

江绿汀平素在他面前从来都坐得规规矩矩，一本正经，今天竟然"仪容不整"地躺在沙发上。

同同躺在她臂弯里，她举着手机搂着他，两人不知道在看什么，十分投入，竟然完全没注意到他已经走到了门口。

他第一次见到她这样随意的模样，头发披散开，发尾垂下来，滑到印着碧桃花的地毯上，像是掉入花蕊的一团墨，闪着黑色莹光。

裙子下的一双脚光洁如玉，脚背异常白皙，几乎透明。脚趾甲干干净净没有染色，是天然的淡淡粉色。

暖黄色灯光照着一大一小紧紧搂在一起的两个人，画面温馨，有一种异样的恬静和谐，让人不忍打破。

他不动声色地站在门口，听见同同奶声奶气地说："要不然我们用爸爸的剃须刀把狗狗的毛剃掉，这样狗狗就不会掉毛了。"

"哼，掉个毛都不允许，有本事他别掉头发啊。"

江绿汀刚刚吐槽了一句，就听见身后有人清了下嗓子。不轻不重的一声，犹如一声春雷炸在头顶上，吓得她差点没从沙发上滚下来。

霍同同一个激灵马上坐了起来，江绿汀也即刻翻身坐起。

霍先生的挺拔身影立在门口，一脸清冷。

江绿汀鼓起勇气对上霍易霆的目光，犹如被罩在暴雨梨花针下，于是条件反射似的就蹦出来一句废话："霍先生，您回来了。"

我当然回来了，不然你以为站在你面前的是谁？霍易霆赏了她一个"废话"的眼神。

江绿汀觉得自己"跪安"的时候到了，马上说："霍先生，我带同同上楼睡觉。"

霍同同奶声奶气道了声晚安，跟着江绿汀上了楼。

大约是做贼心虚，江绿汀异常敏感地感觉到霍易霆的目光如影随形附着在后背，冷飕飕的如同两把冷箭。

刘阿姨带同同去洗澡，收拾妥当之后，江绿汀坐在他的床头，一边揉着他嫩呼呼的小手，一边给他继续讲孙悟空大战奥特曼的故事。

同同瞪着大眼睛，听得津津有味。

江绿汀讲故事，从来不是拿着书本来念，所有的故事都是她天马行空想出来的，新奇有趣，引人入胜。再加上她的声音特别动听，娓娓动人，所以同同最喜欢周末的夜晚。

故事讲到九点钟，江绿汀便让同同睡觉。霍易霆管孩子严厉的像是军人，作息制度严苛到不近人情，不分周末节假日，晚上九点必定要睡觉，早上六点半必须起床，不得赖床。

可是故事实在太精彩，同同抱着江绿汀的胳臂撒娇："不要停嘛，继续讲……"

"同同乖，该睡觉了。"

霍同同不肯，抱着枕头，在床上滚来滚去，像一只团子。

江绿汀又好笑又头疼。

这时，门口响起一声："同同。"

霍同同的赖皮行为戛然而止，马上乖乖躺好盖着被子闭上眼睛。

单单叫声名字就一切搞定，江绿汀对霍先生的威力佩服得五体投地。

安顿好霍同同，她悄然步出霍家主宅，回到自己房间，打开笔记本电脑开始码字。

除却曙星的工作，码字算是她的第二职业。虽然在曙星的工作责任重大，比较累心，有些家长又蛮不讲理难以应付，但学校每年两个假期可以用来码字，这一直是她不舍得辞职的最大原因。

写作的意义对她来说，不光是金钱上的收入，还是一种精神支撑，当现实世界举步维艰的时候，她至少可以在笔下的桃源忘记忧愁，寄托梦想。她甚至想过有朝一日，还清了所有欠款，就辞职专职码字。

一口气写到十一点钟，她更新了正在连载的小说之后顺便发了一条微博。

"明天请假一天去相亲，后天再更新，祝大家周末愉快。"

微博刚刚发出去，便有了读者回复：

"祝大大相亲成功！"

"大大你今年相亲好积极啊，哈哈哈。"

江绿汀捧着脸哑然失笑，是挺积极，貌似这是第七次相亲了。

打趣调侃以及祝福的留言中，有一条比较另类："你不是说近期不打算谈恋爱吗？"

留言者名叫"湛卢"，是一个熟识很久的ID，也算是她的铁粉。

第一次见到这个名字，江绿汀就有一种奇妙的感觉，因为她的笔名是钉大侠，而湛卢是一柄名剑。因为侠客和剑的关系，"湛卢"一直让她印象深刻。

回复了留言之后，她关了电脑，准备睡觉，一抬头，看见主宅的一扇窗户还亮着灯。

那是霍易霆的房间。

夜色清寂，万籁无声。

霍宅沉睡在晚风中，唯有那一盏灯光，固执而孤冷地亮着。

很难想象霍易霆这样的男人，周末会安分守己、形单影只地闷在家里。再仔细一想，好像很多次周末，他都宅在家里，这和江绿汀想象中的有钱男人灯红酒绿、纸醉金迷的生活大相径庭。

他生活严谨，事业成功，身上仿佛有很多的谜，但又高冷得让人无法靠近前去解开谜底。

江绿汀托着下颌，突发奇想，要不要下一篇文也写一个这样的男主？可是这样的男主，要配一个什么性格的女主才合适？她天马行空地想了一会儿，也没想出个所以然，便洗洗睡了。

翌日一大早，她便起床去爬山，因为在市区里难得有这样便利的条件，更难得有这样清新干净的空气。

晨风清凉，霍宅对面的小河水流清浅干净，波光粼粼。

江绿汀走到山路的拐弯，刚好看见霍易霆正在沿河晨跑。

江绿汀停步，透过灌木丛遥遥望着他的身影。

穿运动装的他仿佛脱掉了一层冰冷坚硬的盔甲，显得更年轻帅气，因为身高腿长，跑步的样子异常好看，有青山碧水为背景，画面极是养眼，便是电视上的广告，亦不过如此。

她心里愈发觉得他不是那个人，因为来了霍宅这么多次，未曾见过他爬过山，也未曾听过他去悟觉寺。

欣赏了片刻，她继续往山上走，到了悟觉寺再折回来。回到霍家时，同同已经起床，梳洗完毕正在玩积木。

七点半，家里准时开饭，早餐很丰富，花样繁多。

霍易霆跑步回来，脱下运动装，换上衬衣长裤，又恢复了那种一丝不苟的板正严谨。

隔着一丛崭新的带着露珠的玫瑰，江绿汀忍不住多看了他几眼。

真是俊美到了极致的一张面孔，只可惜经常冷着脸，不苟言笑。不过，江绿汀发现常年面无表情也有个好处，不容易长皱纹。

两年来，因为对着小朋友笑得太多，对着家长笑得太甜，导致她的眼角多了两条细纹，再看人家霍先生的脸蛋好端端的看不出任何风霜的洗礼，三十岁了，依旧俊美无俦。

餐桌上安静得没有一丝声响，江绿汀和霍易霆因为早上都做了运动，食欲很好，唯有霍同同不想吃东西，对着一堆丰盛的食物难以下咽。

江绿汀正要喂他，霍易霆忽然一本正经地问："江老师会跑步吧。"

这是什么话，她当然会！江绿汀闷闷地嗯了一声。

"江老师，以后还是带同同去跑步吧。"

江绿汀喜静不喜动，上学时候体育项目除了仰卧起坐，其余全都在及格线上徘徊。所以，对这个要求壮着胆子拒绝了，"同同还是跟着霍先生一起跑吧。"反正他每天早上也要跑步，顺便带着儿子就好。

霍易霆闲闲看她一眼："你们水平比较相当。"

江绿汀："……"

霍易霆擦了擦嘴角，起身离开桌子。

江绿汀忙叫住他，"霍先生，我午饭时间请假两个小时，出门一趟。"

霍易霆停步，回头看看她："什么事？"

他比她个子高得多，看她时，眼神也就自然而然地居高临下，无形之中便带着些审视的味道。

江绿汀本来不好意思说实话，可是一对上他的清冽目光，便忍不住从实招来："我去相亲。"

霍易霆挑了挑眉："又去相亲。"

这是准假的意思，但准得叫人生气。"又"是什么意思？怎么听上去像是在讥讽她整天都在相亲？江绿汀听到这个刺耳的字眼，忍不住想翻白眼。

"我有事要出门，你带同同一起去吧。"

霍易霆轻描淡写地扔下一句，便转身走了。

江绿汀心里噗地吐了一口血。

她去相亲带着非亲非故的霍同同这算是怎么回事？无语了半晌，她只好给好友顾淼打电话。

顾淼一听也急了："相亲你带个孩子去是什么意思？不知道的还以为是你儿子呢，霍易霆他怎么能这样啊？"

江绿汀揪着头发叹气："没办法啊，这就叫拿人手短吃人嘴短。麻烦你跟那位沈先生说一声，相亲改在周一吧。"她和别人相反，周末反而没空，出去要向霍易霆请假。

"人家沈先生很忙啊，好不容易约定了改时间不好吧。"顾淼一咬牙，"我和你一起去，我负责带同同当保姆，你负责和沈先生相亲。"

"你这红娘可真敬业。"

"你知道就好，这一次务必要旗开得胜马到成功，才对得起我的一片苦心。"

江绿汀带着霍同同去吃过早饭，在花园里玩了一会儿，然后领他回房，按照霍易霆的吩咐，开始教他背《弟子规》的第一段。霍同同天资聪明，记忆力又好，教起来不难，只是小孩子天性好动，不喜欢背这种枯燥无趣的文字。

折腾到十点钟的时候，江绿汀去卫生间重新洗了把脸，梳了头发。既然去相亲，总不好意思素面朝天，为了表示对相亲对象的尊重，她象征性地涂了一点口红。

收拾完毕，一转身，霍同同站在她身后，眨着大眼睛不解地问："江老师，你为什么化妆啊？"

江绿汀总不能说她要去相亲，而且还要带着他同去。她弯下腰，笑眯眯摸摸他的头发："嗯，老师带你去全世界吃大餐，好不好？"

"全世界"是S市一个比较有名的高档会所，里面有饭店有影城有咖啡馆，最重要的是，有一个儿童游乐场。因为她要带着霍同同去相亲，顾淼临时把相亲的地点改在了这里，打算吃过饭带着霍同同去游乐场，好让江绿汀和沈卓有单独相处的机会。

霍同同对出去吃大餐当然没意见，高高兴兴拉着江绿汀下楼。

走到楼梯拐角，霍同同和江绿汀的脚步很有默契地同时一顿，然后又都很有默契地放轻了脚步。

霍易霆架着长腿坐在客厅的沙发上，单手支颌，眉头紧锁，膝盖上放着一份文件。

通常他这个表情，代表目前审阅的这份文件很重要，需要慎重而理智地思考，所以，绝对不容许任何人打扰，周围要保持绝对的安静，经过之时，就连呼吸都要放轻一些。

江绿汀犹豫着是悄悄"飘"出去，还是轻声打声招呼。

霍易霆的眼皮抬了一下。

江绿汀快速挤出一丝清浅而得体的笑意，心里奇怪：他不是说今天有事要出门吗，怎么还待在家里？

霍易霆眼帘一垂，面无表情道："叫张弛送你。"

"谢谢霍先生，不用麻烦张弛，我朋友来接。"

霍同同眨着眼睛，很孝顺地问："江老师带我去全世界吃大餐，爸爸你去不去？"

江绿汀有点窘，正想说爸爸不去。

霍易霆却抬起眼皮嗯了一声。

江绿汀差点没咬住舌头。

相亲带着他儿子不说，还带着他？开什么玩笑！

霍同同说："那爸爸我们走吧。"

江绿汀快要疯掉了，"悲愤绝望"地看着霍易霆。

霍易霆扫了她一眼，垂下眼皮："你先去，我和人约的是下午。"

江绿汀浑身竖起的汗毛又妥妥地贴服了。原来是他和别人约在"全世界"，还好是下午，不然若是碰见还真是尴尬。

"爸爸再见。"

霍易霆嗯了一声之后，又严厉地补了一句："跟着老师，不许乱跑。"

江绿汀道了声再见，便牵着霍同同的手，出了客厅。

走出霍宅大门，刚好顾淼的甲壳虫开到了眼前。

顾淼摇下车窗，上下打量着她，一脸的没看上："你就穿这个去相亲？"

"怎么了？"江绿汀扯了扯浅灰色长裙，不明所以。这裙子立领长袖，优雅知性，她认为最适合相亲。

顾淼翻了个白眼，"你裹这么紧实是要包邮吗亲？幸好我来得早，还来得及去给你买一件衣服。"

江绿汀道："我没带卡啊。"

顾淼白了她一眼："算我提前送你的生日礼物行不行。"

江绿汀笑嘻嘻摸摸她的头："谢谢顾大小姐打赏。"

顾淼毫不客气地打掉她的爪子，直接将江绿汀和霍同同拉到了自己常去的那个品牌店里。

时间紧迫，也来不及精挑细选，江绿汀随便拿起一件裙子，回头咨询顾淼的意见。

顾淼撇着嘴，一脸嫌弃："拜托，这么老气的款式，我妈都不会穿。你这什么眼光啊，土鳖。"

江绿汀很淡定地将衣服放了回去。因为有霍易霆"珠玉在前"，顾淼这种水平的毒舌攻击对她已经完全没有杀伤力。

顾淼亲自上阵，给江绿汀挑了一件金粉色花苞裙，命令江绿汀去换上。

江绿汀一看是裹胸露肩的款式，表情很是为难。

顾淼不由分说将她推进了更衣室。

等她换好衣服从更衣室出来，顾淼眼睛一亮，兴奋地拍了一下巴掌，"OK，就是它了！"

江绿汀对镜子一看，吓了一跳，这也太性感了。不弯腰还好，一低头，胸前的沟壑都若隐若现。

她捂着胸口抗议："这不行，太暴露了。"

顾淼叉着腰凶巴巴道："你懂什么，相亲就是要露出最大的本钱，能把B穿成D，就绝不能穿成C。"

江绿汀："……"

顾淼不由分说，又替她挑了一双七厘米的高跟鱼嘴鞋，把她的三厘米坡跟鞋啪叽一下扔进了垃圾桶，动作潇洒得让江绿汀心碎。

全副武装之后，镜子里的江绿汀已经华丽变身。

裹胸的裙子勾勒出胸前美丽饱满的曲线，恰到好处地只露出一个让人浮想联翩的起伏，捂了一个冬天的肌肤，光洁莹润，欺霜赛雪。

顾淼摸着下巴，连连点头："嗯，果然是人要衣装佛要金装，这一打扮，也是大美人一枚啊。"

半个小时后，江绿汀一手牵着霍同同，一手挽着顾淼的胳膊，踩着七厘米的高跟鞋，颤巍巍地下了车。

顾淼停住步子，突然面色严肃地看着江绿汀："这一次，我陪着你来相亲，不光是为了替你带孩子，也是为了看着你，有些话，你能不能不说？"

江绿汀知道她指的是那件事，笑了笑，柔声说："我知道你是一片好心，可是我不想欺骗别人，还是实话实说比较好。"

顾淼跳着脚道："大姐，你以为你是天仙啊，别人一见你就神魂颠倒，不顾一切。你能不能和人家培养点感情出来之后再说？"

"有了感情再分手岂不是更痛苦，不如一早就摆明。"

顾淼急道："你知不知道你一天没找到男朋友，对阿姨来说，是沉重的心理负担？"

江绿汀拍了拍胸："所以你看每次相亲我都很积极啊，这么性感的衣服我都豁出去穿了，你还想让我怎么样。"

顾淼翻了个白眼，"积极个屁啊，见人第一面就把家里的情况倒个底朝天，把人都吓跑了。"

江绿汀俏皮地挤了挤眼睛："可是，总有胆子大的吧。我得感谢上天，给了我一个检验真爱的机会。"

顾淼无语地翻了个白眼，指着一排豪车中的一辆白色的宾利道："这就是沈卓的车。"

因为码字的缘故，江绿汀对名车的价钱大致都有所了解。她多此一举地问："他很有钱？"

顾淼白她一眼："高帅富不好吗？他就是传说中的钻石王老五。"

一听对方是个钻石王老五，江绿汀顿时全身心都放松了下来。

成功率为零的事儿，还紧张什么。

走进金碧辉煌的"全世界"，更是给人一种游走于巨幅宫廷油画中的感觉，电梯停到九楼，服务员热情周到地迎上来问候。

顾淼报了房间号，服务员便领着两人走到回廊的尽头。

房门打开，从沙发上站起来一个英俊高大、风度翩翩的男人。

江绿汀一眼看进去，心里便只有一个念头：这种男人，还需要来相亲？

顾淼笑嘻嘻为两人做了介绍，一副职业红娘的派头，非常的专业。

"很高兴认识江小姐。"

沈卓含笑伸出手来，手腕上的一串沉香佛珠，猝不及防地映入江绿汀的眼帘。

"沈先生你好。"江绿汀微笑着和他握手，目光不由自主落到那一串儿佛珠上。自打眉山遇险之后，她对这些东西，总是有莫名的亲切感。

沈卓握手的力道和时间的长短都把握得恰到好处，既不会短到让人觉得冷淡，也不会长到让人反感。

"你好，我是霍同同。"

没想到，霍同同小朋友竟然也伸出了小手，仰着脸很严肃地看着沈卓。

顾森忙介绍道："这是江绿汀的学生，今天家长有事，托江绿汀帮忙带一下。"

沈卓当即弯下腰，握着霍同同的小手，笑吟吟道："你好，霍先生。"

在江绿汀的观念里，一般喜欢孩子的男人，心地都不会很坏。沈卓温柔的语气和举动，再加上高大俊朗的外表，实在很难不让人对他有好感。

因为有霍同同和顾森在，和他会面并没有相亲的气氛，倒像是一场朋友聚会，只不过还带了个小拖油瓶。

霍同同像只小八爪鱼一样牢牢地粘着江绿汀，寸步不离，顾森几次想要带开他，都被他拒绝了，而且小家伙还对她生了戒备，觉得她有点像是传说中的人贩子。

顾森无奈，只好任由江绿汀把他抱在怀里聊天。

话题从S市的天气说起，不知不觉地聊到了旅游。先是九寨沟，然后是云南、海南。由于提到了海，沈卓开始聊起巴厘岛、马尔代夫、夏威夷和太平洋岛国。江绿汀一开始还觉得大家相谈甚欢，后来发现就只有倾听的份儿了。她还没出过国，人家已经在环游世界了。

距离从一张饭桌，延展到了半个地球，她越发觉得她和沈卓之间毫无可能。

这时，饭菜陆陆续续送上来，江绿汀便把话题交给了顾森和沈卓，开始全心全意照顾霍同同吃大餐。

身为介绍人，顾森对今天的相亲，抱了很大的希望。所以这次不惜做电灯泡，全程陪同，希望能玉成此事。

可是，江绿汀显然已经忘了此行的目的，眼神全在霍同同身上，低头给他添菜，挑菜，盛饭，喂汤，简直像是在展示幼儿园老师的工作。

顾淼急了，桌子底下连着踩过去好几脚，江绿汀跟个木头人似的无动于衷。顾淼恼了，手伸到下面拧了一把她的大腿。

江绿汀这才抬起头，笑吟吟地捧着脸听。

吃完饭，顾淼建议去楼上影城看电影。还没等江绿汀同意，霍同同已经拍手赞同："我要看动画片！"

到了楼上影城，顾淼果断地买了四张票，两张是文艺爱情片，另外两张是霍同同小朋友喜欢看的动画片。

她牵过霍同同的小手，对江绿汀挤挤眼睛："同同就交给我了。"

霍同同突然意识到自己要和一个陌生阿姨去看电影，而他的江老师竟然被一个陌生叔叔给领走，立刻果断甩开顾淼的手，紧紧抱住了江绿汀的大腿："我要和江老师在一起看电影，爸爸说过，不能离开江老师。"

顾淼无奈地瞪着这个八爪鱼一样附在江绿汀身上的小东西，难道要强行掰开小爪子拖走？她敢断定小东西一定会哭得把警察都招来，把她当人贩子抓走。

最后的结果是，江绿汀带着霍同同去看动画片，顾淼和沈卓去了另外一个放映厅。

银幕上演着缠绵悱恻的爱情故事，底下的情侣们搂搂抱抱，窃窃私语。顾淼忧愁地吃着爆米花，她和沈卓一起看爱情电影，这算怎么回事。

她心不在焉地去拿扶手支架上的饮料，谁知道，竟然鬼使神差地摸到了沈卓的手。

她吓了一跳，黑暗中，沈卓偏头看看她，眸光黑幽幽的好似也有点受惊。

顾淼窘得想要掀桌，度日如年熬到电影演完，赶紧离开了放映厅。动画片比较短，江绿汀已经和霍同同先出来了，正在大厅里等着她。

江绿汀笑盈盈地问:"好看吗?"

顾淼自打摸了沈卓的手之后,一场电影演什么完全不知道,所以对这个问题避而不答,提议带同同去楼上的游乐场玩。

同同一听,两只眼睛都亮了起来,当即拍手叫好。

顾淼吸取刚才的经验,笑眯眯说:"江老师下楼去给你买好吃的,阿姨先带你上去排队买票好不好?"

霍同同想了想,便点头答应了。

顾淼松了口气,赶紧对江绿汀挤挤眼睛:"快给我们同同买好吃的去。"然后飞快牵着霍同同进了电梯,生怕这小家伙反应过来,又要死缠着江老师。

江绿汀真心觉得顾大小姐不去婚介所工作真是太可惜了。

成功地支开了霍同同,沈卓便邀请江绿汀去楼下咖啡馆坐一坐。

两人下了楼,走进一家装潢非常别致的咖啡馆,名字也取得很别致,叫"曾经"。

和沈卓单独在一起,相亲的气氛便悄然浓郁起来。

江绿汀低头搅着咖啡,有点不好意思看他。

沈卓看着她脸上的红晕越来越浓,禁不住笑了:"你是不是很紧张?其实我才应该紧张,因为我是第一次相亲。"

江绿汀莞尔:"看来我比你经验丰富,这是我第七次相亲。"

沈卓笑吟吟道:"那我叫你师父?"

江绿汀忍俊不禁,正笑着,眼波流转扫到沈卓身后,顿时笑容一僵。

隔着三张桌子的座位上坐着一男一女,女人背对着江绿汀,看不见面容,而男人正巧面对着她,那张脸,她熟悉得不能再熟悉,竟然是霍易霆。

第三章　一幕好戏

江绿汀第一反应就是想要躲到桌子底下。

第二反应是马上把屁股往里面挪了挪。

此刻她真是庆幸自己个子娇小，借助沈卓的身体挡住她完全没问题。不知道她和沈卓一起走进来的时候，他是否看到了她。

江绿汀一边感慨这让人头疼的巧合，一边决定以后相亲一定不来高端场所，S市也就这么大，好地方也就这么多，真是极有可能会碰见霍易霆。

她甚至这会儿都怀疑，是不是以前相亲也被他看见过，不然他今天怎么会冒出来"又去相亲"这句话。

就在江绿汀如坐针毡，想着怎么脱身的时候，突然听见啪的一声，仿佛是杯子猛地往桌子上重重一顿的声音，咖啡馆里本来就很安静，这一声响动便格外的石破天惊，几乎所有人的目光都被吸引到了声音的来源地，江绿汀也不例外，不由自主地看过去。

声音所在，正是霍易霆的那一桌。他对面的女人已经站了起来，高挑的身影完完全全挡住了霍易霆。

江绿汀没有看到发生了什么，但是，旁边一个侍者，马上急匆匆递过去一张面巾，而且一脸忐忑不安，诚惶诚恐。

江绿汀的第一反应便是，霍易霆被泼了咖啡！

第二反应就是，哦，MYGOD，竟然敢有人对霍易霆泼咖啡！

究竟是什么样的女人敢对霍先生下手？江绿汀好奇心快要爆棚。站在霍易霆对面的女人，身姿窈窕，长发披肩，单单一个背影，便让人觉得她一定是个大美人。

她弯腰拿起座上的手包离开了座位，可惜江绿汀只看到她一个侧脸，还未等她完全转过身，霍易霆已经站了起来。

江绿汀顾不得再看，急忙低下头缩着身体，恨不得自己此刻能变成隐形人，因为霍易霆一向高冷傲气，若是发现自己受辱的画面被她看见了，搞不好一气之下会解雇她。

高跟鞋的声音朝着她这个方向飘过来，江绿汀虽然好奇得要命，但还是没敢抬头张望。眼角余光只看见一双白皙如玉、修长美丽的小腿，从她的桌旁走过去。

她真是好想、好想、好想抬头看看这位敢泼霍先生咖啡的巾帼英豪的容貌，可是又不敢抬头，怕霍易霆看见她。

虽然她不想看霍先生的好戏，可是好戏就这样送到眼皮底下，她却不敢看的滋味，着实让人痛苦。

然后，更痛苦的事情发生了。

一双黑色皮鞋，停在了她的桌子旁，貌似这双鞋子有点眼熟。

对面的沈卓站起了身，客客气气的一声"霍先生"简直要把江绿汀的小心脏从胸口叫出来。

沈卓竟然认识霍易霆！江绿汀只能说自己的运气实在是太好，竟然会碰见这种情况。不过，S市也就这么大，两人同为商界人物，彼此相识也很正常。

她简直都不敢看被泼过咖啡的霍先生的表情，可是不看也不行，难道闭着眼睛当自己梦游？

她放下撑着额头的手，假装刚刚看见霍易霆，挤出一丝牵强的窘笑："真巧，霍先生你也在。"

说完，便毫不意外地在霍易霆的眼眸中收获了两个字："废话。"

沈卓笑着问："你们认识？"

江绿汀解释："霍先生是霍同同的爸爸。"

沈卓恍然大悟地笑了笑："原来如此，还真是巧极了。"

"的确是很巧。"

霍易霆对沈卓的态度冷淡到叫人尴尬的地步，这种把人得罪得透透的态度，再次刷新了江绿汀的观念。她一直都以为商场的成功人士应该长袖善舞，谈笑风生，见人说人话见鬼说鬼话。霍易霆这种见人爱答不理、满身锋芒眼高于顶、浑身冒着冷傲气体的人，到底是怎么生存下来的，还真是一个谜。

按道理说，两人在这种场合偶然遇见，怎么着也应该闲聊几句，可是霍易霆完全无意和沈卓多说，打了声招呼，就径直问江绿汀："同同呢？"

江绿汀忙说："他和我的朋友顾淼在楼上游乐场玩，我等会儿就上去接他。"

顾淼以前和霍易霆见过面。

"不必了，我带他回去。江老师相亲要紧。"霍易霆扔下一句，便抬步走了，甚至连和沈卓说声再见都没有。

经历这一幕叫人尴尬而难忘的插曲，江绿汀是一丝丝相亲的念头也没有了。

霍易霆离开一会儿，她便站起身告辞。

"沈先生，不好意思，我要上楼去看看同同。"

"那你明天有空吗？"

江绿汀抱歉地笑了笑："不好意思，我明天有事。"

听到拒绝，沈卓并没有失望或是生气，笑容依旧得体温柔："那我们下次再约。"

江绿汀本来相亲只是走过场，给顾淼和老妈一个交待而已，和沈卓道了再见，便上楼去游乐场。

刚好她出电梯的时候，霍易霆牵着同同的手迎面走过来，一脸局促的顾淼跟在后面。

江绿汀忙对顾淼道："我先回去了。"

顾淼点点头，做了一个打电话的手势。

江绿汀跟着霍易霆进了电梯。灰色风衣搭在他的手臂上，白衬衣的领子，有着很明显的咖啡的印迹，江绿汀猜得没错，他果然被泼了咖啡。难得的是，即便如此，却丝毫不损他的气场，依旧挺拔俊美，巍如玉山。

不用猜测，她也知道霍易霆此刻的心情必定糟糕到了极点，所以小心翼翼跟着他下楼，一路保持沉默。

车子停在露天广场，霍易霆打开车门，让同同先上了车，然后扭头望着江绿汀。大约是心情太差，他此刻的目光也就格外的冷，锋利得像是一把小刀，从她裸露的肩头划过去，所到之处卷起一片凉丝丝的寒气。

她心里莫名其妙地有点发毛，紧张之下，眼睛瞪得很大，长睫毛忽忽闪了闪，像是受了惊的小鹿。

"江老师，今天几度？"

霍易霆的问题有点让人摸不着头脑。江绿汀赶紧拿起手机看了看，然后恭恭敬敬回禀道："十九度。"

说完抬眼，对上霍易霆意味深长的眼神，这才后知后觉地反应过来他在暗示她穿得太少，顿时一张脸窘得通红。

霍易霆好整以暇地看着她脸上红晕如火如荼地燃遍了整个脸颊，这才面无表情地说道："刚才咖啡馆里那个女人是同同妈妈，不要让她接近同同。"

原来泼咖啡的竟然是他前妻鹤羽！江绿汀连忙表示刚才自己什么都没看见，以免霍先生心情不爽殃及池鱼，炒了她鱿鱼。

霍易霆眸光沉沉，忽然将手臂上的风衣递给她："扔了吧。"

"霍先生，我知道怎么洗咖啡渍。"勤俭节约是传统美德好吗，好好的衣服就这么扔掉实在可惜。

霍易霆眯了眯眼眸："你不是什么都没看到吗？"

江绿汀顿时窘红了脸颊。

霍易霆打开车门道："上车吧。"

回到霍家，刘阿姨哄了同同午睡。江绿汀回到房间，正要码字，顾淼的电话打了过来，开门见山就问沈卓怎么样。

江绿汀客观公正地答了两个字"很好"，还没等她说出"但是"，顾淼已经噼里啪啦开始往下说。

"绿汀，我们是无话不谈的好朋友，我说话比较直接你别介意，靠你的工资和稿费，还债要好几年。沈卓家里很有钱，你所背负的那点债务，对他来说根本就不是什么问题，所以我觉得你找个有钱的男友更合适，你别鄙视我太现实。"

"当然不会，我知道你是为我好。可是我不想通过婚姻来改变我的困境，更不想通过一个男人来拯救我。这样我会失去尊严和自我，在他面前永远都觉得矮他一头，没有底气。"

"你说得不错。可是错过了沈卓，你不觉得遗憾？他条件这么好，而且明显对你也颇有好感。"

"不遗憾，我和他不合适。"

顾淼的声音立刻拔高，凶巴巴道："他哪儿不合适了？是鼻子眼睛还是嘴巴，你没试过就知道不合适，你算命仙啊你。"

江绿汀耳膜震得嗡嗡响，连忙把手机拉远了一点，笑道："我和他差距太大，真的不合适。"

顾淼气结，冲口就道："最合适的人是傅明琮，对不对？"

骤然听到这个名字，江绿汀心里仿佛被人扯了一把，脑子里有片刻的空白。

一阵恍惚之后，她矢口否认："不是。"

"你告诉我，你和傅明琮到底是怎么回事？你暗恋他那么多年，好不容易在一起，为什么分手？"

顾淼的每一句话都像是一把锤子，一句一句敲得江绿汀心里隐隐作痛。数年暗恋，终修成正果，转眼却又浮云散。其中原委，她没有告诉任何人，包括顾淼。

江绿汀心里翻江倒海，嘴上却笑嘻嘻道："暗恋是盲目的啊，真的在一起，才知道不合适。"

"胡说。两年前你住院的时候我去看你，我记得清清楚楚，你说人生苦短，说不定哪天天降横祸就一命呜呼，所以要勇敢一点，不让人生遗憾。你那会儿头上缠着白纱布，眼肿得一条缝就迫不及待地给傅明琮打电话，跟人家表白。"

提起往事，江绿汀像是吞了一碗酸辣粉，难过得五脏六腑都在抽搐，却继续嘻嘻哈哈："我当时从鬼门关走了一圈，受了刺激，所以才一时冲动去追他，后来发现在一起不合适，就分手了。"

顾淼哼道："你骗鬼呢。你和他分手，是不是因为兰洲？"

江绿汀摇了摇头，很果断地回答："不是。"

顾淼气道："你为什么不告诉我真相，是不是怕我告诉傅明琮？"

"哪有什么真相假象，只不过是得到了就觉得不过尔尔，所以就分开了。"

和她四年同窗，数年好友，顾淼打死也不信她会这样渣，但江绿汀死活不肯说，她也无可奈何，最终咬牙切齿地挂了电话。

江绿汀坐在沙发上，木呆呆很久没动。

如果不是那次在眉山出了意外，或许她永远都不会有勇气去追求傅明琮。

这是她唯一的一场暗恋，唯一的一场倒追，没想到却以她的"始乱终弃"而收场。其实，最难过的不是得不到，而是得到却又失去，百转千回，终不过是遗憾一场。他一定很恨她，她主动招惹他，却又在追上他之后，甩了他。

回忆如一股失去控制的洪流，冲荡得脑汁一片混乱。江绿汀毫无心思码字，对着电脑整整两个小时，连一句完整的句子都敲不出来，索性关了电脑，扑到床上休息。

霍同同睡了一觉之后精神抖擞，要和江绿汀一起玩捉迷藏。

江绿汀站在海棠树下，背对着花园。按照约定，她数到五十的时候再去找他。

后花园里是个玩捉迷藏的好地方，有花有树，还有太湖石。下午的日光失去了正午时分的炙热，树荫下微风徐徐。

江绿汀数着数，目光漫无目的地流转到霍宅楼顶的东南角时，微微一怔。

主宅只有两层，顶楼上种着花草，放有一架松木秋千，一楼的法桐顺着墙长起来，枝叶刚刚好覆盖了楼顶东南侧的区域，形成一片树荫。

霍易霆竟然就坐在那片树荫下。

日光从枝叶间漏下来，半明半暗地洒在他身上。冷色调的苍蓝色衬衣显得身影清瘦而孤寂，仿佛再炙热的阳光都烘不暖的一座雕像。

隔着不远不近的一段距离，江绿汀很清楚地看见他手上没有书、没有杂志、没有文件，甚至没有一杯水。

她的第一反应便是：他和自己一样，已经坐着发了两个小时的呆。

不同的是，她在回忆她的前男友，他可能在追忆他的前妻。相同的是，她的前男友恨她，而他的前妻，好像也恨他。

还真是同病相怜啊，江绿汀低头自嘲地笑了笑，转身去找霍同同。

和同同小朋友捉迷藏，找到他的时间需要不长不短刚刚好，太短了，人家没有成就感，太长了，小家伙又会失去耐心。

江绿汀其实已经看见了他撅着屁股躲在一块太湖石后，但假装没看见，从他身边走过去的时候，口中还念念有词："哎呀，同同小朋友到底躲在哪儿呢？"

太湖石后传来憋着气的小小的一声闷笑。

江绿汀继续往前走，装模作样到处找。路过草坪中裸露出来的那一块儿空地时，她又不由自主多看了几眼，这到底是干什么用的？

同同在花园里玩了一下午捉迷藏，出了一身汗，去找刘阿姨洗澡换衣服。

霍同同的长相和性格，没一个地方像霍易霆，独独有洁癖这一点却得了他的真传。在幼稚园还好，周末在家，几乎一天要洗好几次澡，换好几次衣服。

江绿汀坐在花园的长椅上，看着夕阳的光影在花树和草叶上温柔旖旎地跳跃，幽然生出偷得浮生半日闲的感触。

夕阳的光渐渐暗下来，同同洗过澡，换了一身干净可爱的衣服，蹦蹦跳跳跑过来，叫江绿汀去吃饭。

江绿汀牵着同同的手走进餐厅。霍易霆刚好从楼梯上下来，银灰色衬衣扎在腰间，显得腿异常得修长笔直，身材好到完胜时装杂志上的男模。

然而江绿汀未敢多看，因为霍易霆的脸色之冷，犹如带着薄薄一层寒霜。

看来，今日午间的那一杯咖啡，至今还在霍先生的心头沸腾。

晚饭的气氛格外沉闷，江绿汀有一种不好的预感。通常人心情不好的时候，总是要找个途径发泄。果然，吃过晚饭，霍易霆以一副皇上御书房考察皇子功课的架势，开始盘问同同的功课。

对于一个四岁的幼儿园小朋友来说，这未免有点小题大做。江绿汀心里不以为然，但也没有立场去反对。

"把今天学的《弟子规》背给我听听。"

江绿汀暗叫不好，同同玩了一整天，上午教的恐怕此刻已经忘了。果然，同同磕磕巴巴没有背出来。

"靠着墙，罚站半个小时。"霍易霆说完，便起身上了楼。

同同的眼泪珠儿马上开始往下掉，江绿汀看得心都疼了。

同同虽然只是她的学生，但两年朝夕相处，她对他的感情已经远非老师和学生这么简单，早已把他当成自己的小侄子来疼爱。而且因为同同没有妈妈，她格外又多了一份怜悯之情，一边替同同擦眼泪，一边忍不住控诉："同同爸爸也太狠心了。"

刘阿姨一向是霍易霆的铁杆粉丝，马上替他辩解："霍先生的心肠不知道有多好，他只是面冷心热。"

"孩子没犯什么错就惩罚，还不够狠心吗？我最看不惯大人心情不好，就把负面情绪发泄到孩子身上，因为孩子弱小不能反抗就为所欲为，根本就是恃强凌弱，"

江绿汀义愤填膺正说着，突然看见霍易霆正不紧不慢地下着楼梯。

完了，他一定是听见了。慷慨激昂的情绪，顿时就瘪得像是跑气的气球，本来因为气愤而绯红的脸颊，瞬时红得更加浓丽。

霍易霆停在倒数第二节台阶上，双手插在裤袋里居高临下望着她，慢条斯理地问："江老师觉得我是在借题发挥，恃强凌弱，发泄负面情绪？"

江绿汀顶着一张红扑扑的小脸，尴尬地想要咬掉舌尖。

"你想太多了，她对我不会有任何影响，无论是心情，还是生活。"霍易霆说完，下了最后一节台阶，阔步走出了客厅。

刘阿姨对这句话一头雾水，迷茫不解。

江绿汀明白他在说什么，但却不明白，他为什么要对她解释这个？

翌日早上，霍易霆竟然当真让江绿汀带着霍同同去河边跑步，而且规定同同要跑到第三座桥。

江绿汀平素也很少锻炼，基本上都是坐着码字，所以跑到第一座桥的时候就气喘吁吁。同同跑到第二座桥的时候，就开始瘪着嘴，跑到第三座的时候，一边跑一边嘤嘤哭。江绿汀好想打110报警霍易霆虐童，外加虐待员工。

半个小时后，餐桌上的霍同同，食欲大开，早饭吃得异样香甜。

刘阿姨喜滋滋说："还是霍先生有办法，一招包治厌食症呢。"

江绿汀撑着脸颊，心里泪流满面，我没有厌食症啊，为什么也要陪跑。

她不满地在微博上吐槽了一下自己的遭遇，结果很快便收到了一条湛卢的留言："体质这么差，还怎么当大侠。"然后是一个很鄙视的表情。

江绿汀："……"

霍易霆照例没有出门，上午在河边钓鱼，于是午饭的饭桌上有一道鲜美异常、香气扑鼻的鲫鱼汤。

江绿汀已经有许多年未曾喝过这种野生鱼汤，毫不客气地喝了两碗之后，忽地忆起自己第一次来霍家，竟然问霍易霆钓鱼是不是要拿去放生。呵呵，现在想想，自己那会儿还真是傻白甜，怪不得当时霍易霆用一种看神经病的眼神看了她一眼。

吃过午饭，刘阿姨照顾霍同同午休。江绿汀回到房间正要码字，手机接到一个陌生来电，竟然是沈卓邀请她一起爬山。

"我听顾淼说，你周末也要带同同。我刚才已经给霍先生打了电话，替你请了两个小时的假，我现在在霍家对面的马路上。"

江绿汀一听到他亲自向霍易霆请假，心都要跳出来。再一听他已经到了霍家附近，只好答应。下楼的时候，她心里便在想，霍易霆接到沈卓的电话，估计脸黑得都可以磨出墨汁写春联了。

沈卓也真是奇怪，其实她昨天已经算是委婉地拒绝他了，没想到他今天居然还先斩后奏地来约她。她又不是倾国倾城的美人，会让他一见钟情。

江绿汀走出霍家大门，一眼看见路边停着一辆红色跑车。

沈卓斜倚在车旁，戴着一副墨镜，看见她出来，扬起手轻挥了一下。

江绿汀看着他脸上的墨镜和手腕上的佛珠，心念一动，突然间就想起了眉山悟觉寺里，那个曾经救过她的人。

只不过，以前在霍易霆那里试探一次碰了钉子，她觉得这世上不会有这么巧的巧合。

所以这个念头只是一闪而过。

沈卓看见迎面走来的女孩儿，忍不住微微蹙眉。

她穿着一件宽松的T恤，脚下踩着一双帆布球鞋，头发随意扎了个马尾。

素颜朝天也就罢了，偏偏她身上这件T恤衫是今年淘宝上的爆款，沈家的小保姆也有一件。

沈卓目光落在这件T恤衫上，简直说不清自己是什么感觉。看来，她是实打实地没有打算和他交往的意思，否则也不会这样随意，一副出门拿快递的模样。

一向女人缘好到爆棚的沈公子突然生出一种被人嫌弃、被人无视的挫败感。

他摘下墨镜，一本正经地问："江老师，你觉得我哪儿不好？"

江绿汀本来一脸轻松自然的笑容，迎头碰见这么个问题，猝不及防就红了脸。

这么直接还真是叫人尴尬。她揉着脸颊干笑:"你哪儿都好,很优秀。"

"既然我哪儿都好,那你为什么对顾淼说我不合适?"

"啊,因为,个子太高。"

沈卓简直啼笑皆非,竟然还有人嫌弃他高!

江绿汀一本正经地解释:"真的,咱们在一起,就跟虚竹带着天山童姥似的,这不大合适吧。"

沈卓忍俊不禁:"你还真是可爱。"

他容貌俊美,天生一双温柔如水脉脉含情的眼睛,笑起来还真是叫人难以招架。

还好,江绿汀自打认识了霍易霆之后,对美色的抵抗力变得非常强大。即便沈卓貌美如花,她也毫不动摇,笑眯眯说自己早上已经爬过山了。言下之意,沈先生自己去就好。可是沈卓却仿佛没听见她的话,自顾自抬步朝着山路上走。

江绿汀揉了揉眉心,只好跟上去。

"我很喜欢爬山,可惜S市也就一座眉山,不够高也不够险峻。不过,眉山雨后的景色很美。"

江绿汀哦了一声,心里嘀咕:雨后,眉山?

沈卓偏头看看她:"你有没有去过悟觉寺?"

"去过。"

"你信佛?"

"我不信的,不过也去寺里求过菩萨。"江绿汀随口说起那件往事,说完之后,揉揉后脑,笑盈盈说:"估计是我平时不信佛,临时抱佛脚,所以菩萨生了气,才砸我一回。"

沈卓忍俊不禁:"菩萨若是如此小心眼,怎么能称之为菩萨。"

江绿汀莞尔。

两人边走边聊，不知不觉，已经快到悟觉寺。

山路边的那个避雨的棚子早已不在，不过这个地方江绿汀却没忘记。山壁旁长着几棵不知名的矮树，结了许多红色的小果子，红彤彤的煞是好看。

沈卓突然停住步子，指着右手边的山壁，笑吟吟问："你还记不记得这里？"

江绿汀整个人都呆住了。

第四章　一个巧合

沈卓看着她，含笑不语。

"是你啊！"江绿汀激动得声音都有些颤抖，"那你昨天怎么没告诉我？"

江绿汀这两年设想过很多次找到这位"恩人"的情景，却独独没想到会是眼前这种场面。他竟然会成为她的相亲对象。这情形离奇巧合得让人震惊，难以置信。

沈卓笑了："我本来是不打算说的，可是你认为我不合适。或许我说出这件事，你会重新考虑考虑。"

"我拒绝并不是因为你的原因，是我不想拖累别人。"江绿汀急忙解释，"两年前我到悟觉寺来，是因为我弟弟兰洲得了不治之症，我来许愿。可惜还是没能留住他。兰洲走了之后，我妈悲恸欲绝，几次病危。兰洲生病本就耗尽了家里积蓄，我妈几次住院，更是雪上加霜。我现在负债累累，找男朋友就是拖人下水，可是不谈对象，我妈总觉得内疚，认为家里拖累了我的幸福。所以，我才去相亲走个过场，让她安心。"

她相亲七次，因为顾淼亲自压阵的关系，沈卓是唯一一位没有第一次见面就告知家庭状况的人，以往六次，只要她说出自己的家庭状况，再交代一下债务问题，基本上连和对方见第二面的机会也不会有，对方只会避之不及。

沈卓不愧是富家子，听到江绿汀说起债务，眼底压根连一丝波澜都没有，反而笑着说："我很欣赏你的坦诚，金钱对我来说，不是什么大问题，我可以帮你啊。"

江绿汀忙说："家里的债务我有信心也有能力处理，只是时间问题而已。谢谢你的好意。"沈卓的热诚，让她有些感动，也有些尴尬。她从未想过通过嫁人来改变自己的经济状况，更何况是曾经救过她的沈卓。

沈卓笑了："反正我不介意的。"

"我不希望带给别人负担，也不希望感情掺杂了别的东西。我希望和对方站在平等的位置上开始一段感情，很单纯的开始，只是因为喜欢。"午后日光照着江绿汀白皙清丽的脸庞，眼眸干干净净地闪着光，一时间让沈卓有些错愕。

"单纯的开始，只是因为喜欢。"这句话仿佛一根柔软的刺，慢慢扎进了心里，让他想起一个人。

他沉默片刻，笑道："好啊，一切随缘，我们先做个朋友如何？做朋友你总不会也拒绝吧。"

江绿汀连连点头，惊喜地说："能做沈先生的朋友，我当然不胜荣幸啊。"

沈卓笑笑："能做你的朋友，我也很荣幸。"

时隔两年，机缘巧合，竟然找到了当日的恩人，而且是通过相亲。江绿汀觉得又不可思议，又欣喜不已。

送走沈卓之后，她回到霍宅，迫不及待地给顾淼打电话，兴冲冲问："你知道沈卓是谁吗？"

"当然知道，我给你介绍的对象！他今天去找你了吗？我把你的电话和霍家的地址都给他了。"

江绿汀兴奋之下，忍不住声调也提高了许多："他是两年前在眉山救过我的那个人。"

顾淼惊道："真的？"

"真的。"江绿汀握着手机，笑容灿烂，"你说我该怎么感谢他，他有钱成那样，我买什么礼物恐怕都入不了人家的眼。"

顾淼笑着打趣："买什么礼物啊，把自己打包送过去以身相许得了。"

"你这思想可太不纯洁了啊。"

江绿汀正笑得灿烂，突然看见霍易霆从东侧的廊下走了过来，手中拿着车钥匙，似乎要出门。

江绿汀连忙收起手机，打了声招呼。

霍易霆停住步子，面无表情地看看她："沈卓走了？"

"是的。"

"他在追你？"

江绿汀没想到他竟然会这么直接地问她这个问题，脸色一红，不知该如何回答。

霍易霆见她红着脸不语，眉头一蹙，又问："你打算和他交往？"

这个问题倒是好回答，江绿汀很快回了句没有。

"那就好。"霍易霆转身便朝着车库走去。

那就好是什么意思？

江绿汀很莫名其妙。霍易霆并非是个八卦的男人，这样打听别人的私事，实在不像是霍易霆的作风。她想起来那天在咖啡馆，他对沈卓一副冷淡冷漠又冷傲的样子。

莫非，他和沈卓有过节？不然他怎么会如此关心她和沈卓之间的关系。

霍易霆难得整整一下午都不在家，而且晚饭也没回来。江绿汀和霍同同乐得轻松自在，饭后散步回来，便坐在沙发上看动画片。

江绿汀虽然对动画片毫无兴趣，但也要陪着同同，于是拿出手机开始刷微博。今天的留言特别多，因为午后江绿汀曾发了一条微博。

"没想到相亲的对象，竟然是曾经救过我的人。生活中的惊喜和偶遇，不亚于小说的离奇和精彩！"

读者的留言，都是贺喜的话语，纷纷祝福她这次相亲能有美好结局，还有读者开玩笑说这就是姻缘天定的意思，让她赶紧以身相许。众多留言中，唯有一条是个异类。

湛卢："世上会有这么巧的事？你有没有仔细确认？"

江绿汀笑着回复："确认过啊，就是他。"

湛卢回了一个省略号。

这是什么意思？

刚好这时，霍易霆从外面走了进来，手机很巧就握在掌心里，江绿汀一眼看去差点生出错觉，觉得刚才回复留言的是他。

同同赶紧规规矩矩地坐好，甜甜地叫声爸爸。

霍易霆应了一声，然后问道："今天的《弟子规》背了吗？"

江绿汀观察他的脸色，似乎有些不高兴。今天下午出门，莫非又去见了鹤羽？

同同眨着大眼睛，乖乖点头。

霍易霆坐了下来，解开袖口，说道："那考考你。"

因为昨天同同受罚，今天江绿汀特意教了他很长时间。本来觉得毫无问题，谁知道霍易霆考的并不是《弟子规》，而是问同同晚饭吃什么，而且用的是英语提问，其流利程度简直不亚于外教老师。

曙星是双语幼儿园，每天都有外教课，简单的英语对话，对同同来说是小菜一碟。早饭还好，面包牛奶都学过，可是晚上的八宝粥和清蒸鲈鱼怎么说？

江绿汀暗暗头疼，同同眼泪汪汪投来求救的眼神。

江绿汀心下不忍，急忙替他求情："霍先生，晚饭吃的是八宝粥和清蒸鲈鱼，这些还没学过，鲈鱼这个单词连我都不会呢，何况同同。"

霍易霆转过视线，眸光落到她脸上。

"江老师大学文凭是买的吗？"

这句话，他若是带着笑说出来，江绿汀也许就毫不介意，只当是句玩笑，可是霍易霆却是一本正经地说出来，简直把江绿汀气得两眼发黑，腾一下站起身走出了客厅。

　　

她自小语文拔尖，小小年纪文章登报，原来也很清高骄傲，但挡不住生活所迫，人穷志短。在曙星这两年，修炼得几乎忘了脾气两个字怎么写，能忍则忍，只当是人生修炼。

今天也不知怎么回事，被霍易霆一激，竟然修为破功。

室外的凉风一吹，她又清醒了几分。霍易霆是学校股东，算是她的老板，她竟然敢拂袖而去，给他脸色看，这简直是要造反啊！

回到房间，她坐在桌前看着霍易霆房间的灯光发了半天的呆，左思右想都觉得以霍易霆的脾气，自己被辞退的下场是不可避免。

虽然一时发泄了情绪很痛快，可是再去找工作，实难如曙星这么如意。她心里乱纷纷地有点烦闷，索性开始收拾东西，做好明早离开的准备。

眼看快要八点半，她下楼去给同同讲故事，这大约也是最后一次。

山鲁佐德讲了一千零一个故事，最终迎来美好结局，她却是卷铺盖走人的下场。

江绿汀慢吞吞走下楼梯，心里说不上来的郁闷。

不知怎么会这么巧，霍易霆正好从花园里出来，看见她便停在海棠树下，仿佛是在等她。

月华如水，即便他站在树影暗处，江绿汀也一眼看见了他。但她假装没看见他，垂着眼帘，低头匆匆往前走。

身后，霍易霆出声叫了她。

她只好停步，看着他从暗处走过来。

小楼廊下的灯光照在他身上，投出一道冷而薄的瘦长身影。暖橘色灯光的缘故，霍易霆的目光看上去比往日柔和些许，只是依旧深邃幽沉，仿佛有说不尽的故事、看不透的心思。

霍易霆走到她面前，低声问："还在生气？"

江绿汀瞬间愣住。

她怀疑是因为夜色昏暗，所以才导致她生出一种错觉，他的这句话，像极了恋人之间闹了矛盾之后的一句求和。

接下来更让她惊讶的是，霍易霆竟然用英语对她道歉！

这简直就跟听见"太阳打西边升起，世界是长方形的，人类是从外星球移民过来"一样的不可思议。

江绿汀一时间有点昏头昏脑，有点不知所措，还有点莫名其妙的委屈。

鬼使神差的她竟然没有受宠若惊，反而气鼓鼓地回了一句："对不起啊霍先生，我大学文凭是买的，听不懂英语。"

说完就转身走掉，还没等她神清气爽地走出几步，就突然清醒过来：他给她道歉，显然是不打算辞退她。

她竟然没有就势下了台阶，竟然还胆大包天地进行了回敬。

去哪儿找这种工作，薪水又高，又包食宿，还有假期。没钱还硬气个屁啊，和人顶嘴能发财吗？负债累累还嘚瑟个毛线啊。

江绿汀在最短的时间内认清了自己是个穷鬼的现实，转身往回走了几步，小声地叫了声霍先生。

霍易霆停住步子，负手看着她。

此刻两人同站在大宅后面的那棵法国桐树下，暗光下，可以看见他的容貌，一双眼却是黑沉沉看不见丁点的情绪。

因为他平素言语不多，江绿汀都是从他眸光中猜心思，练就读心术，此刻完全束手无策，不知道他是否在生气。

霍易霆沉默了大约几秒钟，没说话。

静默让时间格外漫长，江绿汀紧张兮兮地望着黑暗中的"冷面老板"，脸上的笑容都快要枯萎，才听见霍老板慢悠悠发了话："我正想夸你很有骨气。"

江绿汀羞窘得一张脸滚烫，默默咬牙：哼，等我有钱了，一定有骨气给你看。

"您不会生气吧。"

其实她想说的是，您不会辞退我吧。

她站在明处，一双眼睛里仿佛盛满了光，亮闪闪如黑色玛瑙，霍易霆又沉默了几秒没说话，饶有趣味地看着她："我是那么小气的人吗？"

"啊，霍先生您当然不是。"

"这世上，没几个人比我大度。"

霍易霆轻描淡写地说了这么一句话，转身走了。

江绿汀捂着胸口舒了口气，还真是虚惊一场。

周四是学校建立十周年庆典，能歌善舞的老师被组织起来排练节目，江绿汀五音不全，没有参加。

同事魏静这几天生病住院，便把她养的一条黑色泰迪拜托江绿汀照顾几天。小狗名叫"小煤球"，基本上算是大家的共同宠物。下班后江绿汀牵着小煤球在小花园里遛圈，不知不觉想起了她曾经送给傅明琮的那条小狗502。

傅明琮应该早就把它送了人吧。

正在出神，沈卓打来电话，邀请她一起吃晚饭。

江绿汀忙说："我正准备周末请您吃饭呢，今天我请客。"

沈卓一口答应，约了六点钟到校门口接她。

江绿汀把小煤球带回宿舍，然后换了件衣服，准备好银行卡，走到校门口。

没想到沈卓来得这么快，竟然比她还早到。

他本就生得高大俊朗，气宇不凡，身后又停着一辆漂亮的红色跑车，整个人抢眼到路人纷纷注目。

霍易霆的容貌已经好看到万人之上，但他是雪峰上的冰、深谷里的风，沈卓比起他来，是另外一种温暖亲和的俊朗，是指尖的春水、三月的暖阳。

江绿汀做好了准备要破费一番。谁知道，沈卓领她去的饭店，是一家比较雅致的私房菜馆，而且老板娘是他的朋友，怎么说都不肯收钱。名义上，沈卓让江绿汀请客，实际上等于是沈卓请了她。

江绿汀本来是要请客吃饭以示谢意，结果一分钱没花，心里更加过意不去，便问他平时喜欢什么休闲活动，想要继续请他去消费。

沈卓笑了笑："倒是有一个地方蛮喜欢，不过，只怕你不会喜欢。"

"什么地方？"

沈卓卖了个关子，含笑不答。

江绿汀还以为是什么风月场所，心里有点发毛，但既然是请客，也只有硬着头皮舍命陪君子了。

没想到，沈卓带她去了一家名叫镜花缘的茶楼。江绿汀暗笑自己以小人之心度君子之腹。

庭院曲径通幽，闹中取静。两层古色古香的小楼，设了十几个包厢，内里装潢亦是古典雅致，摆放着鸡翅木的座椅和茶水桌。而小楼的对面，竟然还搭着一个戏楼，台上正演着一曲《牡丹亭》。

江绿汀心下感慨，有钱人就是会享受。谁能想到市区里的一条街内，会有这样一处好地方。

侍者拿来茶砖，沈卓亲自煮茶，手法娴熟，令江绿汀大开眼界。带着佛珠的一双手，修长干净，动作极其优雅从容。

煮好茶，沈卓斟了一杯递给江绿汀。他家境之好当不在霍易霆之下，却没有架子，也没有倨傲之气，和他在一起令人放松自如，如沐春风。

幽幽夜色中，戏台上的人仿若身在云端青雾之中，咿咿呀呀的唱词，百转千回，荡气回肠，简直美到如梦如幻，令人沉迷。

江绿汀看得入迷，忽然手机响起。她连忙接通，霍同同奶声奶气地问："江老师，今天你怎么没给我打电话啊？都已经过了八点半了呢。"

江绿汀这才想起来自己竟然把这么重要的事给忘了，连忙道歉。

霍同同耳朵很灵，问道："江老师，你是在歌厅唱歌吗，怎么我听见有音乐啊？"

"不是唱歌，同同你稍等，老师这就给你讲故事。"

江绿汀转头对沈卓抱歉地笑笑："我出去一下。"然后就拿着手机出了包厢。

她走到包厢尽头的一个僻静拐角，靠着栏杆给霍同同讲了一个猎人和白狐的故事，刚好是她前几天给《小童话》投稿的一篇文章。

这边她绘声绘色讲完故事，那边，霍同同依依不舍挂了电话。

江绿汀收起手机，回头吓了一跳，走廊的不远处站着沈卓。

他闲逸地靠在栏杆上，廊下的一盏琉璃灯光华灿灿，如明丽焰火，不远处是戏台上长袖善舞的古装丽人。

他含笑道歉："对不起，我不是要偷听你讲电话，见你许久不来，有点担心过来看看。没想到你在讲故事，我本来要走，却不知不觉听得入了迷。"

江绿汀不好意思地笑了笑："当幼儿园老师，讲故事是基本功。"

两人走回包厢，沈卓给她斟了一杯新茶。

因为沈卓是霍易霆的朋友，江绿汀不想他误会自己和霍易霆之间有什么，便将自己照顾霍同同这件事的原委如实告知。

沈卓脉脉看着她："家人都很支持我找个老师当女朋友，说将来可以很好地教育孩子。果然如此，你将来一定是个好妈妈。"

江绿汀当即被茶水呛住，咳得一脸通红，双目含泪。

沈卓忙道："此乃后话，此乃后话。"

江绿汀越发咳得厉害。

沈卓笑着伸手轻拍她的脊背。

江绿汀一张脸红如胭脂晕染一般："太晚了，我要回去了。"

"好，我送你回去。"

两人离开，沈卓送她到了学校门口。江绿汀下车和他再见。

沈卓胳膊架在窗户上，含笑问她："你明日有空吗？"

"不好意思，明天是建校十周年，晚上我们校长请大家一起去聚餐。"

"那，我们下次再约。"沈卓笑着挥挥手，道了声再见便驾车离去。

翌日是学校十周年庆典，校方举办了大型文艺演出，家长和孩子们在大礼堂一起看节目，热闹了一天。晚上是教职工的聚会，安排在金碧会所，大家盛装出席，隆重程度不亚于年会。

江绿汀没想到，一向深居简出的霍易霆也来了。曙星的股东有三位，除了霍易霆，还有一位姓许，另外一位便是章校长的老公寇志刚。

热热闹闹的人群中，霍易霆依旧是一副高冷清傲、不苟言笑的样子，惜字如金。

而章校长的老公寇志刚和他形成鲜明对比。

寇先生端着酒杯站在章校长身后，笑容可掬，慈眉善目，像足了一个站在成功女人背后的男人，据说在家里还是厨房一把好手，不知引得多少中年女老师的羡慕。

而年轻未婚的女老师，自然都被霍易霆吸引。虽然是离过婚的单身父亲，但年轻俊美，身家丰厚，人群中长身玉立，卓然不群，身上仿佛有一层让人目眩神迷的光。

只可惜因为他太过冷漠清傲，女孩子们不敢贸然上前招呼，只偷偷打量行注目礼。

深谙内情的江绿汀真想对那些抱着旖旎想法的年轻同事们说一句：姑娘们，你们都被他的脸骗了。

聚餐结束，章校长又领着大家去楼上的KTV飙歌。

江绿汀五音不全唱歌跑调，对这类活动素来敬而远之，再加上昨晚忘了给霍同同讲故事，今天无论如何不能再失约。于是提着给小煤球打包的肉骨头，先行一步。

等电梯的时候，她看了看手机，还不到八点，打车回去正好来得及。

电梯门打开，她一走进去，便闻见了一股呛人的酒气。电梯里站着一个面色通红的男人，看来是喝得有点高了。

江绿汀下意识地屏住了呼吸，然后伸手去按关门按钮，没想到那男人也去按，两人的手不巧碰到了一起，那个矮胖男人对着她嘿嘿一笑，样子有些猥琐。

因为今天算是比较正式的场合，江绿汀便穿了相亲时新买的那件金粉色花苞裙。这件裙子不仅颜色漂亮，而且特别显身材，衬得她腰细胸大，肤色如玉。

男人一双带着酒意的眼睛，色眯眯地望着她。

江绿汀感应到一股不怀好意的目光，心里十分地不爽，皱着眉头看着电梯上跳动的数字，终于是到了一楼。

电梯门打开，江绿汀抬步正要往外走，没想到那男人仗着醉意，突然出其不意地伸手去摸了一把她的肩膀。

江绿汀差点没气得昏厥，这色狼真是吃了豹子胆了，竟然敢在这种场合动手动脚。她一咬牙脱下脚上的高跟鞋，反手就照着那男人敲过去。

那男人本以为小姑娘被非礼之后，一定会吓得赶紧跑出电梯，没想到江绿汀不是一般的小姑娘，不仅不跑，还回身反击。

　　一个猝不及防，他就被高跟鞋打中脑袋，惨叫一声连忙护着脸，酒意也被吓醒了几分。

　　江绿汀举着高跟鞋，连着敲了几记。这一招是顾淼教给她的，今天还是第一次用到实战中，没想到威力巨大。

　　这时，电梯门合上又打开，男人匆匆忙忙地夺路而逃。

　　江绿汀追出电梯，扔出鞋子朝着他的后背砸过去，谁知这时刚好另一部电梯门开了，鞋子好巧不巧地直直砸到了一个男人的手背上。

　　鞋子重重摔到地上，江绿汀的心脏也啪一下重重往下一沉。

第五章　一次约会

她砸到的竟然是霍易霆。

怎么就那么巧那么倒霉会砸到他。江绿汀狼狈不堪地单步跳到霍易霆跟前，伸脚套上鞋子，连忙问道："霍先生你没事吧。"

霍易霆蹙眉垂目，用另一只手揉着被砸的手背。虽然一声未吭，但这个动作显然是一种"有事"的标志。

霍先生身娇肉贵，打了他老人家还了得。江绿汀连忙赔礼道歉："对不起啊，霍先生，我不是要砸你，是刚才那个人。"

霍易霆抬眼望望她："怎么回事？"

江绿汀有点尴尬地说了事情的原委。

霍易霆眉头皱得更紧了些，目光扫到她裸露的肩头，然后顺势往下落到了她的裙子上。

江绿汀恍如被送进核磁共振仪里被扫描了一遍。

霍易霆正色道："一件衣服翻来覆去地穿，别人还以为曙星克扣员工工资，老师买不起衣服。"

江绿汀又羞又窘，什么叫翻来覆去地穿，这衣服买回来也就穿第二次好吗。不过偏巧两次都被他看见了而已。

"我送你回去。"

"我打车回学校，不麻烦您了。"

江绿汀走到路边，打算叫出租。

霍易霆将车子开过来，停在她面前，也没说话，给了她一个"上车"的眼神。

江绿汀这几个月已经养成了服从命令的习惯，一看霍易霆严肃不容拒绝的眼神，只好乖乖坐上了车。霍易霆为人低调，车子不如沈卓那般张扬，衣着也素来是冷色调，今日尤其的冷。深色西装，内里是黑色衬衣，他本就相貌冷峻，冷色调深色系的着装，有一种另类的冷硬之美。

她本来还以为他不会搭理自己，没想到车子滑行了片刻，霍易霆便问："你怎么不去唱歌？"

江绿汀如实说道："我唱歌跑调。"

"唱个听听。"

江绿汀一愣，不禁扭头看看他。她已经说了自己唱歌跑调，他居然还让她唱来听听，是开玩笑，还是说真的？

她正琢磨着怎么回答，霍易霆又道："唱吧。"

他完全不是开玩笑，声调里透着一股子不容拒绝的霸道。

江绿汀有点崩溃，这是存心想要看她笑话以排解被高跟鞋砸到的不忿？

不是说男人们都心胸宽广，包容之心如大海山川吗？眼前的这位，显然不在此列啊。

霍易霆又扭头看了她一眼，大有不唱个歌就不原谅她的意味。

江绿汀眼看躲不过去，只好硬着头皮唱了个儿歌。调子跑到哪儿，她已经全然不知道，反正唱完之后，她觉得自己脸上的毛细血管已经纷纷羞愧地自杀身亡了。

她单手捂着滚烫的脸颊，暗暗祈祷他看在她倾情自黑的份上，原谅她刚才的无心伤害。可是事实证明，她想的有点太美好。

"的确跑调得厉害。"

"……"

"你说话声音还不错。"停了停，霍易霆又轻描淡写地补了一刀，"很难想象，唱歌会唱成这样。"

霍易霆一句话说得偏慢，而且中间还刻意顿了顿，于是，这种腔调就格外带了一种钝刀子杀人的味道，慢慢地捅进去。

江绿汀心上血流成河，扭头看着窗外，一个字也不想再和他说了。

停了会儿，霍易霆慢悠悠说了句："约会的时候最好不要去唱歌，会影响你的形象。"

江绿汀奄奄一息地想：我和谁去唱歌了？我有自知之明好不好！

忽然间又想到昨晚她和沈卓去茶楼听戏，同同说她在和人唱歌，莫非他在同同身边听到了，认为她在和别人唱歌？

江绿汀心里大呼冤枉，低声辩解道："我没去唱歌，就是和沈先生去了茶楼听戏而已。"

"沈卓？"

"嗯。"

霍易霆本已阴转晴的脸色，突然又转了阴天。

江绿汀不知道哪里又惹到他，不再轻易开口，以免气压更低。车里再次有成为冷冻冰柜的趋势。还好，聚餐饭店离学校非常近。

车子停在校门口，江绿汀道了声谢，赶紧推开车门。

沉闷气息骤然被迎面而来的夜风吹散，她顿觉轻松，如出笼的囚鸟，扇扇翅膀都可以飞起。

谁知乐极生悲，脚一落地，就听得咔吧一下，鞋跟竟然断了。江绿汀险些崴住脚，及时扶住了车门，才险险站稳。

果然是便宜没好货。路边鞋店转让，大甩卖一百块三双，不过就是敲了色狼几下脑袋，砸了一下霍易霆的手，就这么寿终正寝了。

她弯腰捡起鞋子，琢磨着是一瘸一拐走回去，还是索性赤脚。

犹豫之间，霍易霆已经从车上下来，江绿汀十分窘，赶紧脱了另一只鞋子，准备开路。

"等等。"

江绿汀回头，看见霍易霆打开了后备箱。

"穿这个吧。"

江绿汀没想到他车上放有一双运动鞋，更没想到他竟然如此好心肯借给她穿。似他这种冷傲又冷血的人，能有如此体恤的行为，实在是叫人吃惊。

江绿汀接过鞋子，先是受宠若惊地道了谢，换上之后，笑吟吟说："请霍先生在楼下等我几分钟，我回宿舍换了鞋子，就把你的运动鞋送下来。"

霍易霆看看她，慢悠悠道了句："洗了再还我。"

江绿汀心里顿如一万头角马奔过，她竟然被嫌弃了！哈！她天天洗脚好不好，而且今天因为有聚会，她出门前还洗了澡。

心里刚刚萌生的对他的好感，瞬间烟消云散，她气鼓鼓地跺着霍易霆的运动鞋，走进了学校。

一开门，小煤球就热情如火地扑了过来。

江绿汀换了拖鞋，把肉骨头放到它的食盆里，然后去洗澡。

看着镜子里的自己，她实在是不明白顾森选的这件衣服到底哪里不好看。明明显得她腿长胸大，窈窕高挑。他那什么破眼光，老气横秋，死气沉沉，哼。

洗过澡，刚好八点半，江绿汀开始给霍同同打电话。讲完故事，一天所有的工作，算是告一段落，余下的时间才真正地属于她自己。

江绿汀正要开电脑码字，眼光无意间扫到门口的那双跑鞋，忽地想起来，还要给霍易霆刷鞋！

小说中，她也写过这样的戏码，女主角断了高跟鞋，男主角将女主角打横一抱，七层楼将她抱回家。可是换到她的身上，就成了被人嫌弃、回家刷鞋的下场，这就是小说和现实的差别。

所以说，霍易霆这种高冷的男人根本就不适合当男主角，长得帅也不行。性格实在是不讨喜，经常轻描淡写寥寥几句便能把人气到吐血或是呕到内伤。

江绿汀一边刷鞋，一边吐槽，洗完之后，把鞋子放到阳台上的小凳子上晾着。

第二天，江绿汀一早起来，先带着小煤球出去放风，回到屋子，便去阳台看看霍易霆的鞋子干了没有，今日是周五，下午去霍家的时候，刚好可以还给他。

凳子上只有一只鞋。

江绿汀顿时有一种不好的预感。

另一只倒是很快就在花盆后面找到了，上面点缀着几个豪放不羁的小洞。

江绿汀把鞋子拎到小煤球的眼皮前质问："小混球，是不是你干的？"

小煤球瞪着眼睛，一副完全不知情的样子。

江绿汀撑着额头，有点崩溃。看来，只有买一双新的还给他了。

她拿起鞋子看了半天也不认识这是什么牌子，便打开电脑百度。等找到品牌，再看到价钱，心脏一阵剧痛。

接下来一整天，她都处在被人劫了财的巨大痛苦之中，浑浑噩噩，痛不欲生。

下午放学，张弛来接霍同同的时候，她才想起来忘了把小煤球拜托给同事。于是，便请张弛稍等她片刻，她回宿舍安置小煤球。

霍同同一听她宿舍里有只小狗，扯着江绿汀的手腕不撒手，一定要跟去看。

江绿汀领着他一起回到宿舍。一打开门，小煤球就扑了上来，汪汪汪地咬着江绿汀的裤腿摇头摆尾，又蹦又跳。

小孩子通常都很喜欢小动物，小煤球长得又萌又可爱，霍同同摸着它的小卷毛，简直爱不释手："江老师，我能不能把它带回我家啊？"

江绿汀想都未想地回答："你爸爸肯定不同意。"

"我给爸爸打电话，如果他同意，我们就把小煤球带回去好吗？"

霍同同眼巴巴地看着江绿汀，江绿汀实在不忍心拒绝，把手机递给霍同同。

出乎意料的是，同同接过电话一会儿便欣喜若狂地跳起来，口中欢呼："谢谢爸爸。"

他竟然同意了？江绿汀真有点难以置信。

霍同同喜笑颜开，一路上抱着小煤球不放手。

江绿汀上车之后，拜托张弛顺路在菲达国贸停一下，等她上楼去买样东西。

二十分钟后，车子开到菲达国贸楼下，江绿汀拿着钱夹便匆匆上了楼。这是她百度出来的S市唯一一处可以买到霍易霆那双牌子的地方。

到了专柜，江绿汀很快就找到了霍易霆同款的鞋子，庆幸之余，却又犯了愁。她不知道霍易霆的鞋码，忘了把旧鞋子带过来。

店员非常热情周到，建议她打电话问一问。

江绿汀拿着手机，干笑了两下。

虽然她存有霍易霆的手机号码，但两年来，两人之间从未通过电话。江绿汀根据他平素的冷淡性子揣摩，他应当是极不喜欢被人打扰，而且是这种芝麻小事。

柜员见她犹犹豫豫不打电话，恍然大悟地笑了："哦，您是想给男朋友一个惊喜是吗？没关系，你只管买吧，号码不合适可以来调换的。"

男朋友？江绿汀只不过微微想了下霍易霆这种人当男朋友会是个什么感觉，心脏便硬生生被吓得颤了一下。

柜员开了票请她去交费。

刷卡时，江绿汀签完大名，心脏已经碎成纳米级的渣渣。

她将发票放在鞋盒里，万一尺码不合适再来调换。

回到霍宅，霍同同带着小煤球在后花园里玩得不亦乐乎，破天荒地也不缠着江绿汀了。

江绿汀难得闲适，坐在海棠树下的藤椅上，眼睛看着同同，脑子里构思新文。

"这是你的狗？"

正在出神，身后突然响起说话声，把江绿汀吓得差点从椅子上跳起来。

霍易霆不知何时，站在她身后，虽然在问她话，眼睛却看着霍同同和小煤球。

"是我同事的狗，她住院了，拜托我照顾几天。"

霍易霆双手插在裤袋里，目光随着兴高采烈的同同和疯跑的小煤球移动，看得有些出神，一时半会儿，好似没有立刻离去的意思。

江绿汀把自己刚才坐的椅子往他身边挪了挪："霍先生请坐。"

霍易霆把目光从霍同同身上收回来，低眉问她："这狗叫什么名字。"

"小煤球。"

霍易霆若有所思，停了片刻又问："名字是你取的？"

江绿汀抿着酒窝嗯了一声。

当初这个名字从"巧克力""咖啡豆""黑旋风"等高大上的名字之中脱颖而出，得到大家的一致认可，就是因为这名字接地气，好养活。而且这个名字如此"别致"，绝对不会有重名的情况发生。

霍易霆顿了顿，说了句莫名其妙的话："取名水平没一点长进。"

江绿汀一头雾水，瞪着一双眼睛直愣愣望着霍易霆，不懂这句话是何意思。

霍易霆垂目看看她茫然的表情，没有任何解释，转身走了。

江绿汀赶紧追上去："霍先生，请你稍等。我把鞋子还给你。"

霍易霆停了步子，站在车库小楼的楼梯旁。

江绿汀腾腾腾跑上楼，飞快拿了那双新鞋子下来，冲着霍易霆抱歉地笑了笑："对不起，霍先生，你那双鞋子被小煤球给咬了，我买了一双新的。鞋盒里有发票，若是鞋码不合适，可以去调换。"

霍易霆看了看她，似乎有点意外，但也没有拒绝，伸手接过了鞋盒。

江绿汀目光落到他的手上，不由一怔。没想到昨晚上她砸得这么厉害，他的手背上竟然青了一大片。

江绿汀顿生内疚，小心问道："霍先生，你的手，用不用去医院看看？"

霍易霆淡淡回了句"不用"，抬步便走了。

江绿汀望着他的背影，心里总觉得不妥，思忖了半天，最终还是去找刘阿姨，问她有没有红花油。

刘阿姨关切地问："你怎么了？"

"不是我，是霍先生的手背青了一片。"

刘阿姨莫名其妙地突然笑逐颜开，马上拿来了半瓶红花油，喜滋滋道："我老眼昏花得也没看见。还是你眼亮心细，以后你多关心关心霍先生。"

江绿汀连忙解释："刘阿姨，是这样的……"

刘阿姨眉眼含笑地打断她："你这丫头，我又没说什么，你慌着解释什么，此地无银三百两啊？"说着，推她上楼，"快拿去给霍先生，帮他擦一擦。"

江绿汀本来没觉得有什么，被刘阿姨这一打趣，却有点尴尬起来，犹犹豫豫走到二楼，脚步不由自主地慢下来。

走廊最东头的那一间，是霍易霆的房间。她虽然常来霍宅，却几乎从未前去敲门找过他。

里面悄然无声，好似无人一般。

江绿汀站在房门外，抬手敲门，随着砰砰两声轻响，心脏也好似砰砰了两下。

里面传来一声"进来"。

江绿汀轻轻推开门。这个套间比她想象中还要整洁利落，家具很少，书桌、书柜、沙发、茶几，是一个小型的客厅兼书房。

霍易霆站在落地窗前，回过头来。

即便是在家里，他依旧穿着衬衣长裤，严谨的一丝不苟。衬衣扣子一路扣到领口，旖旎风光一丝不露，不得不说他身材实在是好，能把一件简单的衬衣穿得如此性感，硬生生给人一种让人想要把他的扣子解到第三颗的欲望。

"霍先生，你手背擦点红花油吧。"

霍易霆看看她手中的药瓶，没作声。

江绿汀一时有些尴尬，不知是进是退。

对面的尊神终于发话："拿过来吧。"

江绿汀走上前，把红花油递给他。

他没接，将手背伸了过来。

江绿汀愣了一愣，这是要她给他抹？

哈，还真是懒到了新境界。她好歹也是一枚老师，不是丫鬟。可惜，一想到他是学校股东，再一想到那双倍工资，她就没气节地拧开了瓶盖，认认真真地把红花油倒到霍老板的手背上。

两人之间的距离，史无前例的近，她低头站他面前，几乎能感受到来自头顶的一股隐形压力。沉默的霍易霆仿佛是一只冷峻的雄狮，那种不怒而威的气势，迫人心慌。

慌张之下，红花油倒得有点多，在他手背上流开，眼看要流到地板上，江绿汀急忙伸手去抹。

胡乱在他手背上抹了两把之后，她才后知后觉自己的动作似乎有些不妥，脸上不禁一热，忙撤开了手指，尴尬地说："霍先生你自己揉一揉。"

她肌肤白皙，脸上稍稍带点颜色，便一览无余。

霍易霆目光落到那一层薄透的绯色之上，顿了顿，而后垂目揉着手背，静默无声的房间里，气氛一时有点暧昧起来，江绿汀放下红花油，转身正要离开。

霍易霆说："你跟我去换鞋。"

"是鞋码不合适吗？"

"不是，换一款。"

江绿汀心里吐槽：原来那一双已经不喜欢了？这喜新厌旧的速度未免也太快了吧。她正想说：换鞋子拿着发票自己去就可以了，人家认发票不认脸。

霍易霆仿佛知道她心中所想，淡淡补了一句："忘了地方在哪儿。"

还真是贵人多忘事。江绿汀只好说："我陪您一起去好了。"

霍易霆指了指一旁的卫生间："去洗洗手吧。"

江绿汀走进洗手间，看见盥洗池上的牙刷、剃须刀、须后水，整整齐齐摆放得一丝不乱，几条毛巾搭得方方正正，而且间隔距离是标标准准的十厘米。

整个卫生间简洁干净得胜过星级宾馆，果然是有洁癖的人。洗过手，她也没敢随便用他的毛巾，甩了甩水，转身便看见霍易霆走到了门口，她连忙走出来给他腾位置。

霍易霆进去洗手的工夫，江绿汀等在房间里，目光扫到身边的书柜时，不由一愣。

正中间的几层，满满都是《犯罪心理学》《肢体语言》《心理学研究》等书籍，江绿汀整个人都懵了一下，霍易霆这是兼职当福尔摩斯的节奏？

她好奇地又往下看了看，愈发的一头雾水，一溜儿的商业罪案和刑侦书籍，不幸还扫到了一本《法医鉴定实录》。

她一脸惊诧表情，微微张着嘴。

这看书的品位也太奇怪了吧。

霍易霆已经走到了门口，拿起玄关柜上的车钥匙。

哗啦一声响动让江绿汀反应过来，连忙跟着出来，顺手将他房门带上。

两人下了楼梯，刚好碰到刘阿姨。

她笑吟吟问道："霍先生要出去啊，晚饭快好了。"

霍易霆点点头："我们在外面吃。"

我们？江绿汀正巧下到楼梯最后一阶，差点没一脚踏空。

刘阿姨脸上却笑开了花，连声说好，笑吟吟看着江绿汀。老人家电视上看多了相亲节目，有点草木皆兵。

江绿汀估计是因为自己赔给了霍易霆一双新鞋子，所以他顺便在外面请她吃一顿饭。一想到单独和他一起吃饭，她顿觉胃口全无，坐上车便开始挖空心思地想，如何避免这种让人胃痉挛的事情发生。

偏偏霍易霆是个极沉默寡言的人，惜字如金，一路上一言不发，根本不提在外面吃饭的事，弄得江绿汀心脏郁结得快要打结，她总不能主动说：霍先生你打算请我吃饭吗？

车子开到菲达国贸，江绿汀和他一起上楼到了那个品牌的专柜。

店员认出江绿汀，笑吟吟迎上前招呼，态度热情周到。

江绿汀不好意思地笑："我买的鞋子有点不合适，想来换一款。"她指了指身后的霍易霆，"就是这位先生。"

店员马上热情地说："请先生随意挑。您看中哪一双，我帮您拿下来试一试。"

霍易霆表情淡漠，负着手走到货架前。店员亦步亦趋地跟在他身后，随时准备着为他效劳。

霍易霆沿着货架走了一圈，停下步子，轻描淡写地说了句："没有看中的。"

店员："……"

江绿汀："……"

这个情况完全在她意料之外。霍易霆端着一副过尽千帆皆不是的冷淡表情，俨然满架的鞋子都不入眼。

这可真是愁人。

江绿汀只好扭脸对着店员干笑，好声好气地问："那，我们能不能退货？"

店员赔着笑说："不好意思啊，不是质量问题，我们一般不退，如果非要退货的话，还要找我们经理签字，比较麻烦。"

江绿汀头疼地看着霍易霆，斟酌着措辞，打算斗胆劝他勉为其难地挑一双。

霍易霆负手问那店员："能换成女鞋吗？"

店员马上笑靥如花地回答："当然可以。"

霍易霆朝着女鞋那边扫了一眼，而后冲着江绿汀抬了抬下巴："换成你的吧。"

江绿汀眼睛瞪得溜圆，怔了怔之后，急忙说："不不，我不穿这种鞋子。"买鞋子是为了赔给他，换成她的算是怎么回事。而且，这鞋子这么贵。

霍易霆蹙起眉头，又说了一遍，语气严厉，不容拒绝。

江绿汀怔着没动，柜员马上善解人意地帮她挑了一双女鞋过来。

"请您试试这一双，我们家的鞋子穿着特别舒服，跑步走路都不会累。"

江绿汀做垂死挣扎:"霍先生还是你挑一双吧,我不怎么穿运动鞋,一般都穿高跟鞋。"

霍易霆瞥了一眼她脚上的细高跟,淡淡道:"穿高跟鞋也没高到哪儿,还不如穿平跟鞋。"

毒舌起来简直叫人想要吐血。江绿汀赌气地想,换就换,反正她的心意是尽到了,赔他鞋子他看不上,这可不怪她。

她不客气地要了一双三十七码。

店员将那双女鞋打包装好,笑容可掬地递给江绿汀。

霍易霆已经先行一步,走向了电梯。

江绿汀提着有生以来买得最贵的一双鞋子,真真是心如刀绞,痛不可言。

赌气之后,她又开始后悔。明明是要赔给他的,现在换成自己的鞋子,目的并未达到。

"霍先生,你既然看不上这一家,那我再在别的店给你买一双吧。"

霍易霆伸手按了五楼的按钮,淡淡道:"不用。"

江绿汀继续客气:"那怎么好意思,小煤球把你鞋子咬坏了,我该赔给你的。"

霍易霆低头看了看她,慢悠悠道:"那好,等我看上了什么鞋子,叫你过来刷卡。"

江绿汀咬着舌头欲哭无泪。

电梯停在五楼,霍易霆径直走到儿童专柜,买了点读笔和学习机,还有十几套有声读物,装了满满三个大纸袋。

霍同同很快就要过四周岁生日,江绿汀猜测这是霍易霆给他准备的生日礼物。

她已经可以预想到同同收到这份礼物时的表情。呵呵，正处在贪玩期的小孩子会喜欢这份礼物才怪。

因为东西比较多，江绿汀不好意思让他一个人提着，便主动伸手，想要帮他提一个纸袋。

霍易霆拦住她，单手提着这些东西，一口气拎到车库，连手都没换过。

江绿汀跟在他身后，心道男人果然就是力气大。他提着这么重的东西，还能健步如飞，看来平素跑步还真是很有成效。

霍易霆将东西放到后排，示意江绿汀坐到前面。

车子开出车库，滑入街上的车流之中。此时，夜色刚起，华灯初上。江绿汀发现车子并不是开往回家的方向。

她忍不住问："霍先生还要买东西吗？"

霍易霆淡淡道："我有件事想要和你谈谈。"

"嗯，霍先生请说。"

"边吃边说。"

江绿汀脑仁开始疼，果然是要和他一起单独吃饭了。他打算和她谈什么？他们之间有什么好谈的？江绿汀心不在焉，一路七想八想，除了霍同同，实在想不出她和他之间有什么事可谈。

车子开了半个小时，停到东郊一处湖边。

江绿汀下了车便被眼前景致迷住。

湖边停着一条古色古香的画舫模样的大船，挂着一个大招牌"丽波楼"，船和岸边以一条木栈桥相连。在桥的两旁，挂着一溜儿的红色灯笼，倒映在水光之中，古风古韵，别有风情。

江绿汀平素极少出门，没事就宅在宿舍码字，上一次和沈卓去镜花缘茶楼大开眼界，才知道S市其实有很多地方都很有趣，眼前的"丽波楼"，也算是一方妙处。

大约是远离市区的缘故，船上的客人并不多，置身其中，有些像是穿越时空回到了过去。

坐在桌前，身侧雕花窗户洞开，可以清晰看见湖面上的粼粼波光，夜风清爽带着湿润的水汽，食物精致可口，一切都极好极美，如诗如画。

独独坐在对面的霍易霆，容色淡然，寡言少语，有点煞风景。

江绿汀心想，若是此刻对面坐的是沈卓，定是妙语如珠，让人舒畅。

霍易霆拿出一瓶红酒，让服务生打开，给江绿汀倒了一杯，然后说道："其实，我早该请江老师吃饭，这两年，多谢你对同同的关爱。以茶代酒，敬你一杯。"

江绿汀有点受宠若惊，连忙说了句不敢当，然后很为难地看着面前这杯红酒："我不会喝酒。"

霍易霆亦不勉强，只是建议她尝尝。

江绿汀不饮酒，对红酒也没什么研究，只是看着酒的颜色漂亮之极，想来应该不差。既然霍易霆说没什么度数，应该不会喝醉，于是放心地尝了尝，没想到口感出奇的好，一种很难描述的美妙滋味在舌尖缠绵了许久。

霍易霆抿了几口茶水，将杯子放下，说道："我打算让同同识字，让他自己看书。"

江绿汀手中的杯子停在了唇边，然而慢慢放到桌上。这么说来，以后不再让她每晚给同同讲故事了。那么，双倍工资的好日子也要结束了，怪不得他请她吃饭呢。

她笑了笑："我们学校在教拼音，也有简单的识字课程。"

霍易霆直接说，"那个进度太慢。周末你教他用点读笔和学习机。尽量在暑假前，让他认识常用字，可以自己阅读。"

江绿汀点头，可怜的同同，看来暑假前的所有周末都将在紧张而充实的识字中度过了。

望子成龙是家长的通病，恨不得个个都是神童。曙星已经算是学习任务比较重的幼儿园，别的幼儿园这个年龄段的孩子基本上就是玩耍为主，曙星开有绘画、音乐、英语、围棋等课程。

霍易霆看了看她，"同同学会自己阅读，也免得耽误江老师晚上去约会。"

江绿汀没想到他话题竟然会转到这上面，顿时脸上绯红，接不出下句。她端起酒杯，低头抿酒来掩饰自己的尴尬。

高脚杯里红酒旖旎浓丽，她脸上红晕轻薄通透，两相映衬，叫人想起一些明艳清丽的诗句来。

霍易霆的眸光在她脸上凝睇片刻，却说了一句极其煞风景的话："毕竟你也这么大了。"

江绿汀："……"

刚刚送到嘴里的一块牛腩狠狠嚼了好几下，还是吞不下去，用红酒硬生生冲下去。这么大年纪，呵，总比他年轻得多吧。说话句句带刺，刀刀带血。和他在一起，没被气死还真是奇迹。

江绿汀被霍易霆气得够呛，一想到薪水减半，离还清债务的日子又远了许多，她喝完一杯红酒，又默默倒了一杯。反正霍易霆开车，滴酒不沾。酒开了不喝浪费。

结束这顿沉寂的晚饭，霍易霆去结账，江绿汀先走出船舱。

站在木栈桥上，举目四观，夜色清幽，远处的湖面根本看不见什么景致，黑苍苍一片，近处倒是灯光通明，红灯笼被晚风吹得轻晃，倒影也在水波中荡漾。

江绿汀低头看着看着，突然觉得有点晕，伸手去扶栏杆。

刚好这时身后有人将她稳稳扶住，双臂环过来，扶住她的肩，仿佛半山围住一湖水。刹那间，她恍然心想，若是能有人可以偶尔这样撑着她就好了。背负了许久的负担，潜意识里她真是很想靠着歇一歇。

可惜，这个念头只是弹指一刹，等她扭过头，对上一双深不可测的幽黑眼眸，微醺的酒意，顿时荡然无存。

她匆匆道了声谢，赶紧站直身体，避开霍易霆的搀扶。

霍易霆放开她，复又拽着她的手腕，沉沉说了句："别掉到水里了。"

她手腕很细，他松松一握，便悉数捏在掌中。

江绿汀如被雷劈了一下，低头看着手腕上他的手，确认自己并未出现幻觉。他当真是握住了她的手腕。

霍易霆面色如常，一如既往地看不出什么情绪，自然而然地拉着她往前走。

江绿汀木呆呆走上木栈桥，心里如擂鼓一般怦怦直跳，但只是震惊，绝不会自作多情地认为霍易霆对她有意。

一来，如秦苏所说，霍易霆身家丰厚，她这样的灰姑娘不会入他的眼；二来，霍先生清高冷傲，眼高于顶，从未对她和颜悦色过，言语之间，素来都是夹枪带炮、心上插刀。打死她也不会认为他对她有什么想法。

眼下这般好心，不过是怕她掉进水里淹死，他身为雇主要担负责任罢了。

大红灯笼一盏一盏地从眼前晃过去，风情万种摇曳在晚风中，她这辈子没这么拘谨别扭过，木偶一般硬邦邦被他牵着走，手腕仿佛被他的手牢牢铐住。

木栈桥短短几十米距离，半晌却走不到头，她急了一身的汗，微醺的一点酒意，全被吓醒了。

走过木栈桥，霍易霆放开她，径直去开车。

江绿汀如释重负地松了口气，揉了揉手腕。还好，他拽的是手腕，而不是牵手，不然她会更加窘迫。

上车之后，借着系安全带的工夫，她飞快地瞄了一眼霍易霆。

那张清俊的脸上看不出任何的表情，目不斜视地扶着方向盘，有一种不容侵犯的高冷和不容揣摩的高洁。

江绿汀庆幸自己没有自作多情，将微微受了惊的心脏妥妥放好，然后拿出手机上网打发时间，结果一看到手机屏幕上的时间，便失声啊了一下。

"怎么了？"霍易霆偏头看看她。

"快八点半了。"该到给同同讲故事的时候了。

"就在车上讲吧。"

江绿汀听到这句话，头皮一麻。她实在不想当着霍易霆的面给同同讲故事。这比当着校长的面做演讲报告还紧张。

尤其是她在他面前唱歌，被讥讽得体无完肤的那一幕还历历在目。

可想而知，等会儿讲完故事必定会被他的毒舌损得体无完肤，伤痕累累，血流成河。

可是眼下是无论如何也赶不回霍宅了。夜幕中的S市，街道上车流很少，而且朝着东郊的方向，更是空旷无人。即便如此，霍易霆依旧没有提速的意思，不急不缓，慢慢开着。

江绿汀猜想他或许因为出过车祸，所以开车便格外的谨慎，正如她在眉山遭遇了一场飞来横祸之后，便格外地惜命。

惜命的原因，其实也并非是她怕死，而是因为兰洲已经不在，她若是有个什么意外，她妈肯定也活不下去。当生命不完全属于自己的时候，只有备加珍惜。

时间已经到了八点半，无法再拖。江绿汀只好硬着头皮给霍宅打电话。

霍同同已经被刘阿姨洗得干干净净塞到了被窝里。电话里，还隐隐听见小煤球在旁边哼哼唧唧的声音。

因为霍易霆就坐在江绿汀的身边，她没好意思给同同讲自己编写的那些故事，以免等会儿被他毒舌攻击，而是规规矩矩地讲起《一千零一夜》。

　　她从小就博览群书，这些故事早就烂熟于心。

　　"从前，阿拉伯有个国王，名叫山努亚……"

　　故事讲到九点钟，刘阿姨让同同挂了电话睡觉。

　　江绿汀收起手机，如释重负地松了口气，这感觉就仿佛做完了一场高考试卷，而监考老师就坐在她旁边。

　　"江老师是在讽刺我？"霍易霆突然开口，语气沉沉缓缓，听上去似乎不高兴。

　　江绿汀一时没反应过来他什么意思，眨了眨眼睛："嗯？"

　　"江老师讲《一千零一夜》的故事，莫非是在暗示我就是山努亚？"霍易霆扭脸看着她，车内光线昏暗，愈发衬得他眸光深不见底。

　　江绿汀这才后知后觉地意识到，每晚让她讲故事的人，就是身边坐着的这位霍先生！

　　当着他的面，讲《一千零一夜》，的的确确有讥讽他像暴君山努亚的嫌疑。

　　"我绝对没有这个意思啊，霍先生怎么会是那种人呢。"

　　江绿汀连忙解释，语气诚恳得只差破开胸膛让他看看自己的一颗红心了。

　　霍易霆挑了挑眉，又问了句："那是哪种人？"

　　江绿汀怔住了，总结老板是哪种人这种工作，真的不是她的强项，也不在业务范畴之内。

　　她不想违心地拍马屁，又不能真诚地说实话，只好如实说："我不了解霍先生，不敢妄下断言。"

　　霍易霆貌似有些不悦，没有说话。沉默了一会儿，突然又问："你怎么不讲你自己编的故事？"

江绿汀心里扑通一跳，抬起眼帘怔怔看着他：他怎么知道她讲的故事是自己编的？

霍易霆目视前方，手扶着方向盘，她也无法看到他此刻的表情，只看见一个英俊而高冷的侧颜。线条完美的嘴唇动了动，吐出一句很高冷的话："你以为，我随随便便就找个人天天给同同讲故事？"

这句夸奖不仅没让江绿汀感到高兴，反而受了惊吓。

这么说，他是听过她讲故事了？

霍易霆扭过脸，将江绿汀一脸的震惊和愕然捕捉得一丝不漏。她眼睛本来就大，瞪圆了之后，黑幽幽的两颗眼珠简直像是要掉下来一般，傻乎乎的样子又可笑又可爱。

他心里像是被什么拨动了一下，顿了顿说："你的故事编得很不错，与众不同，别有新意。"

江绿汀的猜测得到了证实。显然她给霍同同打电话讲故事的时候，他也在听。

她简直无法想象，自己讲故事的时候，竟然还有另外一个听众，而且是他。

车内的气氛莫名其妙地暧昧起来，江绿汀脸上一阵一阵地发热。

第六章 一场暗恋

车子开回霍宅，停在她所住的车库楼下。

江绿汀解开安全带，匆匆道了声晚安，便去推开车门。

霍易霆紧跟着她也下了车。

车库外铺着方格子小地砖，因为霍易霆走在身后，江绿汀无形之中有点紧张，结果一不小心鞋跟卡在了小地砖的缝里。可惜这一次，霍易霆没有及时扶住她。

她身子往前一扑，差点摔倒在地，裙子还撕拉一声轻响，搞不清楚是哪里开了线。一想到自己撅着屁股趴到地上的狼狈模样全都落入身后的霍易霆眼中，江绿汀羞窘得都想钻到地砖缝隙里。

她忙不迭地站起身。

一个鞋盒递到了她的手边，正是今晚上调换的那双女鞋。

"衣服不必太贵，但鞋子一定要最好的。"

霍易霆的声音在寂静中愈发显得平静无波，仿佛没什么情愫，但江绿汀却听到了一种隐晦到几乎无法觉察的关切。

"谢谢。"她接过鞋子。

霍易霆越过她身边，先行一步，走向大宅。

望着夜色中的颀长而清冷的身影，她忽而有一种奇怪的感觉。

她赔给他的那双鞋子，未必是他没看上，而是不想要她赔，所以故意换成了一双女鞋还给她。但这只是她的猜测和某种直觉，她无法去求证。依照霍易霆的脾气，必定不会说，而且还会显得她自作多情。

她拿着鞋盒上了楼，脱了脚上一百块钱三双的降价鞋子，再次试了试这双贵得要死的新鞋。

贵有贵的道理，且不说款式如何，穿到脚上真的是轻便舒服到无法形容。

在店里她只顾着心疼钱，只管气恼霍易霆的挑剔和难伺候，未曾仔细感受这双鞋子的舒适度。此刻，她才觉得这双鞋子真的很舒服，也很好看。

"衣服不必太贵，鞋子一定要最好的。"

耳边响起霍易霆的话。

她看着脚上的鞋子，若有所思：只有鞋子舒服，才能走得更远。傅明琼对她来说，如同王子，她奋力穿进水晶鞋走近他，最终还是磨疼了脚跟，主动放弃。

不知道他现在过得怎么样，会不会还在怨恨她。

现实世界让人无奈，还好，笔下可以有写不尽的一生一世。

江绿汀打开电脑，登录了一个废弃许久的作者号。

最开始在网上写故事，纯属是因为个人的喜好，完全没想过名利和金钱，她写的都是短篇童话，没什么人看，但她乐在其中。

后来，兰洲看病花钱如流水，家里捉襟见肘。她舍弃了最开始的笔名绿豆丁，放弃了写童话，开始用钉大侠这个笔名，在一家文学网站写比较受欢迎的热题材，把码字当成一份兼职工作。

《千山万水》是用笔名绿豆丁所写的唯一一篇长篇故事，写的是她和傅明琼之间的故事。她原本想要把这篇文章作为一份特别的礼物送给他。然而，还没等她写到结尾，她和他之间已经结束。

那时，兰洲病重，家里乱成一团，她又和傅明琮分手，双重打击，心力交瘁，自然也没有心力再来继续写完这篇文章。等伤痛慢慢过去，她却不知道该给文中的两个主角安排什么样的结局。她写不来圆满，也不愿写离别，索性放在那里不再继续，就好似这段感情永远都不会结束，永远还有可能。

时隔两年，再看到这篇文章，她心里不胜唏嘘，就像是故地重游到了一个曾经有过回忆的地方。然后，让她意想不到的是，早已荒芜的旧地，却有了一个新游客。

在文章的下面，有一条留言："没有结束，就没有开始。"

留言者的名字是502。

留言的日期很近，就是昨天。

江绿汀觉得自己像是被什么东西打了头，震得耳膜嗡嗡作响，脑子一片混乱不堪。

看童话的读者本来很少，绿豆丁这个笔名放弃之后，那些童话故事基本上就被淹没在滔滔文海之中。只有她自己偶尔还来看一看，回味一下当初的那份初心。

无人问津的旧文下面，如果出现一条普通的留言，她或许也没什么触动，没什么稀奇。但502这个数字对她来说，意义太特殊。

江绿汀无法将这个人归之为普通的读者，又机缘巧合取了个502的网名。

她盯着这条留言，心里翻江倒海一般无法平静。在网上码字的事她只告诉过老妈、兰洲和顾淼。

兰洲已经不在，而老妈当初就很反对自己和傅明琮交往，自然也不可能把自己的笔名告诉傅明琮，让他来看这个故事。想来想去，唯一的可能就是顾淼。

她拿起手机，拨电话给顾淼，开门见山就问："你有没有告诉过别人我的笔名？"

"没有啊，你不是不让我告诉别人吗，怎么了？"

"今天我在网上看到一个人的留言……我怀疑是傅明琮。"

顾淼在电话里沉默了两秒钟，问道："他说了什么？"

"也没说什么。"江绿汀顿了顿，低声说，"看不懂的一句话。没有结束，便没有开始。"

"那你怎么知道是他？这种留言不是太常见了吗？"

"因为，留言者的名字是502。"

江绿汀把当年自己暗恋傅明琮时曾经送过他一条名叫502的小狗的往事悉数告诉了顾淼。

顾淼听罢，慢悠悠叹了口气："我看，你是太想他了，草木皆兵。502也没什么稀奇，我家里就有。难道502被你承包了？不许别人用啊？"

江绿汀揉着眉心，有一种鸡同鸭讲的无力感。

"如果，傅明琮重新回来找你，你会不会再和他继续？"

江绿汀立刻回答不会。

"为什么？"

"因为，都已经过去了。"

"你别骗自己了，江绿汀。"顾淼嗓门提起来，发来一串连珠炮，"如果过去了，即便看到他以本名去留言，你也不会有什么触动，更不会特意打个电话过来问我。"

江绿汀："……"

"你明明还惦记着他，为什么不去找他？"

"没有惦记。"江绿汀的声音小得像是耳语，底气不足。

"连沈卓这样的男人，你都无法入眼，是因为你心里依旧装满了傅明琮，所以放不下别人。你别骗自己了。"

江绿汀迅速败了阵，借口自己要码字，匆匆挂了电话。对一个暗恋了多年的人，怎么可能说忘就忘，说放就放。因为有太多遗憾、太多愧疚，她反而更加地念念不忘，耿耿于怀。

直到第二天，江绿汀心里依旧还在想着那个突然出现的502，不时拿出手机看看那篇《千山万水》下面，可没有新的留言。

霍易霆照旧没有出门，在河边钓了一上午的鱼。傍晚时分才开车出去。晚饭没有霍易霆在，同同和江绿汀都格外的放松，饭后江绿汀带着同同，和小煤球一起去花园散步，顺便消食。

玩累了之后，霍同同回到客厅，和小煤球在沙发上看电视。

江绿汀坐在一旁，托着腮，目光盯着屏幕，却完全不知道在演什么。

这两天，她的心思全被那条留言给打乱了。502惊鸿一瞥再也没有出现过。

正在出神，突然门口响起脚步声，霍易霆从外面走了进来。

江绿汀神游的思维赶紧归位，霍同同也马上规规矩矩坐好，连小煤球都很识相地从沙发上跳了下去，乖乖趴在了地上。

江绿汀本来以为霍易霆会像往常一样，直接上楼。谁知他却走过来，长腿长手往沙发上一坐，直接拿起遥控器，把同同正在看的动画片换了台，开始科学探索。

霍同同看不懂，但也不敢抗议换台，在沙发上百无聊赖地扭屁股，后来打起了哈欠。

江绿汀正觉得时间煎熬，刚好有个电话打了进来，她心里暗喜，赶紧借机走出房间。

沈卓的电话真如及时雨一般，让人高兴。

"你好，有事吗？"

沈卓叹气："家里逼婚太紧，心情很郁卒，中午能不能请我吃个饭？"

这种求安慰求抚摸的语气，简直让江绿汀想笑。

"我先去向霍先生请个假吧。你也知道，周末其实是我的加班时间。"

"我明白，中午刚好霍同同午休，应该没问题啊。"

江绿汀挂了电话，正要回到客厅去找霍易霆，刚好他走了出来。江绿汀便向他请假。

霍易霆嗯了一声算是答应，突然又停住步子，问道："什么事？"

江绿汀觉得霍易霆最近有点异常，好似对她的行踪特别关注，若是不说清楚，估计还会继续问，索性直说要请沈卓吃午饭。

霍易霆的目光一冷，问道："你不是不和他交往吗？"语气明显不悦，好似在指责她一直骗他似的。

江绿汀本不想多说她自己的私事，但霍易霆一直关注她和沈卓的交往，她虽然不明原因，但也不想他一直误会，索性就将两年前沈卓救过她一次的事情说了出来，免得霍易霆以后再问东问西。

霍易霆听完之后的反应非常让她惊讶。

他微微勾起唇角，冷冷呵了一声。

江绿汀难得见到他笑。他此时此刻的表情，亦算不得是真正的笑，如冰山冷玉上绽开的一丝神秘而华丽的纹路，清绝得叫人惊艳。

怔然之际，霍易霆已经抬步下了台阶，绕过回廊朝着后花园走去。

江绿汀莫名其妙，一看时间不早，便领着同同上楼，安顿他睡觉。

回到后面的小楼，江绿汀进房间第一件事便是打开电脑。《千山万水》下面一片寂静荒芜，那条留言，就像是一个投到古井中的石头，沉寂入底，再无回声。

江绿汀除了怅然、迷茫、疑惑和猜测，什么都做不了，只能作罢。

翌日中午，沈卓开车到霍宅门口，接江绿汀前去吃饭。席间，江绿汀忍不住再次向他道谢。

沈卓笑着说:"朋友之间客气什么,说不定以后我有事让你帮忙。"

江绿汀听到朋友两个字,心里一热,当即道:"如我所能,一定倾尽全力。"

沈卓笑意加深:"我开玩笑的,你个小姑娘,肩不能挑手不能提,能让你帮什么忙。"

江绿汀笑着叹气:"我不是小姑娘,都二十六了。"

沈卓学着她的样子,也叹了口气:"照你这么一说,我这三十多岁已经老得要掉渣了,对吗?"

江绿汀莞尔,停了一会儿,说:"我有件事一直挺好奇,那天在悟觉寺,阴天你为何戴个墨镜啊?"

沈卓笑道:"当然是为了帅。"

江绿汀好笑:"帅给寺院里的师父们看?"

这个解释她当然不信。

沈卓瞟了她一眼,一本正经道:"说来你可能不信。那时我失恋,眼睛哭得又红又肿,所以戴着墨镜。"

这个解释,她更加不信。

且不论沈卓的身份家世,但就这副让人意乱情迷的面孔,性情又温柔体贴诙谐,怎么可能会被人抛弃?要失恋,也是他让别人失恋才对。

她笑着摇头。

沈卓控诉:"你看,你不仅不同情安慰,还在这儿没心没肺地笑,亏我那天背着你下山,累得像条落水狗。"

江绿汀连忙笑着道歉。

吃完饭,沈卓顺便拉着江绿汀一起逛商场,要给祖母买个礼物哄她开心。"不然她老人家天天唠叨我。"沈卓指了指自己的脑袋,"看我最近是不是头大了一圈。"

江绿汀噗地笑了。

沈卓佯作生气："没同情心。"

江绿汀笑眯眯地说："我回头帮你介绍，我们学校单身女老师特别多，能歌善舞的更是比比皆是。"

沈卓揉了揉眉心："怎么听着我就跟卖不出去的东西，四处推销似的。"

江绿汀笑得直不起腰来。

到了商场，沈卓给祖母买了个翡翠挂件。购买过程很短暂，不问价钱，看中之后便利落刷卡，没有所谓的打折还价、心疼纠结、左挑右选之说。

江绿汀突然想到，很快就是同同生日，既然来了商场，不如顺便给他买一件生日礼物。于是，便上了五楼的儿童专柜，想要给他挑一件衣服。

沈卓艳羡地叹气："我上学的时候，怎么就没碰到像你这样又漂亮又有爱心的女老师呢。"

江绿汀莞尔："那是因为你没有发双份薪水给老师啊，沈先生。"

两人说说笑笑朝着服装专柜走去，突然沈卓笑容一怔，步子停下来。

江绿汀顺着他的目光看去，也是一怔。

玩具专柜前站着一位身材高挑、长发披肩的女子，面对着他们正在挑选遥控飞机。

简简单单的黑色上衣，白色短裙，一双漂亮笔直的大长腿，身材好到让人无法移开目光，而更让人无法移开目光的是，一张脂粉不施却足以让人看上十分钟的脸。

江绿汀没想到竟然有长相和身材都如此完美无缺的美人，便是影视明星，亦不过如此。

沈卓停步凝睇着美人，江绿汀只当这是男性见到美女的一种自然反应，正暗自好笑，没想到沈卓突然开口："鹤羽，真巧。"

江绿汀惊讶地瞪大了眼睛。

难道这就是霍易霆的前妻？

沈卓怎么认识她？

转念一想，沈卓认识霍易霆，当然没道理不认识他曾经的妻子。

鹤羽抬起眼帘，江绿汀顿觉一泓秋波徐徐蔓延过来，眸中有几乎让人沉溺的光。

"你好。"鹤羽和沈卓打招呼的方式，有些冷淡，似乎两人只是泛泛之交、点头之缘。

江绿汀听刘阿姨提过鹤羽离婚之后，对亲生儿子不闻不问，所以先入为主，对她的印象并不好。但她美成这样，却也极难让人生出反感。

真是矛盾至极的一种体验。

江绿汀本以为沈卓和鹤羽打了招呼就会走开，谁知他又替她向鹤羽作了介绍。

鹤羽本以为江绿汀是沈卓的女伴，所以连打招呼的欲望都没有，此刻才知她就是同同的老师，当即便绽开了笑颜，态度来了个一百八十度的大转弯，热情之极。

"原来是江老师，幸会幸会。"

江绿汀笑笑："你好，同同妈妈。"

"江老师，我正要去学校拜访你，没想到今天这么巧，在这里遇上。"

江绿汀并不想卷入别人的私事之中，尤其是霍易霆的私事，毕竟她现在在曙星工作，霍易霆也算是她的老板。而且她猜测，霍易霆和鹤羽之间恩怨颇深，于是，聊了几句，便借口有事先行一步。

在服装专柜替同同选了一套衣服之后，江绿汀便和沈卓一起走出商场。这时，突然身后有人叫她，江绿汀停步扭过头，只见鹤羽匆匆走到跟前，双手递了一个礼盒过来。

"这是我的一点心意，请江老师收下。"

江绿汀因为写文章的缘故，大致认得一些奢侈品牌，一看这个礼盒的商标便惊了一跳，连忙推辞。

鹤羽的语气真诚恳切："这两年多亏江老师关照同同，我真的很感激，一时仓促也没怎么挑选，请江老师收下我的一点小小心意。"

江绿汀说什么也不肯收，几番推辞，匆匆离开。

坐到沈卓的车里，她心里还在想，这世界真是小，竟然会偶遇鹤羽。

沈卓突然道："当年霍易霆的那场婚礼，真是让人难忘。"

江绿汀不知道他突然而来的这一句感慨，是羡慕还是遗憾。

她自己从来不在意形式，因为再盛大的婚礼，也只是绚烂一时。繁华散尽，一样要有柴米油盐，感情终归要由浓烈转入平淡。能敌得过岁月之刀的日日打磨，才算是修成正果。

回到霍家，同同正在午睡。

刘阿姨看见江绿汀买给同同的新衣服，忍不住叹道："你对同同可比他妈妈还好，他妈离婚了就拿着钱出国，对孩子不闻不问的。"

"说来很巧，我刚才看见了她了。"

"是吗，她回国了？"

"应该是有一段时间了吧。"

"那怎么不来看看儿子？"刘阿姨啧啧叹气，"心可真够狠的，同同要是有你这样的妈妈就好了。"

偏巧说到这句话的时候，霍易霆从外面走过来，江绿汀顿时窘得一脸红晕。

霍易霆像是什么都没听见，面色如常地从她面前走过去。

周一回到学校，江绿汀简直忙得不可开交。照顾一个霍同同和照顾二十五个孩子，完全不可同日而语。每一个孩子都不能怠慢，不能疏忽。

熬到下班，江绿汀感觉自己耳中塞得满满都是小孩子的各种叫声，许久才能静下心。

她真的很想辞职专职码字，写作才是她真正喜欢的事情。但现实和理想之间的距离，目前对她来说，还很遥远。所以她还需忍耐和坚持。

在学校餐厅吃过晚饭，她正要回去，手机接到一个陌生的来电。女人的声音清脆动听，婉转温柔，听上去有点陌生，又有点熟悉。江绿汀正要问对方是谁，对方自报家门，竟然是鹤羽。

江绿汀惊讶地怔了怔才反应过来，忙说了声你好。

"江老师，我能不能见您一面？"

江绿汀有点为难。虽然她不知道霍易霆和鹤羽之间有过什么纠葛和恩怨情仇，但那天，她亲眼所见鹤羽泼了霍老板咖啡，两人的关系势同水火。如果她和鹤羽见面，传到霍易霆耳中，必定会惹得他反感。

她正要拒绝，鹤羽又说："江老师哪怕抽出五分钟时间都行。今天没空，明天后天都可以，我可以等的。"

江绿汀无法推辞，只好约她明晚八点，在学校门口见面。

翌日晚上，江绿汀走到学校门口时，鹤羽已经等在那里。

她手里提着一个深咖啡色的提包，不知里面装的什么，看上去非常沉。依旧是很简单的装束，脂粉不施，首饰全无，却格外衬托出她出众的容颜。

"江老师，我们去找个咖啡馆坐坐吧。"

"不用，"江绿汀笑着指了指路边的面包房，"就在这儿吧。"

她只想速战速决，不想卷入霍易霆的家事。

两人走进学校旁边的面包房，在靠窗位置坐下，叫了两杯果汁。

即便如此近的距离，鹤羽的容貌依旧完美到毫无瑕疵，江绿汀身为女人，都有些移不开目光，心里真真是弄不懂，这样的绝色佳人，霍易霆他怎么舍得离婚。不过，一想到她离婚后立刻出国，两年来对霍同同不闻不问，江绿汀对鹤羽的好感又消失得荡然无存。

鹤羽双手捧着杯子，含笑说道："江老师一定会认为我是个无情无义、狠心绝情的母亲，竟然两年都不来看儿子一眼。"

她如此坦诚，江绿汀倒不知道该如何回应，违心地否认却又不肯，只好笑了笑，略有点尴尬。

鹤羽的语气忽而变得凝重起来："其实，我爱同同，胜过我的生命。"

第七章 一个伏笔

江绿汀听到这句话，第一反应是不相信。既然这么爱，为什么两年来从来不见她来看望过同同？

"你知道吗，我从知道自己怀孕的那一天就辞职养胎。因为怕买的菜里有农药，我在花园里开了一块地，亲自种菜，我还开车去郊区农民家买鸡粪，当菜地里的肥料。"

江绿汀突然明白了霍家草坪中的那片空地是怎么回事，原来是鹤羽开垦的一片菜地。

"同同生下来，我坚持母乳喂到一岁半。我每天给他拍照，每天记录他成长的一点一滴，你看，这都是同同的照片。"

鹤羽打开了她随身所带的皮包，江绿汀原本还担心这是鹤羽带给她的礼物，没想到会是十几本影集。

鹤羽打开影集，一页一页地翻给她看。

"你看，这是同同从出生的第一天起，我给他拍的照片，几乎是一天一张。这两年来，我就是靠这些照片撑着自己一路走下来。你可能无法想象我有多爱他，但为了他，我真的愿意付出一切。"

鹤羽的眼睛有些湿润，低着头似乎想要平息自己的情绪。但抬起头的时候，脸上却是两行清亮的水迹。

江绿汀暗暗惊诧，难道自己一直都误会了她？

"两年前的那场官司，其实没打的时候，我就知道我的胜算是零。但我依旧没有放弃，请了最好的律师去争取。我知道结果一定会输，因为我不够强大，我争不过霍易霆。"

"所以，我用两年的时间来让自己变得更强。我出国留学拿到硕士文凭，回国应聘到ZH集团任总裁助理。"

"我不再是个没有经济来源的家庭主妇，也不再是个没有抚养能力的母亲。"

"我离开，不是放弃，而是为了卷土重来。"

"我会从霍易霆手里拿回同同的抚养权。这一次，我一定要赢。为此，我会不惜一切代价。"

鹤羽几乎像是宣誓一般，激动坚定，一句一顿。话语之间，有动人心魄的力量。

一席话把江绿汀感染得心潮澎湃，鼻子发酸。这份看上去很"绝情"的母爱真是让她挺感动。

"谢谢你这两年来对同同的关照。我听说你每晚都给同同讲故事，连周末也没休息过，一直带着他。"

江绿汀有点羞惭："那是因为学校多给我开了一份工资。"

鹤羽真心诚意地说道："不，你付出的爱远远超过了那份报酬。因为我知道带孩子有多么辛苦、多么费心，你这两年来真的很不容易。我都不知道该怎么谢你。"

"您太客气了，这都是我该做的，而且，我很喜欢同同，和他在一起，自己也很开心。"

"江老师，我能不能到学校看看同同？"

"这恐怕不行。"江绿汀连忙解释，"我们学校管理很严，必须有接送卡才可以进到学校接送孩子，没有接送卡，保安那里根本无法通融。"

鹤羽失望地哦了一声。

"你可以和霍先生商量。"

"霍易霆不肯让我见同同,没办法,我才想到求你。我知道这样让你很为难,可是我已经两年没见到同同,真的很想念他。"

"我很想帮你,可是这是学校的规定,我真的没有办法。"

鹤羽的表情失望得让人不忍多看。

江绿汀很抱歉地起身告辞。

回到学校的路上,她一直在想,霍易霆为何不肯让鹤羽见同同?

霍易霆虽然是个不好相处的人,但心地不差,不然也不会留刘阿姨在霍家。还有陈洁,这几个月没来霍家上工,他一样开给她薪水,留着职位专等她儿子高考完毕。给自己支付双倍薪水,也只不过是晚上给同同讲些故事而已。

即便是有钱人,也并非个个都出手如此大方。这样的霍易霆,不该是个冷酷绝情的人,对别人都可以宽容大方,为何独独对鹤羽如此冷酷?江绿汀实在猜不透其中的原委。

周五的傍晚,江绿汀和同同一起回到霍家。

晚饭时分,霍易霆准时回来,三人吃饭时的气氛一如往日。

江绿汀不知道是不是自己多心敏感,总觉得霍易霆今天好似一直在盯着她看,看得她心里有点发毛。他总不会是发现自己见过鹤羽吧?

转念一想又不可能,这件事就她和鹤羽知道,鹤羽当然不可能告诉他。

但不知道为什么,但霍易霆今天的气场实在是太奇怪,目光深不可测,带着一抹意味深长的探究,让她如坐针毡。

吃过饭,霍易霆叫住她:"江老师,我有事要和你谈,你到书房一趟。"

江绿汀愈发的紧张,把霍同同交给刘阿姨,便轻步上了楼。

门并没有关，霍易霆站在书柜前，背对着她。一看到那一排排的犯罪心理学之类的书籍，江绿汀马上就有一种做了坏事被叫进警局的感觉。

她举起手指，轻轻叩了叩门："霍先生。"

霍易霆没有回头，手中抽出一本书，很随意地翻开，语气淡淡："江老师，有些事不是你想的那样。"

完全让人摸不着头脑的一句话，江绿汀的反应是："……嗯？"

霍易霆扭头看看她，目光深邃莫测。

江绿汀瞬间有种直觉，他是不是知道了什么。但他什么也没说，转头将那本书又插回了书柜中，然后又淡淡说了一句："有些人，也不是你想的那样。"

有些人，指的是谁？鹤羽？她能想到的也只有鹤羽了，莫非他知道自己和鹤羽见过面，想到这儿，她脸色微变，有点不敢看霍易霆的眼睛。

霍易霆走到书桌前坐下来，什么也没说，十指交叉放在桌上，一道冷静犀利的眸光直扫过来，沉沉落到她的脸上。

霍易霆好整以暇地看着她白皙的脸上，渐渐浮上来一抹一抹的红晕，仿若云霞般渐浓渐深，像是一层层的胭脂抹到一块雪玉之上。

这种心理战她怎么会是他的对手。

他什么都不消说，她的脸色便暴露了一切，

霍易霆语气一如既往的淡然："看来，江老师是见过她了。本来我还只是猜，现在确定无疑。"

"对不起啊霍先生。"既然已经被发现，江绿汀也不做解释和辩解，低了头乖乖认错。

霍易霆看着她一脸红晕地扇着眼睫毛，发现她认错的样子……很可爱。

他本来就没打算发脾气，对着这样一副面孔，自然更加的没脾气。

甚至，说话的口气都放软了许多，不然感觉自己是在欺负小姑娘。

"算了，我只是不想你受骗。"

江绿汀抬起眼帘，迷迷瞪瞪地望着他。什么意思？难道鹤羽在骗她？不能吧，那些照片和日记，还有草坪上空着的菜地，怎么可能作假？

霍易霆欲言又止，换了个话题。

"下周四是同同生日，他爷爷奶奶会从X市过来给他过生日，晚上你也一起过来。"

江绿汀的第一反应就是想拒绝。霍家人给同同过生日，而且还有霍易霆的父母在，她一个外人参与其中，是个什么意思？

"霍先生，这不大方便吧？"

"有什么不方便的，你也不是外人。放学我过去接你们。"

霍易霆言简意赅地替她做了主，江绿汀只好答应。

到了晚上，她打开电脑，照例先去《千山万水》那篇文章下扫了一眼，这一看，顿时觉得浑身的血都像是沸腾了起来。文章下面有了一条新的留言，而且是半个小时之前，但并不是502。

让她激动不已的是留言的内容：你好，我是××出版社的编辑，如果方便，请加我QQ，想就出版事宜与你聊一聊。

江绿汀惊喜交集，几乎毫不犹豫地立刻登录了QQ，加了这位编辑的号码。没想到晚上这位编辑也在线，通过验证之后，江绿汀很快就和这位网名风冷翠的编辑聊了起来。

她让江绿汀写一份《千山万水》的内容简介给她。因为这篇文章没有写完，她不知道结局到底如何。因为很多读者不喜欢悲剧结局，所以她要先找江绿汀确定一下，然后再报选题。

江绿汀当然不想放弃这个机会，当即给了肯定的回答，然后又问："您怎么发现这篇文章的？"

风编辑倒是很爽快，直言是有人推荐给她，然后她一看就觉得非常不错、非常感人。

江绿汀听到有人推荐，心里怦然一跳，当即就问："您能告诉我是谁推荐的吗？我想谢谢他。"激动之下，她敲字的手指都有点微微颤抖。

"这个，我不能说。他让我保密。"

江绿汀心潮澎湃，无法自持，不死心地又问了一句："是男是女，可以说吗？"

风编辑笑了："这个可以说，是个男人。"

江绿汀顿时手软到连打字的力气都没了。她几乎可以肯定，在文章下留言署名502的那个读者，就是傅明琮，向风冷翠推荐出版的人，也是他。

"没有结束便没有开始"是让她放下过去，重新开始？还是说，他已经放下了过去，已经不再怨恨她，有了新的开始？

往事潮水般涌上来，在心里翻江倒海，一波一波，层层叠叠。她拿出手机，低头看着拨号键。和傅明琮分手之后，她换了新的手机号码，傅明琮的号码并没有存在号码簿里，但是那一串儿数字她一直记在心里。

她缓缓拨了几个数字，又一个一个删掉。

宁愿此事成谜，也无勇气再和他联系。

周四这天，是同同的生日。放学时，霍易霆亲自到校接同同。

江绿汀一想到一会儿要见到他的父母，有些紧张。车子停到霍家的车库。江绿汀牵着同同刚刚下车，一位衣着得体、端庄秀丽的中年女人从廊檐下疾步走来，笑吟吟地冲着同同伸开了双臂。

同同欢快地扑上去叫了声奶奶。

江绿汀忙含笑问好。

孟涵笑吟吟打量着她："我早就听说有位江老师，一直很关照同同。没想到是个年轻漂亮的女孩子。"

江绿汀不好意思地笑。

同同摇着孟涵的手撒娇："奶奶，爷爷在哪儿？我的礼物带来没有啊？"

孟涵笑着拍了一下他的小屁股："在客厅里，快去吧。"

同同马上飞奔进了屋子，霍易霆并没有追上去，不紧不慢地走在江绿汀和孟涵身后。

江绿汀走进客厅，看见一位和孟涵年岁差不多的男人正抱着一条小金毛犬，同同一边跳，一边欢呼："爷爷爷爷，你是世界上最好的爷爷。"

孟涵问："那奶奶呢？"

"奶奶是世界上最漂亮的奶奶。"

"看我孙子多会说话。比他爸强多了。老霍，这位就是江老师。"

江绿汀微笑问好。

霍老先生和霍易霆的风格有点像，也是比较严肃的男人，言语不多，看人的时候不怒自威，目光犀利。

孟涵招呼江绿汀坐下，霍易霆坐在她的对面，蹙眉看着那条小金毛，眸光里只差写着两个大字：麻烦。

江绿汀顿觉同同高兴得有点太早，即便是霍老先生送的狗，也不一定能过了霍易霆这一关。

同同显然也明白这一点，抱着小金毛，小心翼翼地问霍易霆："爸爸，我可以养它吗？这是爷爷送的礼物哦，不能不要对不对？"

他瞪着亮晶晶的大眼睛，长长的睫毛忽闪忽闪，江绿汀觉得自己的心都要被扇化了，恨不得替霍易霆答应下来。

霍易霆终于木着脸不情不愿地嗯了一声，勉勉强强算是答应。

同同高兴地问江绿汀："江老师，你说它叫什么名字好呢？"

未等江绿汀开口，霍易霆淡淡道："叫502吧。"

502！

江绿汀听到这个名字，不亚于头顶响起一声雷。她愕然回眸看向霍易霆。

霍易霆斜靠在沙发上，闲逸淡然，波澜不惊。

同同好奇地问："为什么叫502啊，爸爸？"

霍易霆轻描淡写地说："和你黏在一起呗。"

听见这句话，江绿汀愈发震惊和不可思议。这是当初她送给傅明琮那条小狗时隐含的小心思。霍易霆竟然说了一句几乎一模一样的话语。

震惊之余，她忽而又想到《千山万水》下面留言的那位读者502，莫非是他？她本来猜测是傅明琮，但此刻却又动摇起来。傅明琮当初被甩，应该很怨她，纵然看到这篇文章，也未必肯放下心结帮她推荐出版。

可是，霍易霆又是如何发现这篇文章的呢？

她百思不得其解，看着他，觉得像，又觉得不像。面无表情的面孔，高深莫测的表情，唯一可以窥探到情绪的眼睛却被低垂的睫毛半遮半掩。

江绿汀如浮在海浪里，心绪颠簸起伏，难以自持。因情绪激动，白皙脸颊泛起了淡淡红晕。

若不是当着孟涵和霍清许的面，她几乎忍耐不住想要立刻问他。

孟涵道："502不好听，要不就叫金豆吧。"

同同很喜欢这个名字，摸摸金毛犬的小脑袋，开始叫它金豆。

霍易霆拍了拍同同的肩："养狗可以，不能上楼。只能在一楼和花园里。"总之，这已经是他所能做出的最大让步。

大家都在说话，唯有江绿汀沉默不语，直勾勾地看着霍易霆，眼睛亮晶晶地泛着热切的光芒。

孟涵发觉了她的异样，开始留意起来。

江绿汀此刻完全没有余力再去关注别人，所有的注意力全集中在了霍易霆的身上。平素他和她在一起，时不时就会看她一眼，今天却连个眼角余光也懒得扫过来。

江绿汀心上像是埋了一个地雷，引子已经引爆了，嗤嗤拉拉地在闪着火光，心急火燎，度日如年。而霍易霆和她相反，处于一种完全无视她的状态，闲闲地坐在沙发上，和父亲聊起了公司的事情。从头到尾，不接她的视线。

他越是回避，她越是着急，情不自禁盯着他的脸，想要发现点什么。

孟涵旁观了一会儿，恍然大悟，看来这姑娘对自己儿子有意。

这时，同同急着要带金毛去花园里玩。

霍易霆和父亲谈公事，江绿汀身为老师和"兼职保姆"，自然也不好留在客厅里，便起身跟着孟涵一起出去。

孟涵便趁机和江绿汀聊了起来。

"江老师，听说你每晚都给同同讲故事。"

"是，从他两岁的时候开始的。"

"那时候，易霆刚刚和他妈妈离婚，幸亏有你，他才很快就适应了没有妈妈的生活。"孟涵叹口气，"这两年，我们一直劝易霆再婚，赶紧给同同找个妈妈，他一个男人哪里懂得怎么带孩子养孩子。"

"霍先生条件这么好，不愁找太太。"

孟涵笑叹："他性格随他爸爸，什么事都喜欢放在心里，不善言辞。现在的小姑娘都喜欢暖男，他这种面瘫脸的毒舌男，又带个孩子，再婚也够困难的。"

江绿汀有点想笑，没想到孟涵用这些词来形容他，不过还真是知子莫若母，点评得倒是非常到位。

孟涵很有技巧地打听了她的学历专业以及家庭情况，然后话题一转，笑眯眯问江绿汀有没有男朋友。

江绿汀一说没有，孟涵马上拉着她的手问："你喜欢什么样的？阿姨帮你留意。"

江绿汀窘笑着，正犯愁怎么回答，刚好霍易霆走过来，说晚饭好了。不知是有意还是无意，他依旧没有和江绿汀的视线相碰。

因为是同同的生日，再加上霍家二老过来，晚饭特别丰盛。然而面对一桌佳肴，江绿汀味同嚼蜡，只想赶紧找个机会去验证心里的猜测。

饭后，孟涵和霍清许去花园里散步，顺便带着同同和小金毛。

江绿汀心里一阵激动。霍易霆上楼之后，她做了几个深呼吸，紧跟着他的步子就上了楼。

孟涵暗暗偷笑：这姑娘看着文文静静清清秀秀，性情倒很剽悍，不过自己儿子那种个性，倒也需要一个主动大方的泼辣姑娘才能攻下。

江绿汀鼓起勇气走到霍易霆的房间门前，轻轻敲了敲门。

里面传来一声请进。

她轻轻推开门，心情紧张又激动。

霍易霆坐在书桌后，摊开的笔记本电脑旁边放着一杯水，飘着袅袅的白气。一盆郁郁葱葱的铁线蕨，枝叶轻灵地舒展在灯下。

晚风轻轻吹着落地窗的纱帘，一室静谧闲逸。

霍易霆隔着大约五六米的距离望着她，面容清俊，眉目疏朗，是一副极从容淡定的模样。

江绿汀凝睇着他，竟然不知道如何开口，反而是霍易霆先问她什么事。

"霍先生，你是不是502？"江绿汀问出这句话，心情反而更加紧张，一双大眼睛直愣愣地望着霍易霆。

他眉头轻轻挑了一下："你是说我是胶水，还是说我是狗？"

江绿汀窘得脸色通红，立刻便乱了分寸，一连声地解释："不，不是，我说的是在《千山万水》下面留言的那个人？"

"什么千山万水？"

霍易霆的语气依旧轻描淡写，听上去像是完全不知情。

江绿汀有些泄气，又问："是不是你帮我推荐的出版编辑？"

"江老师能不能把事情说明白一点？我没听明白。"

"前几天在《千山万水》的那篇文章下面，出现了一个读者502，然后就有了一位编辑来找我出版这篇文章。请问是不是霍先生？"

霍易霆没有回答她的问题，反而问了句："你在写小说？"

江绿汀一愣，难道不是他？

她有点乱了阵脚。

霍易霆的眸光看上去深不可测，江绿汀完全看不出来他到底是装糊涂，还是真糊涂，只好又问："那你为什么给同同的狗，取名叫502？"

霍易霆没有回答，端起水杯喝水，乌沉沉睫毛挡着视线，依稀透出一股默认的意味。

江绿汀直勾勾看着他，心里又如擂鼓一般激动，等着他承认。

可惜，霍易霆喝了几口水后，说："我不是说了么，同同天天和它黏在一起。"

江绿汀说不出来的失望，但还是不相信会有如此巧的巧合。没有两个人的脑回路完全一样，更何况是她和霍易霆。

如果取个"豆豆""多多"这种常见的名字，倒是很有可能会巧合。502这样奇奇怪怪的名字，不会那么巧被他想到。

"霍先生真的不是502？"

霍易霆看着她，很干脆地说了两个字："不是。"

江绿汀还是难以置信，不死心地问："可是你为什么想到502这个名字？"

"不是有个词叫心有灵犀嘛。或许，我和江老师，心有灵犀吧。"

霍易霆微微眯起眼眸，明明是一本正经地回答，却让江绿汀面上一热。

"江老师的笔名是什么？"

江绿汀拘谨羞窘地吐了四个字："打死不说。"

霍易霆似笑非笑地问："这是你的笔名？"

江绿汀也不回答，慌慌张张地道了声晚安，转身落荒而逃。

打死不说？

霍易霆笑了笑，打开××文学网的页面，然后输入《千山万水》。

取名字是一贯的没水准，千山万水一点也不新颖出众，哗啦啦出来一堆，作者很多。鼠标慢慢滑下去，找了半天，停在一个"绿豆丁"上。

这种笔名，简直……

他揉着眉心，忍俊不禁。

江绿汀走出霍易霆的房间，刚巧孟涵上楼。

孟涵笑吟吟说："我来给同同拿一件外套。"这种天气，晚上也不冷，何须外套。她不过是挡不住好奇，上来侦查情况。

江绿汀忙说："我帮您找吧。"

孟涵看着江绿汀红扑扑的脸蛋，还有慌慌张张的模样，心里实在是好奇刚才在儿子的房间里发生了什么。但可以肯定的是，两人绝对不会是说说天气这么简单，否则江绿汀也不会脸色羞红、神色慌张。

霍易霆离婚已经两年，不仅没有再婚的意思，连个女朋友都没有。孟涵当然着急，同同还小，需要母亲照顾，总不能依靠保姆来管教。她是个思想开明的女人，并没有很传统的那种门第观念。前一任儿媳妇鹤羽家境一般，他们也毫不反对，只要霍易霆喜欢。而现在，她考虑更多的是同同。

江绿汀无疑满足了这个最让她看重的条件，而且，显然这姑娘对自己儿子有意，她哪有不推波助澜的道理。

于是孟涵笑吟吟说："易霆真是考虑不周。我明天就把他隔壁的房间收拾收拾，江老师以后就住在这楼上吧，照顾同同方便。"

同同隔壁空着的这间房，就在霍易霆的隔壁。

江绿汀忙婉谢："不必麻烦，我习惯住后面了。"

孟涵笑眯眯说："不麻烦。我明天替你收拾。"

江绿汀此刻脑子一团糨糊，根本就没觉察出孟涵的用意，替同同找了件外套便下了楼。

孟涵迫不及待地进了霍易霆的房间，推门就问："刚才江老师是不是来过？你们聊了些什么？"

"没聊什么。"

孟涵索性直说："我看得出来这姑娘喜欢你。"

霍易霆不动声色："你想多了。"

"这女孩子简单单纯，心地善良，对同同好，同同也喜欢她，如果你对她有意思的话，我就不逼着你去相亲了，也不惦记着帮你介绍对象了。"

"嗯，你不用帮我介绍了。"

孟涵眼睛一亮："这么说，你也喜欢她？"

霍易霆依旧是八风不动的表情："我什么也没说。"

孟涵撇着嘴哼了两个字："闷骚。"然后兴冲冲下楼。

同同第二天还要上学，玩到八点，刘阿姨便带他去洗澡。然后，江绿汀开始给他讲故事。

孟涵走过门口的时候，停住脚步，仔细听了五分钟，心里对江绿汀更加满意。这姑娘不愧是幼儿园老师，讲故事的水准简直一流。她听得都有点入迷。

但房间里的同同却一反常态，躺在被窝里无精打采，恹恹地皱着眉头。

　　曙星的孩子个个都金贵无比，老师们平时都非常留意孩子的异样，但凡有点不对劲便立刻送到校医那里。江绿汀当了两年的老师，也格外敏感，一看同同这样，便马上问他是不是不舒服。

　　她本来猜他是玩得太累、太困，想要睡觉，没想到同同说他肚子疼。

　　江绿汀把手伸到他的小肚皮上摸了摸，"哪里疼啊？"她手指轻轻一按，同同便开始叫起来。

　　一看情况不对，江绿汀马上去叫霍易霆。

　　霍易霆疾步走到床前，首先伸手去摸了摸同同的额头，然后俯身抱起同同，对江绿汀道："去我房间把钱包和车钥匙拿来，在玄关柜子上。"

　　江绿汀转身去了霍易霆的房间，拿了车钥匙和钱包，匆匆下楼。

　　霍易霆已经抱着同同走到了院中。这是江绿汀第一次见到霍易霆抱同同。他平素对儿子莫说拥抱亲吻，便是摸摸脸蛋这种小动作都几乎没有。但是，她发现他抱孩子的姿势竟是出人意料的熟练和标准，仿佛曾经抱过无数次。

　　霍清许和孟涵刚巧从花园里出来，赶紧过来询问情况。

　　霍易霆道："他肚子疼，可能是吃多了，我带他去医院看看。"

　　孟涵一听就急了，也要跟着上车去医院。

　　霍易霆道："我和江老师去就可以了，你和爸在家休息吧，没什么事。"

　　孟涵转念一想，两人带孩子去很好，可以多些相处机会，她去了反而是个电灯泡，于是交代霍易霆到医院给她打电话。

　　江绿汀抱着同同坐在后排座，看不见霍易霆的表情。但车子开得异乎寻常的快，和平常不紧不慢的风格截然相反。江绿汀紧盯着前面的路面，提心吊胆，生怕撞车。还好，夜晚路上车辆较少，霍易霆的车技不错，十五分钟便开到了医院。

霍易霆锁了车子，过来打开后车门，将同同从江绿汀手里接过来。

谁知他刚刚接过去，同同头一偏突然吐了起来，还好大部分都吐到了地上，江绿汀的袖子上也沾到了一些。

在幼儿园经常会碰到这种情况，有时候孩子哭了闹了，她要去哄，经常会弄到鼻涕口水，两年来也已经习惯。霍易霆没有看见，抱着同同去挂急诊，她也无暇处理，拿了张纸，胡乱擦了一下。

诊治结果出来果然是急性肠胃炎，需要输液。护士给同同扎上针之后，江绿汀这才进了病房里的洗手间，将脏了的袖子用水冲了冲，然后拧了水卷起来。

江绿汀走出卫生间，霍易霆的目光在她卷起的袖子上停了片刻，然后便起身走了出去。

江绿汀坐在病床前的椅子上，陪着同同。同同习惯了九点钟睡觉，一会儿便困得坚持不住，迷迷糊糊沉入梦乡。

一开始，江绿汀还以为霍易霆是去洗手间，或是去抽烟。后来二十分钟不见他的影子，她忍不住生了气。

她记得自己小时候生病，爸爸妈妈一边拉着她一只手，连兰洲都懂得陪她，问姐姐要不要喝水、手疼不疼。

同同生病，妈不在身边，爹竟然跑掉，留下她一个老师守在病床前，简直奇葩。

霍易霆这个当爹的，心还真是挺大，对她还真是放心。

她正在腹诽，霍易霆仿佛有所感应似的，竟然提着一个袋子从门外走了进来。

江绿汀马上收起了一肚子的牢骚，正襟危坐。

霍易霆径直走到床前，弯腰来看同同。就在他屈身下来的那一刻，江绿汀几乎有种错觉，他要倒到她的身上，急忙往后避让，即便如此，还是不经意地碰到了他的身体。

霍易霆神色如常，江绿汀却有点尴尬，想要从椅子上站起来离开又有点太小题大做，于是僵硬着身体，不动声色地往一边闪。

霍易霆弯着腰，仔细看了看同同，而后站起身，将手里的纸袋递给她，"把衣服换换吧。"

江绿汀愣住了，抬起眼帘看着他，一脸的惊愕。

霍易霆指了指她的袖子，直接就将纸袋放到了她的怀里。

江绿汀这才知道，原来他竟然是出去给她买了一件衣服，吃惊之余，又有点不好意思，小声说："没事的，我习惯了。"

"感冒了会传染孩子。"

这个理由足够让江绿汀无法再坚持，只好道了声谢，走进卫生间去换。

关上门，她从纸袋里拿出衣服。是一件桑蚕丝衬衣，颜色介于黄和绿之间，清新得像极了早春刚抽出来的柳色。款式简单而不失甜美，竟然出乎意料的好看。

江绿汀有点吃惊霍易霆的眼光。他平时一贯的蓝灰黑，衣服一板一眼，虽然合身得体，但素来和时尚绝缘，没想到挑女装却极有水准。

她正要换上，看到衣领处的商标又犹豫起来。虽然标签都已经剪掉，看不到价钱，可是这个衣服的牌子她认得，至少可以买她身上这件衣服十件往上了。

犹豫片刻，江绿汀拿着纸袋又走出了洗手间。

霍易霆见她没换衣服，蹙了蹙眉，眸中露出询问之色。

"霍先生，这衣服能不能退了？袖子湿了一会儿就暖干了，你放心，我不会感冒的。"

"同同吐脏你的衣服，理当赔你。"

江绿汀笑说说："这衣服太贵，再说我回去洗洗就好。"

"标签已经剪了，没法退。"霍易霆一贯清冷语气突然变得温和而柔软，"又不是你的钱，你心疼什么，你想为我省钱？"

他毫不避嫌地望着她，灯光下的眼睛明亮深邃，却又生出一抹含糊不清的暧昧之意。

江绿汀当即脸就红了，果断地拿着衣服就去了卫生间。

关上门，她看着镜子里的自己一脸红晕，尴尬之余，也很惊讶，霍易霆竟然也有开玩笑的时候。

换好衣服，她走出卫生间，迎面就碰上了一道清澈深邃的目光。

虽然他面无表情，一声未吭，但眸光中流露出的一抹亮光和赞许，还是让江绿汀有点尴尬和脸热。

安静的病房，因为霍同同入睡而格外的寂然无声。

江绿汀低头看着手机，霍易霆沉默寡言坐在她身后的另一张病床上。江绿汀并不知道他的视线投在何处，但总是有种芒刺在背之感。

"你还是更适合写童话。"身后突然响起霍易霆的声音。没头没脑的一句话，却惊了江绿汀一跳，回头看着他的时候，两只眼睛瞪得圆溜溜的。

他怎么会知道自己写过童话？她去问他是不是502的时候，根本没暴露自己的笔名。就算他去搜寻了《千山万水》，那么多同名的文章，他怎么就知道哪一篇是她写的？怎么就能发现她的笔名？

她吓得心脏狂跳，磕磕巴巴问："啊，什么，童话故事？"此刻除了装糊涂，她简直想不出别的招数来应对。

霍易霆沉默了一秒钟，轻描淡写地说了三个字："绿豆丁。"

第八章　一个陷阱

江绿汀万万没想到他竟然知道了她的那个笔名，差点没吓得昏过去。停了半晌，才涨红着脸，虚弱地问："霍先生你怎么知道的？"

霍易霆似笑非笑："不是你自己说的吗？"

江绿汀欲哭无泪："我什么也没说啊。"

霍易霆的回答气定神闲："对我来说，你已经什么都说了。"

江绿汀满面通红，头昏脑涨，简直有一种心脏梗塞的感觉。

她码字不愿意被身边的人知道。尤其是"绿豆丁"这个笔名下面，还有《千山万水》这篇言情小说。

她默默祈祷他没看这篇小说，可惜，接下来的一句话，就狠心地打破了她的期望。

"你的童话故事写得不错，比那个言情小说好多了。"

江绿汀瞬即觉得脸上滚烫，恨不得立刻辞职。所有的秘密都暴露在他眼下，以后还怎么面对他？

霍易霆本想多说几句，眼看她脸色红得像块红布，眼神都不敢看他，便好笑地忍住了。

江绿汀羞窘之余，心里暗自庆幸，她写的故事很清纯，不火辣，不然真是没法和他愉快相处了。

两人陪着霍同同输完液，已经十二点。

车子开到霍宅，庭院里静悄悄的，留着廊灯和路灯。霍清许和孟涵接到电话知道同同没事，已经睡下。

霍易霆一路抱着同同上楼，动作非常的轻，把同同放到床上时，他用手托着同同的头，慢慢放在枕头上。然后替同同盖上被子，用掌心试了试他的额头。

江绿汀目睹这一切，心里委实有点惊讶和震动。她平素见到的都是他对同同严厉的一面，没想到他会有如此细心体贴的一面，这样的霍易霆，让她觉得陌生而……温暖。她一直认为他不会照顾孩子，也懒得照顾孩子，看来并非如此。

屋内只亮着一盏壁灯，清淡昏暗的灯光中，霍易霆像是放下了所有的锋芒，或者是打开了不予让人靠近的结界，眉眼俊朗而沉静，有一种江绿汀从未见过的温柔之色。

他扭头对江绿汀低声说："你去睡吧。"

江绿汀轻步走出房间，不禁想起刘阿姨说过的话，或许霍易霆真的很爱同同，只不过，爱的方式有些特别。

第二天一早，江绿汀起来，首先到了同同房间看看他的情况，孟涵刚好也在，见到她便亲切地笑笑："同同好了，昨晚半夜我来看过。易霆一直守着。"

江绿汀听到同同没事，也就放了心。

早餐桌上，江绿汀发现霍易霆神色略有点疲倦，可能是昨夜睡得不大好，而同同也破天荒地在睡懒觉，没有被叫起来吃饭。

"霍先生，同同今天不去上学吧？"

霍易霆点头："等会儿我捎你去学校。"

孟涵脸上的笑容格外的灿烂，看看江绿汀又看看自己儿子，眼神中的某些含义简直呼之欲出，对江绿汀也直接换了称呼，不再叫她江老师，而是直呼绿汀。

临走时，孟涵甚至送她到了车库，笑吟吟问她晚上想吃什么，提前让厨房准备。

江绿汀这才突然想起来，今天是周五，晚上下了班还要过来。她笑盈盈说："我不挑食，什么都行。"

孟涵拍拍她的手，笑眯眯说："真乖。"

江绿汀忽然感觉到，这么亲切的口气，怎么听着有点不大对劲啊。

霍易霆神色毫无异样，不急不缓开车驶出霍宅。

到了学校，江绿汀下车时客气了一句："不会耽误您上班吧。"

"同同病了，我今天不上班。"

江绿汀没想到他竟然是专程送她回校，顿时有点不好意思起来，道谢之后，目送霍易霆的车子离去。

经历昨晚，江绿汀对霍易霆大为改观。其实她对他的一些不满，基本上都是因为同同，总觉得他对同同关爱不够、过分严苛。同同昨夜生病，亲眼看到他对同同的关心照料，甚至今日不去公司上班，在家陪着孩子，毋庸置疑是个负责的父亲。

午饭时分，江绿汀抽空给霍家打了个电话，想问问刘阿姨同同的情况。没想到接电话的竟然是霍易霆。

她简单问候之后，正要挂电话，突然又想起来一件事："霍先生，下班之后，我坐公交车过去就好。不用麻烦张弛专门来接我。"

霍易霆嗯了一声，挂了电话。

周五学校放学比较早，江绿汀回到宿舍，先把衣服洗了洗，然后收拾好东西，背着电脑包下了楼，一边走一边查询公交车路线。这三个月去霍家数次，一直都是坐车前往，这还是第一次坐公交车。眉山在市郊，倒车比较麻烦。

她正低头看着路线，突然手机响了，是霍易霆的电话。接通之后便是言简意赅的一句询问："怎么还没出来？车在门口。"

江绿汀愣了一下，不是说不让张弛来接她吗？怎么又来了？

等她走出学校，发现来接她下班的并不是张弛，竟然是霍易霆！

他为什么专程来接她下班？她心里闪过一丝异样的感觉，但潜意识里却马上否定掉，以霍易霆的身份地位怎么可能对她有意，必定是出来办事，然后顺路捎她回去而已。

上车之后，霍易霆道："'五一'放假，我带着同同回X市，顺路捎你回老家。"

江绿汀又惊又喜，脸上笑开了花："霍先生，'五一'我可以放假？"

霍易霆扫她一眼："你不想放假？"

"啊，当然……"那个想字又被她吞了回去。说想，就暗示着不想照顾同同，眼下还拿着人家双倍薪水当兼职保姆呢，这种话说出来就太不爱岗敬业了。

"早上九点，我到学校门口接你。你准备好。"

江绿汀抿着笑意点头，酒窝忽深忽浅，让人目眩。

车子开到霍宅，江绿汀下车之后，和霍易霆一起走到客厅。同同输液之后已经大好，孟涵搂着他坐在沙发上，小金豆叼着球在客厅里调皮。

看见江绿汀，孟涵露出和蔼笑容，招手让她坐到身边。

江绿汀摸着同同的脸蛋："一天不见好像就瘦了呢。"

"医生让少吃，自然会瘦。"霍易霆一边说着，一边解开衬衣的扣子。

江绿汀本是无意地抬了下眼帘，这一望之下，目光却仿佛被钩子勾住了。

她从来没发现，一个男人解扣子的动作竟然也能如此性感、如此帅气。

霍易霆的手，微微顿了顿，垂目看着她。江绿汀碰上他的视线，才惊觉自己竟然直勾勾地看了他半天，赶紧转开了视线，心里暗自羞窘。

孟涵看在眼里，禁不住心花怒放。

晚饭之后，她笑吟吟告诉江绿汀，已经帮她收拾好了同同隔壁的房间，洗漱用品什么的都帮忙挪过去了。

江绿汀只好客随主便，晚上给同同讲完故事，就去了隔壁房间。

打开电脑，风编辑的留言蹦了出来，告诉她大纲连带样稿已经送给领导终审，签约应该没问题，让她现在就可以着手写结局，尽快完稿交给她。

进展如此顺利，让江绿汀有些意外，也很高兴。

即将进入五月，气温升得很快，天也亮得很早。

江绿汀换了一件短袖T恤和七分裤，轻步下楼。霍同同生病刚好，早上免了跑步的任务，她也刚好不用陪跑。

出门的时候刚好碰见孟涵和霍清许在河边散步，霍易霆走在两人身边。

浅灰色运动装，衬得他格外英俊洒脱，一双腿修长得让江绿汀羡慕嫉妒恨。

孟涵一看见江绿汀便笑吟吟招手。

江绿汀笑盈盈上前问早安。

孟涵拉着霍清许的手说："老霍，咱们去爬山。别耽误绿汀和易霆跑步。"

江绿汀忙解释自己不是要跑步，也正好是去爬山。

孟涵马上改口，扭脸对霍易霆道："你陪着绿汀去爬山吧，一个人跑步有什么意思。"

江绿汀后知后觉地终于感受到了一股浓浓的撮合味道，窘迫之余只好装糊涂，呵呵笑着说她习惯了一个人爬山。没想到霍易霆竟然再次从善如流地跟着走过来。

孟涵一脸笑意，赶紧拉着霍清许走开。

两人一起沿着山路走上去，江绿汀素来不习惯单独和他在一起，于是加快步子，想早去早回，减少和他独处的时间。

走得太急太快，天气又热，不一会儿工夫，江绿汀出了汗，手伸到口袋里摸了摸，没带纸巾。身边的霍易霆仿佛知道她在找什么，竟然递了一条小方巾过来。

江绿汀有点惊讶，忙笑着婉谢。私人用品，怎么好随便乱用，尤其是霍先生是个有洁癖的人。这雪白的小方巾，折叠得整整齐齐，干净得一尘不染。

霍易霆见她不要，将方巾打开，直接搁到了她的头顶上。

小方巾一下子挡住了脸，江绿汀急忙伸手拿下来。

霍易霆已经走到了前面。

盛情难却之下，江绿汀用小方巾擦了脸，然后把小方巾放进了自己的口袋。

有洁癖的霍先生应该不会再要她用过的东西，而且小方巾也不属于贵重物品。谁知道她刚把小方巾放进口袋，霍易霆的手就伸了过来："给我。"

江绿汀怔了怔，窘笑："我洗洗再还你。"

"不用。"

江绿汀只好把小方巾拿出来递给他。

霍易霆接过来，擦了下前额，然后将方巾放进了自己的口袋。

江绿汀目瞪口呆，受宠若惊。

他不是有洁癖么，怎么……

看着他的背影，她突然脸上有点发热。这怎么有点不大对劲啊，不会是他老妈一直在撮合，弄得他有了这个意思？

江绿汀吓得心里怦怦跳了几下，转念一想又觉得不可能。他若是对自己有意思，不可能听到自己去相亲都无动于衷，而且那晚在船上吃饭，他还毒舌地提起她年纪大了，也该找对象了，所以要让同同尽快学会自己阅读。

再一想，自己虽然长得不丑，但和鹤羽比，还是差了些。所谓珠玉在前，有过那么漂亮的前妻，应该眼光更高，绝不至于会看上自己。

江绿汀收拾起乱纷纷的念头，紧上几步，追上了霍易霆。

很快就走到了当初江绿汀被砸伤的地方，江绿汀习惯性地多看了两眼。

霍易霆也顺着她的目光看了看，很随意地问了句："你以前就是在这里被砸到头？"

江绿汀笑着点头："嗯，是的，多亏那天沈卓在，不然我可能失血过多就完蛋了。"

霍易霆扭脸淡淡一笑："你想多了，没多少血。"

江绿汀一怔：你怎么知道？"

"这还不简单，又不是被利器划破了颈动脉。"霍易霆轻描淡写地问道，"不是沈卓救了你吗，怎么，他没说？"

"嗯，没说。"

"那你怎么确定是他救了你？"

"他亲口承认的。"

"别人一说你就信？"

"当然啊，当时就我和他一起避雨，那个棚子早就不在了，他精准地指出了位置。"

霍易霆停住步子，睨她一眼："我刚才也精准地指出了位置，你怎么不认为是我救了你？"

江绿汀愣了一下，才后知后觉地发现，他刚才竟然也说对了地方！

"所以，这根本说明不了任何问题。因为这个避雨棚，附近居民和悟觉寺的僧人都知道，就连我这样很少爬山的人也知道。你竟然单凭这一点就认定他救了你，"

余下的话，他没有说出口，不过眼神里却是写得清清楚楚："你也太好骗了"。

江绿汀有点生气："可沈卓既不是附近居民，也不是僧人，却精准地指出了当年那个避雨棚的所在。而且，他没有任何理由骗我啊？"

"沈卓有无目的，是另外一说。我只是就事论事，认为你把问题想得太简单。单凭别人一句话，就轻信不疑，也不去分析判断。"

"怎么分析？"

"比如，他那天救了你，至少应该知道你穿什么衣服、伤在哪里。"

江绿汀心里微微一怔，这些她压根都没想过，也没问过。

沈卓说出当年的事情，她立刻便确认无疑，一方面是因为他准确地指出了避雨棚的位置，还有一个原因就是：她实在找不到沈卓骗她的理由。

"即便他说出你那天穿了一件什么样的衣服，以及被砸伤的具体位置，你依旧不能肯定是他救了你。"

江绿汀再次一愣："为什么？"

霍易霆负着手，不急不缓道："因为至少有四个人知道这些情况。救护车上的急救医生、护士、救了你的人，还有出租车司机。"

霍先生这是要化身福尔摩斯了吗？

江绿汀又好笑又好奇，问道："那霍先生认为，怎样才能肯定是他救了我？"

霍易霆扭头看看她，意味深长道："是谁救了你，其实我已经给了你答案。"

江绿汀瞪大了眼睛，张着嘴啊了一声，什么答案？

霍易霆转过头去看着远处的山色，幽幽叹了口气："果然是写童话的。"

江绿汀听出他的言外之意，还是在暗示她被人骗了。

可是她有什么可骗的。

骗财？人家沈卓家财万贯，她一个穷光蛋。

骗色就更不可能了。沈卓肯定身边不缺美女佳人，何至于大费周章来骗她，她又不是什么绝色美人。

会不会是霍易霆和沈卓有过节，对他抱有成见，才会以小人之心度君子之腹？

江绿汀微微侧头看了一眼走在身边的霍易霆。

晨光从山路边的枝叶间漏下来，照着他的半边侧脸，英姿勃勃，清朗正气，看上去绝对不像是挑拨离间、无事生非的人。

两人一前一后，走在寂静山路上。

江绿汀思前想后，还是觉得沈卓不可能骗她，因为她找不到他骗人的动机。

整个周末，孟涵使出浑身解数来给江绿汀和儿子创造机会，弄得江绿汀有点招架不住。周一早上，离开霍家的时候，她如释重负地松了口气。

车子缓缓离开霍宅，霍易霆突然说："这两天，江老师辛苦了。"

江绿汀愣了一下，忙笑着说不辛苦。这个周末是她最最轻松的一个周末。霍同同有爷爷奶奶照顾，而且因为有了金豆，也不像以往那样缠着江绿汀陪他，自己和小狗玩得不亦乐乎，她何来辛苦之说。

"应付我妈，不辛苦吗？"

江绿汀忽然明白过来，脸上微微发热，实在不知道该如何应答，红着脸看着窗外。

霍易霆淡淡道："他们很少到S市来，'五一'就回去了。你放心。"

江绿汀蚊蚋般嗯了一声。其实这个倒是不担心，反正她再过一个月就不会再来霍家，即便他们两位来S市，也不会碰见。

她挺理解孟涵的苦心。同同这个年龄段，很需要母亲照顾，霍易霆离婚两年，全然无再婚打算，没事宅在家里钓鱼，两位老人可想而知有多焦急。当父母的大抵如此，她老妈也是每次一见面，必定是要问起她的感情状况，甚至还拜托顾森替她介绍男友。

她老家虽然也是城市，毕竟不是省会这种大都市，年轻人相对来说，婚育的年纪都比较早，似她这样二十六岁还没个男朋友的，已经算是剩女。所以，老妈近来越发的焦虑，每隔一段时间便来电话催她。

江绿汀几个月没回去看老妈，这次霍易霆准了假，顺路捎她回去。她下班之后到商场给叶惠买了衣服、补品，还买了一瓶染发膏。自从兰洲去世之后，叶惠一下苍老了十几岁，头发白了一大半。每次江绿汀看着都心酸，这次回去打算把老妈打扮得年轻一点，这样心情也会好一些。

提着大包小包的东西回到学校，她刚刚收拾好，手机响了，是鹤羽的电话。

"江老师，我想和你见见面，我就在学校门口的面包房。"

江绿汀听着她的声音有点不大对劲，隔着话筒都能感觉到低沉哀伤的情绪。她略一迟疑便答应下来。

走到学校门口，隔着马路，清晰可见面包房靠窗有个漂亮清丽的剪影。

江绿汀走上前，推开店门。

鹤羽坐在窗前，低着头出神，手指无意识地搅着面前的一杯咖啡，神色非常憔悴失意，好似突然间受了什么打击。

听见脚步声，她抬起头，见到江绿汀便挤出一丝笑意，问同同病好了没有。

"没事，已经好了。"江绿汀心里有点奇怪，她怎么知道同同病了？

鹤羽突然眼圈一红，哽咽道："同同病了，我想要看看他，霍易霆都不肯。这场官司我一定要赢，一定要拿回同同的抚养权。我再也无法忍受这种折磨。"

突然间，她情绪崩溃，双手捂住脸，泣不成声。

江绿汀没想到她会突然如此失控，连忙安慰她。

鹤羽拿出纸巾擦了眼泪，哑声说："对不起，江老师见笑了。我今天和律师谈过之后，心情非常糟糕。"

江绿汀不必细问，也能猜到原因。肯定是律师告诉鹤羽情况不容乐观，所以她才会如此伤心难过。即便现在有了抚养同同的能力，也比两年前更加强大，但和霍易霆相比，依旧实力悬殊。这场官司一如两年前，胜算很小，鹤羽即使付出全部努力，也未必能赢。

这世上的事情就是如此残忍，就如同她和老妈倾家荡产去救兰洲，也依旧不能挽回他的生命。

江绿汀不知道该如何安慰她，心里也有些伤感。

鹤羽终于平静下来，然后从包里拿出一个信封，双手递了过来。

江绿汀不明所以，疑惑地问："这是……"

"江老师，恕我冒犯，我并不是要打听你的私事，只是出于关心同同，才无意中知道你的家庭情况，知道你现在很需要钱。信封里有张卡，密码是同同的生日，就当是我的一点心意，请江老师收下。"

江绿汀大吃一惊，连忙推开："不，不，我不能收。我照顾同同是我的本职工作，学校发了薪水，霍先生另付了加班费。"

鹤羽很诚恳地望着她，目中盈泪："江老师，其实我是有事相求。"

"您请说。"

鹤羽双手绞着手指，略一迟疑，说道："虽然我做了充足的准备和霍易霆打官司，胜算依旧不大。除非我有证据，证明他虐待同同，才会有绝对的把握能变更抚养权。我希望，江老师能站在我这边。"

江绿汀立刻明白了她的意思。

鹤羽继续恳求："我知道江老师一直很疼爱同同，也对霍易霆的某些做法很看不惯。恳请江老师能帮帮我，让我和同同母子团聚。"

她再次将信封推到江绿汀的手边。

江绿汀按住她的手背，诚恳地说："说实话，我对霍先生的很多做法并不认同，不论大人之间有什么过节，孩子是无辜的，霍先生不应该阻拦你们见面。但是，我不能昧着良心说，霍先生虐待同同。"

鹤羽急声说："冷暴力也算是一种虐待。"

"霍先生的确比较冷漠，也比较严厉，但我觉得这不能叫作冷暴力，更不能说是虐待。曙星是S市最贵的幼儿园，有校车接送，但因为车上还有其他孩子，需要绕路，他不想让同同在校车上待太长时间，专门派了司机每天接送。家里的饭菜都是按照营养食谱来做，做饭的夏姐是营养师。这段时间，保姆陈洁不在，其实刘阿姨可以照顾同同，但霍先生还是不放心，专门叫我周末去霍家照顾他。"

鹤羽气道："他很有钱，做到这些很容易，可是他给不了我能给同同的感情和关爱。"

江绿汀点头："我并非在替霍先生说话，我只是站在公正的立场上，如实地陈述自己看到的事实。其实，从我个人感情来讲，我觉得同同这个年龄段的孩子，更适合跟着妈妈。"

鹤羽连连点头："对啊，同同跟着我才好，我会比霍易霆更关心更爱护同同。可是没有足够的理由，很难从霍易霆手里变更抚养权。所以我才要江老师帮我。"

"我很想帮你，但我真的无能为力，对不起，我不能昧着良心说假话，说霍先生虐待同同。"

江绿汀很抱歉地起身告辞。

鹤羽急忙追出来，拉住了她的胳膊，"江老师，你再考虑考虑，钱的事，我们还可以继续商量，你需要多少，只管开口。"

江绿汀摇头："同同妈妈，这不是钱的问题，我不是嫌钱少，而是我没法违背良心，我不能这么做。"

说完，她疾步下了台阶。

走到学校门口，她回眸看了看，隔着一条街，鹤羽高挑的身影，被暗冷的灯光映照得很是寂寥。这时，停在路旁的一辆车打开了车门，一个高挑的男人走到了鹤羽的面前，背影有些眼熟，像是沈卓。

两人怎么会在一起？江绿汀觉得自己认错了。

翌日下午放学，霍易霆亲自来接同同。江绿汀把同同送上车，坐在前面的霍易霆突然摇下车窗。

江绿汀还以为他有什么吩咐。奇怪的是，霍易霆却什么也没说，只是深深看了她两眼，又将车窗升起。

江绿汀莫名其妙地脸上有点发热。这是个什么情况？他的眼神，怎么有点脉脉凝睇的感觉。

霍易霆刚走不久，沈卓打来电话，约她晚上一起吃饭，想要请她帮个忙。

江绿汀立刻一口答应，而且心情有点小激动。自从知道沈卓救了她之后，只请了他喝茶吃饭，根本就觉得不够。沈卓开口请她帮忙，真是太好不过，终于有个机会可以回报他的救助之恩。

两人一见面，江绿汀就迫不及待地问："让我帮什么忙啊？"

沈卓笑了笑："说来话长，我们边吃边说吧。"

两人依旧去了沈卓朋友开的那个私房菜馆。包房的松木花架上放着绿萝、常春藤、蟹爪兰，绿莹莹的一片清新宁静。

服务员上了一壶茶之后便关上了房门。江绿汀忍了一路，再次忍不住询问沈卓。

沈卓揉了揉额角，貌似有点不好意思："嗯，是关于感情的事。"

江绿汀笑了："不会是要我替你介绍女朋友吧？"

本来她是开玩笑，没想到沈卓一本正经地点头："的确是想请你帮忙追一个人。"

江绿汀好奇地问："谁啊？"

"鹤羽。"

江绿汀忽地瞪大了眼睛，眸中溢满惊诧和愕然。

沈卓道："算起来，我和鹤羽认识已有十年之久，曾经是恋人，后来因为一些误会而分手。对此，我一直非常后悔，当初没有好好珍惜。她和霍易霆离婚之后，我重新追求她，可惜被她拒绝。"

江绿汀没想到他和鹤羽之间竟然有这样的过往，此刻她才终于明白过来霍易霆见到沈卓为何那么冷淡倨傲。

"我本来以为已经没有希望，但昨天晚上，鹤羽主动找到我。因为那天在商场，她看到我们在一起，误以为你是我的女朋友。所以她拜托我，想求你帮个忙。"

沈卓没有完全说透，但江绿汀已经全然明白。

如果是别的事情，只要她力所能及可以办到，必然不会拒绝，但这件事，却让她十二分的为难。她可以很直接地拒绝鹤羽，但却无法拒绝沈卓，因为他曾经救过她。

"绿汀，这么些年来，我真心喜欢的唯有鹤羽。如果我能帮她拿到同同的抚养权，她可能就会原谅我，重新和我在一起。你能不能看在我的面子上，帮她一次？你就当是帮我好不好？"

沈卓的恳求，让江绿汀愈加为难，她惭愧地低着眼帘，不好意思和他对视。

杯中热茶，白烟袅袅地熏着她的眼，忽然间，她想到昨夜从车上下来的那个男人，难道真的就是沈卓？

为什么鹤羽来求她帮忙的时候，他会在外面等候？为什么当时他没有和鹤羽一起出现?

不知不觉,她回想起爬山时霍易霆对她说过的那些话语。忽然间,灵光一现,一个念头涌了上来。

她被这个念头吓了一跳,赶紧摇了摇头,下意识地想要把这个念头抹去。

"我知道这会让你很为难,因为霍易霆是学校的股东。你放心,我会给你安排一份更好的工作,如果你愿意,可以来我的公司。薪水会比在曙星高一倍。"

沈卓考虑周到,甚至连后路都替她安排好。可是江绿汀心里的异样感觉却越来越强烈。

既然他喜欢鹤羽,为什么还要和自己相亲?

他这样出色的男人,就算想要找个女友,也根本没有必要去相亲,身边环肥燕瘦美女环绕。而且,怎么会那么巧,相亲碰到她?

江绿汀心里越来越乱,而那个念头也越来越强烈。她应不应该去验证一下自己的猜测?

沈卓又说:"我知道你欠了不少钱。你需要多少,我都可以帮你。"

江绿汀抬起眼帘,望着沈卓:"我的确很缺钱。所以有件事一直惦记着。你那天背我下山的时候,怎么不顺手把我的提包也拿上呢?我包里带的两万块钱全都丢了。"

沈卓抱歉地笑:"当时只急着救你,没想到替你拿包,正好我十倍赔给你。"说着,他拿出一张支票。

江绿汀突然间表情变得很奇怪,眸光晶亮,有些咄咄逼人。

沈卓以为她是被这个数字惊到,露出一抹微笑。

江绿汀慢慢说:"那天,我根本没背包。"

沈卓脸色一变、拿着支票的手指,停在那里。

江绿汀盯着他的眼睛:"其实,救了我的人,不是你对吗?"

一向谈笑风生、妙语如珠的沈卓,表情尴尬难堪。

此刻，江绿汀什么都明白了。原来，不是她以小人之心度君子之腹，是她太傻，竟然被人欺骗利用而不自知。

她腾地站起身，朝外走去。

沈卓急忙站起来，想要拦住她。

江绿汀挥开他的手，直直望着他，一向温柔可爱的眸光带着清亮的锋芒，让沈卓有些无法直视。

"你是顾淼的朋友，我从来都没怀疑过你会骗我。你说当年救过我，我深信不疑，直到现在，我才知道，这是你埋好的一个伏笔，只为了今天可以拿出来利用我。"

江绿汀深吸了几口气，道："你应该是做了很多的功课。调查过霍易霆身边的所有人。大约你认为我是最好下手的一个突破口，因为我很需要钱。很遗憾，你想错了，我并不是为了钱什么都可以做。"

"绿汀，你听我解释……"

"你不用解释。拜托以后不要再来找我，也请转告鹤羽，不要来找我。"

说完，江绿汀转身走出了房间，疾步下楼。

街上车流熙攘，灯光璀璨。

夜色中，她步伐飞快，心里像是涌动着一股失去了方向的潮水。

后知后觉的她，直到刚才，才想通了霍易霆那天在山路上和她说过的那些话。

"至少有四个人知道这些情况。救护车上的急救医生、护士、救了你的人，还有出租车司机。"

那天和她一起去眉山的还有个出租车司机，在避雨棚里，她曾经和司机打过一个电话。

这件事，唯有当时在避雨棚里和她在一起的那个人才会知道。

霍易霆为什么会知道，答案只有一个。

第九章　一个真相

她拿出手机，翻动电话簿，纤细的手指在微弱的路灯下因为太激动而微微颤抖。电话接通，里面传来熟悉的沉稳低沉男声，江绿汀气息急促，开口就问霍易霆现在在哪儿。

"我和朋友在朝阳饭店吃饭。"

她不知哪里来的勇气，大胆地说："我有急事要见你，我去找你方便吗？"她此刻心里百感交集，心脏在胸口怦怦跳得厉害，连带着声音都微微发颤。很多话语在电话里根本无法说清，她只想现在就见到他，急切到一秒都不想再等。

霍易霆在电话里有片刻沉默，似乎很意外，旋即问她："你没事吧？"

江绿汀重重地嗯了一声。

霍易霆很快回她："我开车过去找你。你在哪儿？"

江绿汀抬头看了看周围，说了地名。

"我大约十五分钟过去。"霍易霆说完挂了电话。

江绿汀握着手机一动不动地站在路边的梧桐树下。那天和霍易霆在山路上的对话，一字一句在脑海中盘旋，她几乎可以肯定自己猜测得没错。

一刻钟的时间并不长，江绿汀却等得犹如一年半载。

熟悉的黑色汽车停在路边，霍易霆推开车门走下来。

江绿汀的目光牢牢定在他的身上。

很巧，他今天穿着一件黑色的衬衣，深灰色的长裤，在夜色中，仿佛是一袭黑衣的装扮。

江绿汀怔怔望着他，两年前眉山的一幕，重新涌入脑海，那个高大的黑色身影，模模糊糊镌刻在心里，忽然间明晰生动起来，和他此刻的身影重合在了一起。那种孤冷而清高的气势，非他莫属。

一时间，心潮起伏翻涌，如江流宛转。

兜兜转转，她寻找了两年的人，竟然就在眼前，就在身边。而她却视而不见，还在心里将他视为世上的最不可能。

她一瞬不瞬地望着他，眼神直勾勾的，却别有一番波光激滟的光彩。

她迎着霍易霆走过去，激动不已："我一直不知道沈卓为什么会骗我。直到刚才才突然想通。"

霍易霆听到这句话，依旧容色镇定。黝黑深邃的眼睛，看不见情愫的波动。

他的平静，反而更让江绿汀确定自己的猜测。

"救我的人是你，对不对？"

霍易霆微微蹙了下眉头，没有立刻回答。

江绿汀瞪着大眼睛望着他。

他沉默的时间，其实很短暂，不过是几秒钟，但对江绿汀来说，却无比漫长，等到心脏都要生出痉挛的错觉。

霍易霆笑了笑："嗯，还不算太笨。"

原来真的是他。

她明明已经肯定是他，但是真的听到他亲口承认，心里依旧是震撼无比。曾经认为全世界的人都有可能是那个人，唯独霍易霆不会，然而，偏偏就是他。

"你为什么不早点告诉我？"

霍易霆蹙了蹙眉，认真地说："我以为你会认出来。"

江绿汀有点哭笑不得，张着手比画："你当时戴着那么大一副墨镜，我没有看见你的脸啊。"

"避雨的时候没戴。"

"可是我那会儿没看你嘛。"

她当时身上衣服湿漉漉的狼狈不堪，对他避之不及，哪里还有心情去看他的脸。

霍易霆摸摸下颌："哦，原来我长得这么路人，你连看都不看。"

"当然不是啊，是因为我当时太狼狈。可是后来我问你，你为什么又否认呢？"

霍易霆淡淡说："既然你都没认出来，我就懒得说了。"

这个傲娇的回答让江绿汀忍俊不禁。

此刻的霍易霆，长身玉立，俊美高冷，有一种让人怦然心动的魅力。

她凝睇着他，心里涌动的不仅仅是意外和惊喜，还有很多说不清道不明的感觉，复杂而奇妙。眼前的霍易霆，虽然已经相处了数月，却突然有种初次相识的感觉，甚至胜过她在后花园的西府海棠树下，看见他时的那一眼惊艳。

"我真不知道该怎么谢你。"

江绿汀仰着脸激动万分地道着谢，眸光里盈满了敬慕的光芒，眼前的霍易霆仿佛一个超级英雄，浑身都闪着光，她真是懊恼自己的有眼无珠，竟然误会了他是个冷漠凉薄的男人。

他明明充满了侠义心肠，可以对素不相识的陌生人施以援手，不求回报。如果不是怕她被沈卓利用，可能他永远都不会承认他就是当初救了她的人。

霍易霆垂目望着她，这是她第一次这么长时间地对视他的眼睛，没有闪避，没有紧张，没有下级对上级的那种敬畏和疏远。灯光下的明眸，亮闪闪的仿若落入了星光，眸光明亮妩媚，多了许多他一直在等待的东西。

他忽然后悔自己没有早些告诉她真相。

"霍先生你真是个大好人。"

霍易霆蹙了蹙眉，嗯，她给他发好人卡是几个意思？

他清清嗓子："你个子小，我背得动，你要是又高又胖，我不打算做好人。"

以前被霍易霆毒舌，江绿汀总是气得翻白眼，这一次却一点不气，反而笑了："迟到了两年才向你道谢，你不会生气吧。"

"当然生气。不过，"霍易霆慢条斯理地说，"我可以给你个机会弥补。"

江绿汀噗地笑了，马上表示，只要能帮得上忙的，她一定两肋插刀，不遗余力。

"两肋插刀倒不必。"霍易霆摸着下颌欲言又止，仿佛是在考虑措辞。

"霍先生你有什么吩咐请直说。"

霍易霆清了清嗓子："我妈这次过来，原本打算安排几场相亲。因为误会了你我之间的关系，这才按兵不动没有出手。所以，我也没有解释，任由她误会，不然'五一'回X市，恐怕也不得安生。"

江绿汀一点就通，毫不犹豫答应。"没关系，就让阿姨误会着吧。"这点小忙算什么，对于救命之恩来说，简直就是不值一提。

霍易霆似笑非笑地看看她："江老师还真是义气。"

"那当然啊。因为你救过我嘛，我会结草衔环以身相报。"江绿汀说完，才觉出哪里好似有点不对，赶紧换话题掩盖，"刚才突然把你叫出来，你吃饭没有？"

"吃到一半。"

"对不起，我刚才实在是太激动了，一刻都等不了，想要问清真相。我请你吃饭好不好？"

她本来还担心他不肯赏光，没想到霍易霆抬眼看看周围，随手就指了附近一家饭店。

江绿汀充满了感激，自然是照着菜单点最贵的，恨不得将自己的卡刷爆才能体现出自己的诚意。

"点那么多吃得完吗？"霍易霆将菜单要过去，自己重新点了几道菜。

结账时，江绿汀看到账单，简直有点羞惭。这金额和她的预算简直差了十万八千里，和她的心意更是差了十万光年。

"我下次再请你。这次也太简单了。"

霍易霆意味深长地笑笑："好啊，我们来日方长。"

离开饭店，霍易霆开车将她送回学校。

江绿汀目送着他的车子消失在道路的尽头，回忆夹在晚风里拂面而来。

时隔两年，踏破铁鞋无觅处的人，竟然就在自己身边，蓦然回首即可看见的地方。

她茫然不觉，他不动声色。

真是一场令人匪夷所思的缘分。

这一晚，她辗转许久，才浅浅睡去。醒来时，天光已经大亮。

"五一"假期前的最后一个工作日，她刚好收到风冷翠的短信，

《千山万水》已经过了终审。合同发到了她的邮箱，如果确认无误，"五一"过后便可签约。

一切都顺利得不像话。

江绿汀下班后回到宿舍，打开电脑查看邮箱里的合同，虽然稿费不是很高，可是出版的意义并不在于金钱，尤其是这本书，曾经记录过她的初恋。她不知道傅明琼看到这本书的时候是何想法。她只希望，有朝一日他看到这本书的结局，会原谅她当初倔强的分手。

关上电脑，她正收拾行李，老妈打来了电话。

江绿汀以为她是来问自己明天几点钟回去，接通电话，便听见老妈激动不已的声音："绿汀，有个好消息！"

自从兰洲去世之后，江绿汀几乎从未见过老妈如此高兴过，不由好奇什么好消息让老妈这么兴奋。

"绿汀啊，咱们燕子坞这一次是真的要拆迁了！！"

江绿汀手机都快要抖到腿上。"真的吗？！"从去年起，燕子坞就一直传言要被拆迁。

"真的！公告都贴到了巷口。我刚刚去看过，有两种补偿方案，一种是补偿房子，一种是补偿现金，绿汀，你说我们要什么？"叶惠欢喜的声音有些颤抖。

江家住在一个名叫燕子坞的地方。因为巷子对着一条河，天气欲雨的时候，有许多燕子在水面剪水嬉戏，便落了个风雅的名字，其实是条破旧的老巷，附近有个不出名的学校——七高。

后来，巷子里出了一位传奇人物邵庆勉。发达之后，捐资重修了当年就读过的七高，七高一跃而成市重点高中，于是，紧邻七高的燕子坞也变得热闹起来。许多家长来这里租房子住，陪孩子读书。

叶家和大多数燕子坞的居民一样，家里的房子也是两层小楼、一个小院。叶惠早就想要卖掉旧房子，在S市买套房子和江绿汀一起住，但是燕子坞房子老破，交通不便，所以处在一种好租不好卖的状态。

叶惠在电话里语无伦次地说道："我们要钱吧？刚好可以还账。"

"嗯嗯，好，咱们要钱。"

江绿汀和老妈欢天喜地地聊了半天，挂了电话之后马上又给顾淼打过去，分享这件喜事。

顾淼简直比她还要高兴，当即表示下班就过来请她吃饭庆贺。

等待顾淼的这段时间，江绿汀什么都无心去做，傻坐在屋子里，一直咧着嘴笑，像是做梦一般。五年了，她从来没这样高兴过，这种天上掉馅饼、中了头彩似的感觉，美妙到无法形容。

老爸和兰洲走后，她和老妈省吃俭用，攒钱还账。现在终于否极泰来，压在身上的重担忽然一下子消失了，那种轻松得可以飞起来、终于自由的感觉，惬意到根本无法用语言来描述。

顾淼下了班开车来接她，两人去饭店大吃了一顿庆贺，然后江绿汀让顾淼带她去了菲达国贸，径直到上一次给霍易霆买鞋子的专柜。

她这一次毫不手软也毫不心疼地刷了卡，给霍易霆买了一双最新款的运动鞋。

顾淼啧啧打趣，"土豪果然不一样啊，出手好大方。"

江绿汀怕顾淼误会，便将上次给霍易霆买鞋的事情告诉了她。

顾淼摸着下颌："那双鞋，绝对不是他没看上，而是不想让你赔，借故让你买了一双。"

"所以，我现在有钱了，再赔他一双。"江绿汀又去了另外一个专柜，给霍易霆买了一件衬衣。

顾淼又忍不住打趣，"哇，一掷千金啊土豪。"

江绿汀呵呵："上次同同吐到我衣服上，他赔了我一件衬衣蛮贵的，我心里一直过意不去，刚好买件衣服回送给他。"

顾淼眨了眨眼睛："我怎么听着很不对劲呢，你们这送来送去，礼尚往来，郎有情妾有意的，有种互赠定情信物的感觉。"

"别胡说，救命之恩当涌泉相报。等拆迁款到了，我再送个更贵重的礼物表示感谢，你说我送什么好呢？"

顾淼好笑地睨着她："你送什么我不管，反正不许把自己送给他。"

江绿汀嗔道："我是那种人吗？不对，人家霍先生是那种人吗？"

顾淼撇嘴："呦，都开始帮着霍先生说好话了。"

江绿汀拿出手机一看快八点半了，连忙要赶着回去给霍同同讲故事。

顾淼道："你干脆把工作辞掉专职码字吧，这份工作太拴人了。"

江绿汀笑："是啊，我一直想着有朝一日没有负担的时候，可以去做自己喜欢做的事情，这次回家，我和老妈商议商议。"

同同开始学着自己看书，很快就不再需要她每晚讲故事，而她现在知道霍易霆曾经救过她，也实在无法再拿双份薪水了。

顾淼把江绿汀送回到学校，分手之际，她抱着江绿汀叹道："亲爱的，我真替你高兴。这几年，你过得太辛苦了。"

江绿汀被她一句话勾得心里发酸，忍着眼泪，笑呵呵说："我很感谢这几年的辛苦，不然我真的不知道我的心理承受能力这么强，还这么会挣钱。"

"少臭美了。"顾淼噗地一笑，认真地说，"绿汀，你的爱情就要来了。"

"什么意思？"

顾淼神神秘秘地笑："我是预言家。很快你就会发现，我的预言很准。"

江绿汀笑："好啊，承你吉言。"

当夜，她兴奋到半夜都无法入眠。第二天险些睡过头。霍易霆约好了九点钟来学校门口接她，她起床一看已经八点半，急忙洗漱，提了行李下楼。

不多时，霍易霆开了车过来，江绿汀以为孟涵、霍清许和同同都在车上，没想到车里空荡荡只有霍易霆一个人。

霍易霆下车打开了后备箱，江绿汀下意识地就问了一句："同同不回去吗？"

"他坐了我爸的车。"

江绿汀明白这必定是孟涵的主意，为了给她和霍易霆创造独处的机会，还真是用心良苦。

"霍先生，这是送给你的。"江绿汀将手里提着的两个纸袋送给霍易霆。

"什么？"

江绿汀嫣然一笑："鞋子和衬衣。"

霍易霆微微一怔，侧目看着她，眸光不动声色地亮了些许。

"谢谢，让你破费了。"他打开纸袋，看见尺码完全不错，心里不禁一动，显然她用了心。

江绿汀坐上车不久，车子停到了路边一家酒店门口。

霍易霆解开安全带，对江绿汀道："带你去吃早饭。"

江绿汀怔了一下，忙推辞说不用。

霍易霆下了车，将车门打开催她："快点，不然自助餐就没了。"

江绿汀只好下车，跟着他进了酒店。

电梯里她忍不住问："你怎么知道我没吃早饭啊？"

霍易霆看了看她的头发，"很简单。平常你头发梳理得很整齐，而且习惯盘发。今早上扎了马尾，还漏了一股头发，连梳头都慌慌张张，自然没时间吃早饭。"顿了顿，他又说："昨晚激动得半夜没睡吧。"

江绿汀眼睛里全是惊讶而敬佩的光芒："霍先生你真厉害，全猜对了。"

"我还猜出来，绿豆丁是你废弃的笔名，你现在还有个大号。"

江绿汀瞪大了眼睛，直勾勾看着他。

电梯门开了，她都不知道往外走。

霍易霆突然伸手，握着她的手腕，将她牵了出来。

酒店的早餐九点半结束，厅里只剩下寥寥几个人。

霍易霆端起盘子，也不问江绿汀喜欢吃什么，给她挑了五六样早点，放在了桌上。

江绿汀无心吃早点，眼巴巴看着他："霍先生你怎么知道？"

霍易霆一副这还用问的表情："这就更简单了。绿豆丁这个笔名已经两年没写什么东西，显然是换了新笔名。"

江绿汀突然有一种不好的预感，紧张兮兮地看着他，"你别告诉我，你知道我的新笔名。"

霍易霆唇角微挑，笑了笑："恭喜你答对了。"

江绿汀捂着脸，什么也吃不下去了。

钉大侠这个笔名下的故事，全是言情小说啊。

霍易霆心满意足地看着她腮边开始透粉，连耳朵边都开始泛红。

他好心地说了句："我只知道笔名，没看内容。我对言情小说没兴趣。"

江绿汀红着脸道："我不信，你没看你怎么知道是言情小说？"

霍易霆又是一副这还用问的表情，呵呵了一声："一看名字不就知道了，《相思枕》……"

他挑了挑眉，似笑非笑地问："一睡这种枕头，就得相思病？"

"……"

江绿汀脸蛋红得快要滴血，郁闷又懊恼的表情真是又好笑又可爱。

霍易霆继续逗她："回头我看看《相思枕》到底写的是什么。"

江绿汀急得要跳脚："你不许看啊。"

霍易霆忍不住好笑。已经好久，或者说是好几年，没有这样愉快过。像是冰冻了许久的荒芜之地，突然间漫过来一泓春水。

而江绿汀心情"沉重"得根本吃不下去。

霍易霆起身带着她下楼，重新上了车，朝着高速入口开去。

江绿汀坐在车上纠结了半天，很认真地恳求："霍先生你得答应我，不去看我的小说。"

"看你表现吧。"

"什么表现啊？"

霍易霆斜目看着她笑了笑："乖乖听话。"

怎么他的口气带着一股很亲昵的宠溺味道？

江绿汀莫名其妙地有点脸热，却又觉得自己想多了。

车里一如往常，没有放音乐，安安静静。

相比音乐，霍易霆更喜欢听江绿汀说话。五年前，他认识她，就是未见其人先闻其声。

他当时听见她的声音，惊若天籁。没想到有人的声音竟然可以如此好听，清甜干净，娓娓动人。后来听到她讲故事，更是如涓涓清流，让人入迷。只可惜，这么好的一把嗓子，她竟然唱歌跑调！

S市和X市的距离并不远，也就两个小时高速。江绿汀的老家H市，离X市只有半个小时路程。

就在即将进入H市的一个入口处，霍易霆突然说："五年前，我就是在这里出了车祸。在H市人民医院住了三天，后来转院。"

说到这儿，他侧目看了一眼江绿汀。

说起来，那才是，他和她第一次认识。不过她应该毫无印象。

那时，他躺在H市医院的病房里，她每天都会推着江兰洲出来晒太阳，两人坐在他的窗下说话。

他那会儿蒙着眼，对声音格外的敏感。她的声音应该是他听过的最动听的声音，少女独有的清脆干净，还带着一抹少年不知愁滋味的张扬，一直印刻在他心里。

时隔这么久，他还记得她说过的一些话，那时她活泼开朗，完全不似现在这般文静秀气，没有脾气，如果不是她的声音未变，他甚至会有种错觉她不是当初那个人。

他有时候刻意说些难听的话激一激她，其实是心里很想看到她生气炸毛的样子。他不喜欢她成为被磨平锋芒和棱角的圆石，她应该是明媚发光的宝玉。

他那时只是惊艳于她的声音，没有想过，后来竟然会在悟觉寺和她相遇，再后来，又机缘巧合，发现赵歌竟然是她的学长，再后来，她来到曙星上班，成为同同的老师，再后来，她每周来到霍家。

一步一步，她走进他的世界，也走进他心里。

人生常常会有奇妙的巧合，无从解释，归之为缘。可是缘分也有深浅之说，他和她之间的缘分，应该是比较深刻的那一种，深刻到可以绵延一生一世。

燕子坞位于H市城郊，从高速路下来，不到十分钟，便开到了巷口。巷子里狭窄曲长，无法进车，刚好巷口有个大超市，门前有停车位。

霍易霆停好车，打开后备箱，将江绿汀的行李拿出来，然后又提了两个包装精美的高档礼盒递给她："送给你妈妈的。"

江绿汀连忙婉谢推辞。

霍易霆看着她："我妈让送的。"

江绿汀顿时就窘了，红着脸说："孟阿姨也太客气了。"这礼物她真是接也不是，不接也不是。

霍易霆朝着巷子里看了看，说："我送你进去吧，东西太多，你提不了。"

既然他都送她到了家门口，总要请人家进屋去喝一杯茶，江绿汀便领着他往巷中走去。刚好巷口的拆迁公告前，围着两三个人在看。

"霍先生你知道吗，我家住的地方要拆迁了。"

霍易霆挑了挑眉："这么说，你要变土豪了？"

江绿汀俏皮地笑："哪里，和霍先生比，还是差远了。"

人逢喜事精神爽，江绿汀亦是如此。燕子坞要被拆迁的消息将她所有的负累都解开，她像是被松开了双翅的鸾鸟，年轻喜悦的面孔明媚光艳，整个人光灿灿地发着光，眉宇间神采飞扬。

霍易霆好似看到了五年前那个明媚张扬的少女，有点难以移目。

江绿汀被他凝睇着，莫名其妙心口又怦怦跳了几下，竟然脸上微微发热。幸好这时身后有人叫她。

从巷口的超市里，疾步走出来一个清瘦的年轻人，正是她的高中同学谢晓东，也住在燕子坞的巷子里。

谢晓东满面春风地走到跟前："绿汀真的是你啊！我还以为认错了人呢。"

江绿汀挑眉一笑："我又长高了，认不出来了是吧。"

江绿汀从小到大语文成绩都出类拔萃，文章时常见报，是巷子里出了名的才女，偏偏和她同龄的谢晓东作文写得一塌糊涂，语文成绩总是在及格线上挣扎。

所以谢妈妈动不动就指着他的鼻子骂，你看看人家绿汀……巴拉巴拉一顿奚落，最后总结一句：你个不争气的兔崽子。

是以每次江绿汀见到谢晓东，都觉得好愧疚……

还好大大咧咧的谢晓东从来不记仇，和江绿汀关系一向不错，直到两人上了大学不在一个城市，这才淡了联系。

"绿汀，我六号结婚，喜帖已经发给叶阿姨了，你到时候可一定要来。"

江绿汀又惊又喜，连忙恭贺。

谢晓东看了一眼替江绿汀提行李的霍易霆，笑着问："你也快了吧，这位是你男朋友？"

"不是不是。这位是我学生的家长。我先回家了，婚礼我一定去哈。"

江绿汀和谢晓东道了再见，领着霍易霆走进巷子。

巷子两旁的民居几乎都是两三层小楼的格局，从外表看上去都差不多，颇有些年头。

霍易霆走着走着，看见前面突兀地矗立起一座气派而漂亮的白楼，被周围的旧楼房群星拱月似的围着，鹤立鸡群，门口还立着两个威风凛凛的石狮子。他偏头多看了两眼，若有所思。

江绿汀的目光也在紧闭的大门上顿了顿，心头闪电般晃过一道清俊的身影。

第十章　一个故人

这便是燕子坞的传奇人物邵庆勉老先生的旧居。邵家发达之后，早就搬离了燕子坞，老宅重修之后空置多年。直到江绿汀高二那年，突然搬进来一个人。

邵庆勉一直是燕子坞的传奇和骄傲，空置多年的邵家白楼突然住进了人，自然引起邻居们的好奇，很快就有人八卦出来，住进来的是邵先生的外甥傅明琮，从外地转学到七高读书，借住于此。

江绿汀的家，就在邵家的斜对面。更巧的是，傅明琮分到江绿汀的班里，不仅是她的邻居，也是她的同班同学。

傅明琮高考结束便离开了燕子坞，邵家白楼再次空置。

但每次从门前经过，江绿汀总是心里有点发慌，总怕他突然从门里走出来。

她低头走到自家的院门前，对着霍易霆笑着说："霍先生，这就是我家，请进来喝杯茶吧。"

虽然是诚心诚意的邀请，但她也做好了霍易霆会拒绝的准备。因为她家和霍宅比，实在简陋，而且霍易霆是个有洁癖的人，估计不会进去喝茶。

出乎江绿汀的意料，霍易霆竟然说了声好。

江绿汀意外而高兴，连忙按门铃。

叶惠知道女儿今天上午回来，一大早就去超市买了肉馅，正在厨房包饺子，听见门铃响，也顾不上洗手，就迫不及待去开门。

她本来以为门外只有江绿汀，开门一眼看见霍易霆，脸上的笑容都凝固了。

眼前这个男人，真是少见的英俊伟岸，气度不凡。

叶惠惊艳之余的第一反应便是，女儿终于领了个男朋友回来！

没想到这丫头不鸣则已一鸣惊人，竟然带了个如此俊美优秀的男人回来。

叶惠笑得合不拢嘴，喜不自胜地问："绿汀，这位是……"

"这是霍同同的爸爸，今天刚好去X市，顺路送我回来。"

叶惠一听是霍同同爸爸，马上就露出了惊喜交集的表情，简直比听到是男朋友还要激动，因为江绿汀已经打电话告诉了她，霍易霆就是两年前在眉山救了她的那个人。

恩人突然驾临，叶惠自然是千恩万谢，道不尽的感激，死活非要留下霍易霆吃顿便饭。因为两手糊满了面粉，她不方便动手，便指挥着江绿汀留客。

江绿汀忙说："妈，霍先生赶着回X市，等'五一'过后，我请他去外面吃饭。"她觉得家中便饭反而有点太随意了。

霍易霆笑了笑："那我就不客气了。"

江绿汀很是意外，没想到他竟然当真肯留下来吃饭，又惊又喜，忙说："你先到客厅里坐，我去沏茶。"

霍易霆点点头，顺便打量了一番江家小院。

房子两层小楼的格局，楼下是客厅厨房和卫生间，楼上看来是卧房。很老旧的建筑模式，庭院面积不大，收拾得很干净，院墙边种着一架葡萄。葡萄架下放着两把竹椅，中间一个小木圆桌。

小院干净整洁，透着一股幽静安宁的味道，只是很陈旧。霍易霆觉得自己错入了时光隧道，有种回到十年前的感觉。

客厅铺着方格的地板砖，有不少暗色裂纹，家具老式，风格简朴，墙上居然还用玻璃框嵌了一溜儿的奖状。

他走到玻璃框前看那些奖状，竟然还有江绿汀小学时的三好学生奖状，还有许多作文大赛的奖状。

"是不是很古董？"江绿汀端着一个木制茶盘盈盈站在门边，对他嫣然一笑，"客厅太小，不如在院子里畅快。要不，霍先生坐在院子里吧。"

江绿汀将茶盘放在葡萄架下的桌子上。一到"五一"，天气陡热，她今日穿了一件无袖的连衣裙。阳光从葡萄架枝枝蔓蔓的叶间漏下来，斑斑驳驳的光影落到她的臂上，白生生宛若玉雕的新藕。

霍易霆的目光从她肩头移上去，落到头顶的葡萄上。这个时节，葡萄正在挂果，小青豆一般密密匝匝挤在一起。

江绿汀泡完茶，才想起来忘记问霍易霆喝不喝茶。仔细回忆一下也全然无印象他平时到底是喝茶还是喝咖啡。

"霍先生你平时喜好喝什么？"

"什么都可以。"霍易霆的回答倒是出乎意料的随和。

"这是明前春茶，你尝尝。"

"很不错。"霍易霆抿了一口茶水，抬眸对她笑笑，"你不用去厨房帮忙？"

江绿汀笑着说："我妈让我陪你说话。"

"那一起包饺子吧。"霍易霆端起杯子，起身往厨房走。

江绿汀简直跟听见天方夜谭一样惊诧，眼睁睁看着他弯腰进了厨房，忙跟上去。

"阿姨，我来帮忙。"

叶惠哪里肯让他干活，急忙要来推他，可是两手都是面粉，又怕弄脏他的衣服，江绿汀紧跟着进来，叶惠便说："快把霍先生拉出去，霍先生是贵客，哪能让霍先生来干活。"

江绿汀听了老妈的话，动手来拉霍易霆，没留意他手中还端着一杯热茶。

看见茶水泼出来，她才反应过来，急忙问有没有烫到他。

霍易霆放下杯子，甩了甩手。

江绿汀果断拉着他到洗菜池前冲水，叶惠去客厅找烫伤膏。

霍易霆本想说没烫着，但江绿汀的手，握住他的手掌，他突然间有一种不想被放开的感觉。

江绿汀小心翼翼地捧着他的手，紧张兮兮又内疚担心的样子，让人很好笑，也让人很……心动。不到半米的距离，清清楚楚闻得见她头发上的香气，清晰看得见她耳廓上的毛细血管。她的手，白嫩小巧，和他的手一比，简直小的如同婴孩儿，很惹人怜爱，也很温暖柔软。

霍易霆心里有一种异样的感觉。他想起来两年前的那一幕，她紧紧地握着他的手，说，我要和你一辈子黏在一起。

江绿汀抬起眼帘，抱歉地问他疼不疼。

霍易霆不动声色地抽出手："不疼。"顿了顿，他说，"你知不知道，两年前，你被砸晕的时候，对我说了什么？"

江绿汀眨了下眼睛，表情很是迷蒙，"我说了什么？"

"你问我，记不记得那条叫502的狗。"

江绿汀恍然明白过来，为何霍易霆那天也给同同的小狗取名叫502了，原来是想暗示她，他其实就是那天和她一起避雨的人。可惜她昏迷之中说了什么胡话，早就毫无印象，听到502不仅没有想到眉山遇险的事，反而误会霍易霆是在《千山万水》下面留言的人，真是阴差阳错。

既然提起了502，她会不会提到傅明琮？

江绿汀神色紧张起来，小声问："我还说了别的吗？"

霍易霆点头："当然。"

江绿汀心里扑通一跳。人在梦境中或是昏迷中，极有可能会暴露心里最深处的秘密。她该不是说了什么不该说的话吧？如此一想，愈发紧张担心，脸颊微微泛起了红晕："我还说了什么？"

　　霍易霆正要开口，叶惠拿着烫伤膏走进厨房，这个问题也就被打断。

　　霍易霆说不用抹药，手已经没事。叶惠赶紧让江绿汀带他出去休息，无论如何不让他再帮忙。

　　霍易霆便出了厨房，依旧坐在院中的葡萄架下喝茶，江绿汀正要继续问他自己还说了什么，想想又觉得不妥。她若是说了寻常的话语，霍易霆不会时隔两年还记得如此清楚，一定是她对着霍易霆说了一些奇奇怪怪的话，所以，霍易霆才会记忆犹新。

　　她几乎可以猜到，她说的话应该和傅明琮有关。索性不问，以免霍易霆说出来，会让自己尴尬得无地自容。

　　江绿汀不问，霍易霆也就按下不提。

　　其实她即便问起，他也不打算告诉她，他打算在最合适的时候说出来。

　　不多时，叶惠端了一盘热腾腾的饺子出来。

　　霍易霆很有礼节地夸赞饺子的味道很好，而且显然不是虚伪的表扬，实实在在将一盘饺子吃得干干净净。叶惠对他的好感简直爆棚。

　　吃过饭，叶惠和江绿汀一起把霍易霆送出了巷子。霍易霆礼貌周全地告辞离开。

　　叶惠目送他的车子消失在路的尽头，感慨道："真是没想到，霍先生竟然这么年轻英俊。我还以为是个中年人。"

　　江绿汀莞尔："同同才四岁，他能有多老。"

　　"很多富家子，往往都是玩到三十岁还不肯收心，都是家里逼婚得急了，才有结婚的念头。霍先生二十六岁就结了婚，算是比较早的。"

接着，叶惠又说起了谢晓东，"他和你一样大，都要当爹了，你呢，连个男朋友都没有，都是家里拖累了你。"

江绿汀笑："根本不是，我一直相亲都没遇见合适的，缘分未到而已。"

"拆迁款一下来就赶紧把债还了。"叶惠提起这个又高兴起来，"我和邻居们算过，还完账，咱们的钱至少还可以买个三室一厅，给你结婚也足够了。"

江绿汀噗地笑了："妈你可真是心急。"

"你都二十六了，我怎能不急。我像你这么大，已经生了兰洲。"说到这儿，叶惠陡然沉默下来。

江绿汀一看勾起了老妈的伤心事，赶紧搂着叶惠的肩哄她开心，表示自己一定会积极相亲，加快步伐，争取一年内解决终身大事，两年内让老妈抱上外孙。

叶惠听到这些才算是高兴起来，然后告诉江绿汀，晚上要去舅舅家吃饭。

江绿汀一听就暗暗头疼，舅妈退休了没事做，最爱给人牵线搭桥。每次江绿汀寒暑假回来，她都会张罗着替江绿汀安排相亲。

没想到连"五一"这种小短假期舅妈她老人家也不放过了，晚上江绿汀一进家门，她就热情地向叶惠提起了一个男孩儿。对方和江绿汀同岁，家境富足，相貌英俊，即将研究生毕业，这一次见面若是有缘，男方毕业就去S市找工作。

叶惠万分满意，马上就催着舅妈着手安排，舅妈当即给同事打电话，定好翌日晚上见面。

江绿汀扯着嘴角干笑，明明不想去，她还不敢拒绝，因为刚刚才对老妈信誓旦旦保证过会积极找对象。

从舅舅家回来，已经是晚上八点钟。

江绿汀洗了澡，上到楼顶上吹风。

夜色沉沉，晚风微凉，举目看去，星星点点的灯光铺展开，破旧的房子，狭长的巷子，都被夜色掩饰起来，燕子坞比白日美丽了许多。

江绿汀用手指梳了梳湿湿的头发，目光漫无目的地在屋顶上流连。

目光落到漆黑的邵家白楼时，心里一阵惋惜，建造得那么好，却要被拆掉。

顶楼上放着一把竹躺椅，她拿了毛巾擦洗干净，躺在上面看着夜空。

这样的天气，晚风还算清新，只可惜，现在空气污染严重，已经不像小时候那样，可以看见漫天星光。

八点半，她拿出手机，拨通了霍易霆的电话，开始给同同讲故事。

故事刚刚讲完，手机里传来孟涵爽朗的声音，邀请江绿汀明天到X市家里做客。

"今天你妈妈招待了易霆，说什么我明天也得好好款待你，不然太失礼对不对。明天一早让易霆过去接你，我都准备好了，你不会让阿姨白忙活吧？"

江绿汀拿着手机，啼笑皆非。难道这就是当妈妈的通病？

她若是解释自己和霍易霆之间根本没有所谓的正在培养感情一说，估计霍易霆这"五一"假期也会如她一般，被相亲节目占满。

既然已经答应霍易霆要帮这个忙，明天只有去X市一趟了，好在两地相距很近，半个小时即到。

一阵自行车铃声打破了巷子里的宁静，突然间，巷子里变得热闹起来，车铃声，还有叽叽喳喳说话声。七高的晚自习结束了，一些租房在这里的学生三三两两地结伴而归。

江绿汀觉得有点吵，打算回房，从藤椅上起来的时候，无意间朝对面看了一眼。

对面的邵家白楼，竟然亮起了灯！

同样明亮的灯光，同一个房间。

她心里怦然狂跳起来，是傅明琮回来了吗？

转念一想，怎么可能。

他当年住在这里，不过是为了上学方便，如今早已毕业多年，他绝不可能还住在这条巷子里。或许是邵家的某位亲戚来庆勉高中读书，借住于此，就像他当年一样。

她捂着胸口，心跳渐渐平复下来。

十一点钟关灯睡觉的时候，斜对面白楼的灯光还亮着。江绿汀看着那一盏灯光，心想，这个孩子很用功，不像当年的他。

那时，她每天晚上做数学题熬到深夜，一抬眸，对面白楼的灯光已经灭了。当年她还曾愤愤，傅明琮明明没有她用功，学习却比她好。

翌日上午十点钟，霍易霆开车来接江绿汀去X市。江绿汀一上车，霍易霆便向她道谢。X市的姨妈已经替他物色了两位姑娘，若不是有江绿汀替他做了挡箭牌，"五一"假期将不得安宁。

江绿汀深表理解，笑着说："同病相怜，我晚上也要去相亲。"

霍易霆扭头看看她："你不想去？"

"我不能不去啊，不想惹我妈生气。"

"到时候给你打电话，找个借口叫你出来。"

江绿汀忍俊不禁："这一招好像过时了吧？"

霍易霆瞥了她一眼："有人帮忙，还挑三拣四。"

江绿汀连忙笑着表示道谢。

霍清许和孟涵的居处也在城郊，是一座三层的独栋别墅。霍易霆打开后备箱，拿出了两个礼盒。

江绿汀暗暗羞惭自己的粗心大意。在S市，她每次去霍宅都是以"工作人员"的身份，带着周末加班的性质前往，习惯了空着手过去。但这一次来X市的霍家，性质全然不同。霍易霆考虑得体贴周到，替她准备了礼物。

同同和小金豆正在屋外的草坪上玩耍，看见江绿汀便扑了过来，大有一日不见如隔三秋的意思。

孟涵看在眼里，愈发觉得两人有母子情缘。

精心准备的午饭极为丰盛，远非昨日叶惠的一顿饺子可比。

孟涵还拿出了珍藏的红酒，江绿汀盛情难却，喝了几杯。她酒量不佳，不多时，便有薄醉之意，眼波潋滟，两颊绯红。

孟涵没想到她酒量这么小，忙让霍易霆带她到楼上客房休息。

没想到江绿汀这一睡就到了下午五点多，还是被同同叫醒的。

同同趴在她耳边说："江老师，爸爸让我叫你起床，说你晚上还有很重要的事情。"

江绿汀睁眼一看窗外的天光，便觉得有点不对劲，拿出手机看到时间，顿时羞惭地捂住了脸。在别人家做客，睡得像头猪算怎么回事。

她赶紧起床洗脸，带着同同一起下楼。

客厅里霍易霆正在和孟涵说话。

孟涵一看江绿汀下来，便笑吟吟说："绿汀啊，我正和易霆商议，明天我们全家一起去画堂温泉吧。"她打算这几天都留江绿汀在X市，然后带着她到附近的景点玩一玩，顺便加深她和儿子之间的感情。

霍易霆道："以后再说吧，绿汀家里还有急事要赶回去。"

这是江绿汀第一次听见霍易霆叫她的名字，有一种说不出来的异样感觉。但她并没有多想，因为孟涵误会了她和霍易霆的关系，霍易霆若还是叫她江老师，自然显得很疏远。所以他改变了称呼，她觉得也很正常。

晚上的相亲定在六点半，江绿汀一看时间不早，便告辞离开。

霍易霆开车将她径直送到相亲所在的酒店门口，和她约好十分钟后打电话。

江绿汀走进了酒店。此刻离约定的时间还差十五分钟，那人应该还没来。可是她推开包房的房门，却发现窗户前已经站着一个人。

听见门响，他回过身来。

江绿汀看着眼前这个高大清俊的男人，如遭雷击。

她做梦都想不到会以这种方式和傅明琮重逢。

两年来，他好似没有任何改变，英气的眉眼，乌黑的头发，帅气英俊，一如当年模样。

只不过，较之她的愕然震惊，他非常镇定平静，仿佛早已知道走进来的是她。太过突然的重逢，没有一丝一毫的心理准备，她完全措手不及，脑子甚至失去了思考的能力，唯一能做的事就是睁着眼睛，一瞬不瞬地看着他。

傅明琮亦一瞬不瞬地望着她。两人眼神交织，时间过得模糊，不知是一秒钟还是一刻钟，仿佛过了很久，终是傅明琮先开口。

"好久不见。"

记忆中清朗的声音，充满了耳廓，江绿汀清醒地知道，自己并非在做梦。

傅明琮就这样突兀地出现在她的面前。

她很想像突然见到谢晓东那样，把他视为旧日的同学，平静自然面对他，可惜她做不到，心里乱得像是涨了潮的海水。

她嗓子干干地挤出来一句话："你什么时候回来的？"

傅明琮平静地回答："前天。"

"你住在邵家白楼？"

"是。"

原来邵家白楼那个房间的那一盏灯，就是他。

江绿汀深吸口气，问："你是不是知道，相亲的人是我？"

傅明琮点点头："我知道，我怕你不来，所以我没让介绍人告诉你舅妈我的名字。"

他果然知道，怪不得这样镇定。

江绿汀咬了咬唇："为什么？"

借此机会来奚落她？讥讽她？看看分手两年来她依旧单身一人，要靠相亲来找到结婚对象？当初一意孤行的分手，还不是这般下场？

她心口钝钝地胀痛，做好准备，接受他的嘲讽。但是傅明琮的回答却让她出乎意料。

"因为，我们前缘未尽。"

江绿汀心里怦然一声狂跳，难以置信地看着他。

傅明琮目光清澈深邃："就如《千山万水》，只走了一半而已。"

听到《千山万水》，江绿汀眼眶酸涩得厉害，冲口问道："《千山万水》下面留言的人是你？"

"是我。"

"推荐出版的人，也是你？"

"是我。"

江绿汀一句一句地问下去：

"你怎么知道的？"

"顾淼告诉我的。"

江绿汀恍然，原来是顾淼。怪不得她说，她的爱情就要来了，原来指的就是这件事。她一片好心想让她和傅明琮重新在一起，可是她根本不知道，横隔在她和傅明琮之间的矛盾究竟是什么。

想起往事，她心里如潮水般翻涌着难言的苦涩。

傅明琮静静望着她："她说你这两年未曾忘记过我，她说她给你介绍了非常优秀的男人，你不屑一顾。她说，你曾经写过一个故事，想要送给我。她还问我，还有没有可能和你重新开始。"

傅明琮一句一句说下去，每一句仿佛都敲打在江绿汀心里，她呼吸急促，周身冷一阵，热一阵，仿佛在火上炙烤，又仿佛被置于冰窖。

"我说我不知道，所以，我来试一试。"傅明琮说完，沉默地看着她。

江绿汀一瞬不瞬地望着他，觉得自己是在幻听。她设想过很多次和傅明琮重逢时的画面，独独不是眼前这一种。

她以为他一定恨她，一定怨她，可是他没有，他说他想要再试一次，重新开始。

沉默中，时光仿佛停住。眼前仿佛是个梦境。

手机铃声突兀地响起来，打破了这份让人快要窒息的平静。

江绿汀拿出手机，看到霍易霆的名字在手机屏幕上跳动，虚飘飘地"喂"了一声。

霍易霆的声音在电话里响起来："你告诉对方，有个朋友在人民医院急救室，你需要马上过去一趟。"他知道她不善说谎，连借口都替她编好。

江绿汀紧紧地握着手机，不知道该如何回答他。本来说好的借口，说好的十分钟就走，可是眼前出现的人却是傅明琮。她犹豫了片刻，没有出声。

霍易霆觉出江绿汀的迟疑，又问了句："怎么了？"

"哦，没什么，我这就下去。"她终于是下了决心，挂了电话，然后告诉傅明琮，她朋友有急事叫她去一趟医院。

傅明琮道："我送你过去。"

"不，我自己过去。"

江绿汀匆匆说完，转身就走。

身后仿佛有一个巨大的漩涡，再不走就要被吸附进去。

她疾步走到酒店门口，呼吸到清新的空气，看到开阔的视野，快要窒息的感觉，才慢慢消散。

她快步下了台阶。

傅明琼追出来，伸手握住了她的手臂，柔声道："绿汀，我送你过去。"

天气炎热，她穿了短袖的连衣裙，裸露的纤细手臂，被他握在手掌里，一股热力从掌心里传到她的肌肤上，她的身体微微颤抖了一下，慌乱不堪地说："不用，我朋友带我过去。"

"那我陪你一起。"

江绿汀怔怔地望着他，一向不善于说谎的她，不知道该如何应对，只是觉得身体虚软，心跳如雷。

突然身后有一只手扶住了她的肩头，是霍易霆。

江绿汀不知道他为什么会突然出手扶住她，但她异常感谢这个及时的搀扶，不必担心自己腿软得会摔倒。

和傅明琼重逢的巨大冲击，让她完全乱了方寸，短短十分钟的会面，仿佛已经耗尽了她的力气和精力。

傅明琼松开江绿汀的手臂，对霍易霆点头笑了笑："你好。"

江绿汀简单介绍了一句："这是我同学傅明琼，这是霍先生。"

霍易霆眸光深深地打量了一番傅明琼，而后勾唇淡淡一笑："很抱歉，我和绿汀还有急事，先行一步。"

江绿汀匆匆道了声再见，落荒而逃一般上了霍易霆的车。

从后视镜里看着傅明琼的身影一动不动地还站在酒店门口，她心乱如麻，无力地看着他，在镜中越来越远，渐渐模糊。

她一言不发地沉默着，失魂落魄，直到车子靠边停了下来，她才像是回了魂。

一扭头，正对上霍易霆的目光。暗光下，他的眼眸深邃莫测，却有一股犀利如刀锋的味道。

江绿汀勉强挤出一丝笑，想要掩饰自己的失态。

霍易霆沉默了两秒，沉声问："我是不是不该打这个电话？"

江绿汀忙说："啊，没有。"

"看来是真的不该打这个电话。"霍易霆扭过脸，看着窗外，缓缓道，"你不妨给他打个电话，让他稍等片刻，我送你回去，只说，事情已经办完。"

"不用。"

"如果我猜得没错，这个人，应该就是《千山万水》的男主吧。"霍易霆偏过头，视线从窗外的夜色中转回来，沉沉落到她的脸上。

江绿汀瞪大了眼睛，惊讶地看着他。

霍易霆的料事如神，一向让她钦佩，今日尤其如此。她不知道他是怎么猜出来的。她和傅明琮只不过在他面前说了两句话而已。

车内光线不明，两人面对面看着彼此，眸光都很亮。霍易霆一看江绿汀的表情，便知道自己没有猜错。此时此刻，他倒真是宁愿自己迟钝一些，什么都没发现。可是偏偏什么都躲不过他的一双眼睛，事关江绿汀，他更是格外的敏感。

看到《千山万水》的开头，他便隐隐觉得这是她自己的故事，因为里面的场景还有人物，都带着她的影子。后来看到文中女主送了男主一条小狗，再联想到当初在眉山救她的时候，她说过的那几句话，更是确认无疑。

《千山万水》只写到一半，而且时间已经过去两年，他以为，这段故事永远不会再有继续，却没想到傅明琮会以这种方式突然出现。

霍易霆凝眸望着江绿汀，问道："你当真不回去？"这么问，显然是在冒险。

江绿汀轻轻摇了摇头，但眸中闪过的犹豫和迟疑，毫不掩饰地落入了霍易霆的视线。

"送我回家吧。"

江绿汀此刻心乱如麻，最想做的就是回到家里，独自一个人静一静。

车子开到燕子坞的巷口。江绿汀下了车，道谢之后和他再见，之后又补了一句："晚上走高速，车子开慢点。"

霍易霆本来已经启动车子，临时踩了一下刹车，透过车窗看着她。

江绿汀挥手再见，带着心事的浅淡微笑，在夜色中有一丝楚楚动人的温婉。

霍易霆很想推门下去，直接对她说出存放在心里许久的话，但转念一想，却又压下了那股冲动，驾车离开。

江绿汀回到家，叶惠一听相亲的对象是傅明琼，脸上笑容顿时全消，"怎么是他？"

"他说想要重新开始。"

"我坚决不同意。"叶惠直接打断了江绿汀的话，"你已经不是两年前的你，你现在二十六岁，拖不起，也赌不起。不可能的事，就不要耗费时间。"

"我知道。"

"你答应我，不要和他再来往。"

江绿汀点点头，默然上了顶楼。

她坐在竹椅上，望着对面的那一扇窗户。

她清楚记得，第一次见到傅明琼的时候，是在九月，秋光清爽明静。

预备铃敲响了，班主任高景星像是踏着鼓点一样准时走进了教室，身后还跟着一个人。

本来不甚安静的办公室，突然静得一丝丝声响都没有，仿佛每个人的呼吸，都骤停了一下。

江绿汀心里咚的一下轻跳。

七高人才济济，大家的压力也很大，每个人都在拼命地学习，无暇顾及其他。女生们还好，男生不修边幅的简直比比皆是。胡子茬和眼屎在他们脸上出现并不算是新鲜，抓紧下课十分钟，趴在桌子睡出口水发出鼾声的情况，女生们也见惯不惊。

而站在高景星身边的傅明琮，一尘不染的白色衬衣，袖口整整齐齐地挽起来，露出右手腕上一块蓝色手表。午后阳光从窗户间斜进来，刚好照到表盘上，光闪闪的异常漂亮。

他最出众的地方并不在于他的清俊好看，而在于挺拔轩昂的气质、挺直的脊梁、微微仰着的下颌。班里的男生大多是苦大仇深、头悬梁锥刺股的形象，而傅明琮身上仿佛散发着清风朗月的光。

"这是新转来的同学傅明琮。"

高景星简单地介绍之后，安排他坐在江绿汀的身边。

当时，她还未意识到他是谁，直到放学回家，惊诧地发现傅明琮和她同路，而且走进了邵家白楼，她才恍然大悟，原来，他就是邻居们口中所说的，邵庆勉的外甥。

她说不清是哪一天开始喜欢上他。

高三那年夏天，连着下了三天大雨，巷口的小河因为暴雨涨了不少水，巷子里的几个孩子拿着簸箕在河堤边捞泥鳅。

胖胖掉进河里的时候，刚好江绿汀从河堤边经过。

她听见呼喊，急忙跑下河堤，弯着腰想要去抓胖胖的手。小孩子惊惶万状，两只手胡乱拍打着水面，却够不到她的手。情急之下，她一脚踩到河里，这才抓住了他的手腕。还没等她用力去拉他，他反而一个扑腾，将她扯到了水里。

江绿汀根本不会游泳，她没想到一个小孩子在恐惧慌乱的时候，力气会那么大，竟然把她也拉进了河中。她和胖胖一样，一下了水，就吓得惊慌失措，只剩下尖叫和挣扎的本能。

惊慌中，突然胳臂被一只有力的手紧紧握住，一股巨大的力道将她从水里扯了起来。她狼狈不堪地抬头，入目是一张清秀冷峻的面孔，午后的阳光照着他额角的头发，乌幽幽地泛着青光，有些凌乱地覆在浓黑的眉上。白色衬衣沾了许多泥点，运动鞋满是泥浆，已经看不出原样。

她从未见过傅明琮如此狼狈的样子，也从未见过一个人狼狈至此，却还那么好看。

她完全忘了自己比他的样子更狼狈，心里却在默默庆幸自己落水，才可能被他救起。然后她借此机会，送了一条萨摩耶表示感谢。

她记得他当时勉为其难接受的样子，接着又嫌弃502的名字不好听。然后还不满地说，哪有拿一条狗来感谢救命之恩的。总之，各种不满各种嫌弃，她本来想鼓起勇气告诉他这个名字的意思，但最终还是没敢说出来，又咽了回去。

直到几年之后在眉山劫后余生，她忽而觉得人生苦短，理当勇敢追求自己想要的东西、自己喜欢的人。

于是，活到二十四岁，她史无前例地剽悍了一回，做出自己从来都不敢去想的事情。哪怕失败也算是无憾。没想到的是，傅明琮竟然接受了她的表白。她简直都有些不敢相信这个结局，晕晕乎乎过了一个月，像是活在一场梦里。直到邵荣锦找到她，这场梦醒了。

第十一章 一段恋情

她以两人性格不合向傅明琮提出分手，换了手机号码，从原单位辞职离开，干脆果决地走出了傅明琮的生活，不留任何回旋余地。

她并没有告诉傅明琮和他分手的真正原因，所以，她能猜想到，清傲的傅明琮被她这样"抛弃"将会是何等的怨恨。

她暗恋他多年，投入的感情更多，而傅明琮是被她追上的，所以分手的时候，她觉得他应该很快就能走出来，忘记她。却没想到，时隔两年，他却安排了这样的重逢。

时间已经八点半，她收拾起纷乱的思绪，拨通霍易霆的电话，打算给霍同同讲故事。

给霍同同讲了两年的故事，即将讲到尽头，而和傅明琮的故事，却又山重水复，疑似有了新路。

奇怪的是，霍易霆未接电话。江绿汀算了算他离开的时间，应该已经到了X市的家。

电话响了许久没人接，停了一会儿，她又拨过去，依旧没有人接听。突然间，她心里一沉，莫非是高速路上有什么意外？

一想到他曾经驾车出过车祸，顿时担心起来。

第三次拨通电话依旧无人接听之后，江绿汀无法再保持冷静，立刻给刘阿姨打电话询问X市霍家的电话，或者是孟涵的电话。

霍易霆的确已经到了X市，车子就停在离家五百米的路边。

夜风清凉，寂静无人。路的两边种满了樱花，昏黄的灯光隐隐照着一地的落英，如铺了薄薄一层白霜。

他站在道边，点燃了一支烟。

傅明琮的突然出现，让他突然有了一种危机感。

他或许应该早些行动。

抽完两支烟回到车里，他看见手机上有四个未接来电。其中有江绿汀的三个电话，还有一个是家里的固话。

他正要回拨过去，手机再次响起，孟涵急匆匆问："你在哪儿呢？绿汀给你打了几个电话你都没接，她急得把电话打到了我这里。"

"手机放在车里没听见，什么事？"

"她担心你呗，怕你路上有事。你赶紧给人家回个电话，报个平安。"

霍易霆沉默片刻，眸光落在江绿汀的名字上。她这样关心他的安危，是因为他救过她，还是因为别的？纵然他睿智过人，此刻亦是无从分辨。

沉吟片刻，他拨通了江绿汀的电话。

"你找我？手机刚才放在车里，没听见。"

江绿汀听见他的声音，骤然放心。

"没什么事，刚才给你打电话一直没接，怕你路上有什么情况。没事就好。"

霍易霆嗯了一声，又说："放假这几天，不用给同同讲故事了，你好好休息。六号我回S市，顺路接上你。"

"好，你到了给我打电话。"

霍易霆握着手机，指腹缓缓在她的名字上抚摩了几下，随后将"江"字删除，存为"绿汀"。

江绿汀打完电话，一抬眼看见邵家白楼亮起了灯光。而恰好这时，手机来了一条短信。

"你明天有空吗？"

这个电话号码，江绿汀依旧记得清清楚楚，是傅明琮的手机号。

足足过了五分钟，她才回复："对不起，我这几天要赶稿子。"

翌日整整一天，她没有出门，生怕会碰见傅明琮。叶惠知道傅明琮回来之后，也刻意不让江绿汀出去，担心两人再破镜重圆发生点什么。

接下来的几天，江绿汀大门不出二门不迈，就闷在家里。

很快到了谢晓东的婚期。婚礼宴请的宾客除了新郎新娘两家的亲戚朋友，还有就是燕子坞的邻居。

叶惠和谢妈妈是多年的老邻居，江绿汀和谢晓东又是同学。所以，叶惠备了一份比较像样的礼金，换上了江绿汀这次回来给她买的新衣服，带着江绿汀一起前往。

走过邵家白楼的时候，江绿汀低头匆匆而过，生怕大门一开，傅明琮从里面走出来。

婚宴就摆在燕子坞附近的隆昌大酒店，包了二十几个包房，办得很喜庆很隆重。叶惠和老邻居们见面便聊到了一起，因为拆迁这件共同的喜事，大家都很兴奋，聊得热火朝天，跟集体中了彩票似的。

江绿汀和巷子里的小伙伴坐在另外的包厢。大家好久不见，分外亲切，话题也是围绕着拆迁。

十一点左右，门口的鞭炮声此起彼伏，新娘子的婚车到了，江绿汀和几个小伙伴一起出了包房，到大厅里看新娘子。

新郎身边围了几个年轻的男人，有的看上去很面熟，江绿汀还未等看清楚都是谁，已经有一位扬起手兴奋地叫她的名字。

这几位都是当年和谢晓东关系不错的男同学。

江绿汀的目光落到一个清逸的身影上，笑容突然僵了一下。她没想到傅明琮竟然会来参加谢晓东的婚礼。

当年他是高二转学过来的，因为是邵庆勉的外甥，同学们反而不太去接近他，以免有拍马屁的嫌疑。他自身的性格也比较清傲，即便是她和他住在斜对面，又是同班同学，他碰到她，也不过是点点头。

这和他妈邵荣锦也有关系。她和傅明琮一起搬来燕子坞住了一年多，但从来不和街坊邻居交往。有些老街坊私下曾经和叶惠吐槽，不就是发达了么，端着一副千金小姐的架子，当年还不是在燕子坞里玩泥巴的黄毛丫头。

或许正是因为有老人曾经见证过自己童年的清贫和邵家曾经的落魄，邵荣锦不与巷子里的人打交道。面对面碰见叶惠，都擦身而过，不打招呼。

叶惠不止一次在江绿汀面前说邵荣锦架子大，后来得知她和傅明琮交往，更是反对得厉害，直接告诉她：那样的婆婆，你拿不下也应付不来。

傅明琮算不得是燕子坞的邻居，当年和谢晓东的关系也并不亲密。

所以，江绿汀压根都没想过，会在谢晓东的婚礼上看到他。

她躲了他几天，终于还是再一次碰见。

婚礼仪式结束，大家重新回到包房。傅明琮不知道是故意，还是无意，刚好坐在江绿汀的身边。

男生们坐在一起，话题就比较放得开，嘻嘻哈哈问起彼此的终身大事。傅明琮说他没有女朋友。没有人相信，毕竟他是所有男生中最为出众的人物。

"真的。现在正在追。她还未答应。"

几个男生开始起哄，纷纷表示可以提供支持，出谋划策。

傅明琮浅笑不语，江绿汀如坐针毡。

他们相恋的时间太短，所有的同学都不知道，除了顾淼。

她低头吃饭，刻意回避傅明琮的视线。

时间过得异常漫长，她既想要快点结束，又想要无限地拉长，矛盾纠结得快要人格分裂。

新娘新郎前来敬酒的时候，江绿汀一看是两杯白酒，有点发怵。

傅明琮站在她的身边，轻声说："我替你喝。"

江绿汀很怕同学看出来什么，不等他出手，端起杯子一饮而尽。嗓子里火烧火燎，又辣又疼。

傅明琮将一杯白水递给她，眼神是满满的关切。

江绿汀躲着他的视线，想要立刻离开。

恰好这时，手机响起来，是霍易霆的电话。

"我一会儿到巷口等你。"

两人早就约好，他今天顺路带她回S市。只是江绿汀没想到他来得这么早，挂了电话之后，便和同学们告别。

离开酒店没多久，就听见身后有人叫她的名字。

傅明琮匆匆跑过来，问道："你今天要回S市？"

江绿汀嗯了一声。

"我送你回去吧？我现在也在S市。"

江绿汀忙说不用，继续往前走。

傅明琮陪在她的身边，自言自语地说："两年前，你说我们性格不合，我觉得不是分手的理由。那时，我不在S市，虽然不甘，却也无奈。"

江绿汀慌乱地说："对不起，傅明琮，我当时很任性，有些不负责任。可是，我们是真的不合适。"

"我不觉得，所以我想要重新试一试。"

江绿汀不敢再继续说下去，咬着唇，走得飞快。

霍易霆站在车旁，目光落在迎面而来的两个人身上。

傅明琮高大英俊，年轻而不失沉稳。

江绿汀穿着件淡蓝色棉布长裙，乌黑长发用一根乌木簪子挽起，露出白皙纤细的脖子。娟秀的眉眼，有一股入骨的清雅风度。

她不是第一眼让人惊艳的美人，但长得极其耐看，耐看到会让人不知不觉看上很久，渐渐深陷。

江绿汀抬眼看见了霍易霆。

他长身玉立站在车门一侧，黑色衬衣，浅灰色长裤，俊美面孔，清冷得竟有些不食人间烟火的味道。

江绿汀没有想到霍易霆来得这么快，不禁有点尴尬，因为傅明琮正站在她身边。

傅明琮看见霍易霆也微微一怔，虽然只见过短暂一面，但霍易霆的相貌和气质出众到让人过目难忘。他一眼辨认出来就是相亲那晚来接走江绿汀的人，显然两人之间的关系非比寻常。

江绿汀刚刚走到跟前，霍同同从车上跳了下来，亲亲热热地抱着江绿汀，倾诉思念之情："江老师你好几天都没给我讲故事了。"然后凑到她耳边小声小气地告状，"爸爸可坏了，还不许我给你打电话。"

江绿汀忍俊不禁，摸摸他的头发，然后请霍易霆稍等她片刻，回去拿行李。

傅明琮很有礼貌地和霍易霆道了声再见，也随着江绿汀的步伐走进巷子。

霍易霆看着两人的背影，心里有一种说不上来的沉闷。

江绿汀走得飞快，傅明琮问："你要和他一起走？"

"嗯。"

"现在时间还早，不如晚上我送你。我刚好也要回去上班。"

"不了，我已经和他约好，不能让人家白跑一趟。谢谢你。"

江绿汀匆匆回家提了行李箱。叶惠此刻还在酒店没有回来，江绿汀锁好院门之后，给老妈打电话说了一声。

她提着箱子往前走了几步，赫然发现傅明琮正站在邵家门口，并没有进去，仿佛是在等她。

"我帮你提箱子。"傅明琼伸手过来,不知是有意还是无意,手掌盖住了她的手背。

江绿汀吃了一惊,急忙抽出手说不用,傅明琼却执意要送,两人僵持了几秒钟。

傅明琼叹了口气:"就算是普通同学,帮你提着行李送一送你,总不过分。"

江绿汀低头不语,目光落在他清秀修长的手指上,心乱如麻。

情急之下她冲口说道:"我不想让霍先生误会。"

她不想霍易霆误会自己是个出尔反尔、口是心非的人。那晚相亲,她已经明确表态不欲再和傅明琼继续,今天被他撞见她和傅明琼在一起,已经有些尴尬,现在他又替她提着行李送她过去,算怎么回事。

傅明琼问:"他是你男朋友?"

江绿汀原本不是这个意思。不过傅明琼这样一说,忽然让她心里一动,略一迟疑便果断地嗯了一声。

她既然有了男朋友,他也就不会再有重新开始的念头。

这样最好,断了傅明琼的想法,也斩断自己的犹豫。

傅明琼的神色并没有意外,也没有失落,问道:"他手机号码多少?"

江绿汀不解:"嗯?"

傅明琼盯着她:"如果是男朋友,那你总该记得他的手机号,你能不能现在说给我听听?"

江绿汀倒真是说不上来。霍易霆的手机号她从来没记过,保存为名字,若是打电话便直接拨过去。

傅明琼笑:"如果是你男朋友,你不会连他手机号都记不得。"

江绿汀避开他的目光,强自镇定地回道:"我平素都打他家里电话,他家里的电话我记得很清楚,这比记得手机号码更能说明问题不是吗?"

傅明琮又说："我不信男朋友那么大度，送自己的女朋友去相亲。"

"因为我妈妈介意他有个孩子，不同意，所以才安排我继续相亲。我去相亲不过是走个过场，你也亲眼看到他给我打电话叫走我。"

傅明琮笑了笑，不再提出质疑，但依旧帮江绿汀提着箱子走到了巷口。

霍易霆放好行李，盖上后备箱。

站在他身边的傅明琮突然开口："听绿汀说，你是她男朋友。"

霍易霆不动声色地看了江绿汀一眼。

江绿汀窘得脸色通红，极想对他解释，可是傅明琮又在旁边。

出乎意料的是，霍易霆竟然对傅明琮点了点头，然后牵住了她的手。

"对，我是她男友。"

"很高兴认识霍先生，我也在S市上班，以后说不定会经常碰见。"

"嗯，有机会，我和绿汀请你吃饭。"霍易霆打开车门，示意江绿汀上车。

江绿汀赶紧道了声再见，上车关门，简直有些落荒而逃的感觉。而手掌还留着霍易霆手心里的余热。

霍易霆一上车，她便赶紧解释，担心他会生气。

霍易霆偏头看了她一眼："我怎么会生气，很高兴能当你男友。"

江绿汀只当他是开玩笑，红着脸笑了笑。

霍易霆漫不经心地说道："傅明琮听说我是你男友，反应很平静，说明两种情况。一是，他对你已经没有感情，所以听到你有男朋友既不伤心也不失落。第二种情况就是，他根本就不相信我是你男朋友。"

他侧目看了看她："你觉得是哪一种？"

江绿汀揉着太阳穴，小声哼哼："第一种。"

霍易霆笑了笑："我觉得是第二种。"

江绿汀心里莫名地有点发虚，其实她私心里也认为傅明琮是第二种，他那么聪明的一个人，一直是学霸，她天生不善撒谎，她其实并没有把握他会相信。

果然，当天晚上，她便接到了傅明琼打来的电话。

他开门见山就说："我知道那位霍先生不是你男朋友。因为我知道你喜欢一个人的时候，是什么样的眼神、什么样的表情。"

这句话，忽然戳中了江绿汀的要害。

他说得很对，她曾经那么喜欢过他，看他的眼神，对他的态度，他当然知道。

她拿着手机，无力辩解，听见他继续往下说：

"你特意找个人来假扮男友，是因为你心里还有我。你为什么不承认你对我还有感觉？我们为什么不能重新开始？"

江绿汀无言以对，很多话哽在嗓子里，几欲出口，最终还是咽了回去。

傅明琼等了半晌，不见她回答，只好道："那好，我们以同学身份来往，你总不会反对吧。"

江绿汀犹豫半晌，才勉勉强强嗯了一声。

傅明琼没有再逼她，挂了电话。

江绿汀坐到沙发上，心里乱成一团。如果他重新追她，她该怎么办？

第二天恢复正常上班。中午时分，江绿汀抽空和风编辑聊了一会儿出版合同的问题。风编辑让她把合同打印出来签字快递给她。此事已经算是板上钉钉，江绿汀这才给老妈打电话汇报。叶惠听说女儿可以出书，自然高兴异常。

趁着老妈心情好，江绿汀趁机提出专职码字的事情，没想到叶惠还是坚决反对。

"妈，你知道我一直都很喜欢写故事，我不喜欢当老师，以前因为咱们欠账，我一直不敢辞职，现在没了负担，我真的很想做我自己想做的事情，我已经二十六岁了，知道自己想过什么样的生活，并不是一时冲动。"

"我不是反对你当作家，我知道你有这个天分，如果将来你老公支持你，老妈我二话没有，可是你现在连个老公的影儿还没有呢，别不切实际地东想西想了，还是先找个男朋友再说吧。你都二十六了。你没工作，怎么找对象？"

"那你的意思是，我有了男朋友，男朋友也不反对我专职写作，你就同意？"

"那也要和男朋友关系很稳定、打算谈婚论嫁才行。"

江绿汀笑着叹气，还好，老妈没有要求她先去领结婚证。

第十二章　一个骗局

随后的一周，傅明琮每天都会给她打电话、发短信，有时候是一个笑话，有时候是一句类似天凉加衣的问候。她虽然不回复，但每次看到他的短信，心里都会波动许久。

周四下午，江绿汀接到了从北京发来的快递，是盖了章的出版合同。看着这份合同，江绿汀又想起了傅明琮，没有他，就没有这本书的出版。她犹豫许久，终于给他发了条短信回去，只是简简单单的两个字：谢谢。

傅明琮很快回复：那你请我吃饭吧。

江绿汀有点骑虎难下，敷衍道：我最近好忙，以后再说。

"以后是哪一天，周五？周六？周日？"

江绿汀不知道该如何回复，索性关了手机。

周五下午放学，当张弛开车来接她和同同回霍家的时候，她如释重负地松口气，潜意识里，竟然觉得霍家是个避风港，她可以躲进去，避开傅明琮。

周末两天，江绿汀索性关机，专心写稿，以免再接到傅明琮的短信，或者电话，扰乱心神。

周一回到学校，她也采取这种方式，每天下班之后关机，八点半给同同讲故事的时候才开机。

半个月后，江绿汀将《千山万水》的全稿交给了风冷翠。

风冷翠看完全稿之后，给了江绿汀一个好消息。她们公司有影视部门，经理看了这篇稿子之后，觉得很适合改编成电影，已经推荐给了一家知名影视公司CT娱乐，让江绿汀耐心等待消息。

事情顺利得让人难以置信，仿佛印证了那句话，机遇留给有准备的人。她写了这么多年的小说，出版对她来说，已经是一种莫大的肯定和鼓舞，如果能够拍成电影，更是锦上添花。

一直想要专职的念头愈发地强烈起来。她开始琢磨，要不要瞒着老妈偷偷辞职，反正她不在S市，也发现不了。

一晃又是两周过去，高考结束，陈洁回到了霍家。江绿汀不必每周五去霍家带同同，她史无前例地轻松，只等着风冷翠的消息。终于在周四这天，风冷翠通知她CT娱乐确定要购买这篇小说的影视版权，会找一位编剧来改编成剧本，希望江绿汀也能参与其中。

这个好消息，简直让江绿汀欣喜若狂。

风冷翠告诉她，CT娱乐希望剧本能快些赶出来，到时候电影和同名书籍一起发行，效果会更好。所以，希望她尽快来一趟北京，还有很多事情需要面谈商议，比如见制片人、见合作的编剧、签合同等等。

这一刻，江绿汀终于下定了辞职的决心。一片光明的前途铺展在她的脚下，而且是她最喜欢的一条路。多年来的心愿终于可以实现，她当然不能错过。

做了决定之后，江绿汀去了章校长的办公室。

章校长听说她要辞职吃了一惊，当即问了一句："霍易霆知道吗？"

"我还没有告诉霍先生。"

章校长略一思忖，道："因为关系到同同，我得和霍易霆说一声。"

她拿起电话，给霍易霆拨了个电话，说了几句之后，把电话递给江绿汀。

江绿汀接过电话，霍易霆径直就问："你要辞职？"声音很急，和平素的沉稳淡定截然不同。

"是啊，我本想告诉章校长后再向你报告呢。"

电话里静默了两秒，江绿汀清晰地听见霍易霆深呼吸的声音。

"晚上见面再说，下班我去找你。"

霍易霆大约是在开会，只说了短短一句话便匆匆挂了电话。但是，江绿汀还是敏感地觉出霍易霆有不想让她辞职的意思，不然也不会晚上特意过来和她细谈。

曙星待遇好，一向不缺老师，同同终归要长大，要自立，她只不过是他的老师而已，并非是他妈妈，江绿汀有点想不通霍易霆为何不想让她辞职。

下午六点半，霍易霆给她来了电话，说他已经到了学校门口。

江绿汀走出校门，霍易霆从后视镜中看到她，便推门下车。

江绿汀看见他第一眼便发现一个异常之处，他的衬衣领口竟然解开了两个扣子。这可真是难得，他素来都扣得严严实实，典型的禁欲系做派。

霍易霆见面就问："你为什么要辞职？"

"其实我早就想要专职码字，只不过因为有债务压力，不敢轻举妄动。现在没了负担，我很想去做自己喜欢的事，刚好又有了这么个机会。"江绿汀把辞职的原因告诉他。

霍易霆骤然听到她要辞职的消息，急匆匆过来是想劝阻，因为不想她离开自己的视线，但看到她的明媚笑容和飞扬的神采，忽然感到自己不该狭隘地将她笼罩在羽翼之下，即便是出于一种保护的心理。

"你应该试一试，这是个好机会，不过……"霍易霆欲言又止。

"你是不是觉得有什么不妥？没关系，直说就好。"

霍易霆直言不讳道："据我所知，出书和拍电影完全是两回事。出版不难，但是投拍电影却是个很大的投资，没有见到合同之前，一切都不算数，就算是签了约，也有许多陷阱。"

江绿汀自然也想到了这些，只不过机会就在眼前，难道不去抓住？

"我第一次碰见这样的事，其实心里很紧张，也很担心。"

她个子娇小，面相也嫩，此刻惴惴不安的样子，颇为可爱，霍易霆几乎想要抬手去揉揉她的头发。

他柔声道："刚好我近期要去北京出差，如果你信得过我，到时候我可以帮你看看合同。"

"太好了，谢谢你啊。"江绿汀脸上的忧色一扫而光，一双眸子笑盈盈望着他，光彩熠熠，潋滟生辉。霍易霆睿智过人，如果有他把关，自然是求之不得。

"你什么时候去北京？"

"我和编辑说好了是下周三，你呢？"

"我周四过去。到了北京之后，你告诉我地址，我去找你。"

霍易霆本想和她一起过去，但又怕她看出自己是专程陪她前往，于是刻意迟后一天。

江绿汀好似突然间有了一个强有力的依靠和支撑，嫣然笑道："真不知道该怎么谢你。欠了你的人情，感觉这辈子都要还不清了似的。"

霍易霆笑了笑，一辈子慢慢还就是了。

江绿汀翌日办了离职手续，然后搬去顾淼在市中心的一处房子。当初顾淼买这个小房子，就是为了出租挣钱，纯属投资。刚好房客上个月搬走了，江绿汀便直接搬进去居住。

顾淼过来帮着她收拾房间，打扫完毕之后，两人坐在沙发上聊天。江绿汀在S市的朋友很少，顾淼算是唯一的死党和闺蜜，两人无话不谈。

两个正值婚嫁期的女生，谈论最多的话题自然就是情感。

顾淼问道："你和傅明琮复合了吗？"

江绿汀就知道她一定会问，笑着摇了摇头。

顾淼急得想要咬她："他既然肯回来找你，你干吗不同意复合？"

江绿汀知道她只要说了原因，顾淼必定会告诉傅明琮。所以避而不答，催她回去睡觉。

转眼到了周三，江绿汀收拾了简单的行装启程去北京。

酒店是在网上提前订好的，她先到酒店放下行李，然后给霍易霆打电话。

霍易霆的手机关机。因为此刻，他正在飞机上。

江绿汀给他发了一条短信，告知酒店地址和房间号，便于明日他和她联系。然后收拾了一下离开了酒店，打车前往和风冷翠约好的地方，XH路的一家名叫"甜蜜时光"的手工巧克力馆。

江绿汀很奇怪，为什么风冷翠要约她在手工巧克力馆见面，而不是她的办公室。但是既然她这么安排，她也不好反对。

地方倒是特别好找，她到了XH路，很快就找到了风冷翠所说的"甜蜜时光"。

站在门口打量店面的时候，江绿汀突然发现，这条街的斜对面，竟然就是X大，傅明琮读硕士的学校。

她定了定心绪，轻轻推开门，一股香气扑面而来。

此刻是傍晚时分，店里安安静静，一位年轻的女店员很热情地过来招呼她。

江绿汀笑着说："我是来等人的，不好意思。"

女店员笑着问："您是江老师对不对？"

江绿汀点头。

"他已经来了，在里面等你。"店员指着旁边一间房间。

江绿汀有点激动，忙走进去。

房门虚掩着，露出一尺多的空隙，她推开的一刹那，整个人都惊呆。

傅明琼从窗前转过身，着白色衬衣，袖口挽上去，蓝色表盘在夕阳下反着光。

一切都如同她初见他第一面的模样，只不过，时光一眨眼，已经近十年。

她震惊地说不出话。目光直直地望着他，像是被定住了，移不开分毫。

傅明琼走过来，步伐一步一步，像是敲打在她的心上。

她觉得心跳如鼓如雷，快要从喉咙间跳出来。

傅明琼站在她对面，笑着拉开长桌旁的凳子，柔声让她坐下。

江绿汀终于是缓过来神，问道："风编辑呢？"

傅明琼笑了笑："是我想先见你一面。"他坐在她的对面，隔着一米远的距离，眸光沉静而深邃地望着她，"你一直躲着我，也一直不肯接我的电话。没办法，我只好拜托风冷翠，替我安排了这个会面。"

"有事吗？"江绿汀不敢直视他的眼睛，紧握的手心，微微出了汗。

傅明琼目光转向窗外，说道："你看，斜对面就是我的学校。"

江绿汀点了点头。

"两年前，你给我打电话提出分手的时候，我刚好就在这里。那会儿我正在做巧克力，打算送给你做生日礼物。"

江绿汀没想到他会突然提起往事，心里有些伤感。

傅明琼说："那时，我心里一边鄙视自己，做这种肉麻俗气的事情很幼稚很可笑，一边又觉得你一定会喜欢。只要你高兴就好。"

江绿汀听见他的话语，眼前好似清清楚楚看得到他当时做巧克力的那一幕画面。曾经那么美好的情感，终究未能抵过现实的锋芒。

她不敢直视他的眼睛，低声说："对不起。"

傅明琼打开桌子上的一个盒子，慢慢推到江绿汀的面前："两年前做的那一份巧克力已经不在，这是我重新做的一份。"

江绿汀接过那盒巧克力，看着栩栩如生的小兔子，眼眶有些发热。他还记得她的属相。

"巧克力可以重新做，我们也可以重新开始。"

江绿汀心里一震，抬起眼眸。

傅明琼眸光灼灼望着她，突然出其不意地握住了她放在桌子上的手，很重的力气，将她的两只手，覆盖在掌心下。

江绿汀心里再次一震。

同样的地方，她向他提出分手，两年后，同样的地方，他向她提出复合。

傅明琼目光灼灼地望着她的眼，问道："你答应了是吗？"

此情此景，江绿汀根本无法拒绝。

当初的辜负，虽然情不得已，却毕竟是她先开口。

她紧紧咬着唇，眼眸湿湿地带着水光。她不让自己说出答应的字眼，但也说不出一个否认的字眼。嗓子哽得很疼，如同那天婚宴上一口气灌下去的两杯白酒，喉咙如火烧。

傅明琼笑了笑："那我，就当你是默认答应了。"

江绿汀不知道该如何回答，心里百转千回，百感交集。

傅明琼突然松开她的手。

"你知不知道，一个人在满心欢喜甜蜜的时候，被人突然捅上一刀是什么感觉？"

江绿汀听到这句话不由一怔。

傅明琼往后退了几步，身子靠在桌子上，脸上的笑意全无。他冷冷地望着她："如果我现在告诉你，世上根本就没有风冷翠这个人，你是不是就能体会到这种感觉？"

江绿汀眼眶中的温热泪意陡然消失，心里的激动感动还有百转千回的情愫仿若被一桶冰水给冻结起来。

　　傅明琮勾了勾唇角，笑容冰冷而带着嘲讽："你是有多自信，会认为我被你玩弄了抛弃了还对你念念不忘、无怨无悔？"

　　江绿汀瞬间心寒如冰，脑中一片空明。

　　傅明琮的眼神突然变得锋利起来："分手两年，我记得最清楚的就是这一幕。我坐在甜蜜时光里，亲手给你准备生日礼物。然后，接到你的分手电话。"

　　江绿汀一瞬不瞬地看着他，傅明琮同样，一瞬不瞬地望着她。

　　两人的眸子都亮得迫人，不同的是，她眼中都是痛楚，他眼中都是愤恨。

　　傅明琮冷笑："在最甜蜜的时刻，收到最残忍的消息。这个感觉是不是很好？"

　　江绿汀慢慢站起来，慢慢说道："所以，出版影视这一切都是假的，只不过是你在报复我？"

　　"不错，都是假的，包括那份合同。"傅明琮抱臂冷笑，"两年前我在这里，就是你现在这般心情，现在原数奉还给你。"

　　江绿汀身体微颤，扶着桌子边缘的手指关节，因为用力而变得青白。

　　认识了将近十年的人，原来她根本就不了解他。

　　他像是活在她的幻想里的一个唯美幻梦，或者说，她爱的是她的暗恋情怀，她念念不忘、耿耿于怀的，是那份不得不终止于现实面前的遗憾。

　　突然间，心里空荡荡的像是被人破开了一个大洞。

　　她勉强挤出一丝笑意，声音微微颤抖："很好。傅明琮，我要谢谢你。"

　　傅明琮眯起眼眸，冷冷望着她。

"谢谢你，让我彻底地放下了过去。"江绿汀苍白的脸上，露出一抹伤痛的笑意，而后，疾步走了出去。

还好，岁月的打磨，已经让她足够坚强。没有在他面前倒下，没有在他面前失控。

她只是很失望。

曾经甜美而酸涩的回忆，美丽而青涩的初恋，最美的一段情怀，都戛然而止在这一刻。

推开甜蜜时光的大门，落日正好悬在X大一座教学楼的屋顶上。阳光斜照过来，刺得她眼前一花。

她快步走到路边，拦了一辆出租车。关上车门的那一刻，眼泪如雨般簌簌而下。两年来的念念不忘、耿耿于怀，终于结束了，以这种方式。

车子开到半路，到了下班高峰期，开始堵车。

出租车开开停停，在离酒店还有一站路的时候，又被堵死。

江绿汀提前下了车，沿着街边的人行道慢慢走着。

暮色四合，陌生的城市，陌生的人心。她没想到傅明琮会这样恨她，恨到时隔两年还设了这样的一个局来让她空欢喜一场，让她来体会这种得到再失去的痛苦。

街上的汽车多得数不清，密密麻麻的在路上，一眼看去望不到头。

她看着车流，心里很是茫然，本来以为已经找到了最为喜欢的道路，走到跟前，才发现是海市蜃楼、一场幻梦。

傅明琮知道她的死穴所在，所以在她的梦想上插刀。

这样，才能让她痛得最厉害。

手机在口袋里振动，她拿出来，看到霍易霆发来的消息，问她什么时候开始商谈合同。

她回复道："霍先生你明天不用和我联系了，我明天回S市。"

发完之后，几乎马上就收到了他的回复："怎么了？"

"没什么，再见。"

江绿汀此刻心情糟糕到了极点，提及出版和影视，就像是在伤口上抹盐一样痛。

她关掉手机，走到路边的商店，买了一瓶矿泉水，目光扫到旁边摆放的烟酒，又毫不犹豫地拿起了一瓶二锅头。

回到酒店，她先去洗了把脸。镜子里照出来一张憔悴伤心的面孔，两只眼睛红得像是兔子。

她吸了吸鼻子，自嘲地笑：傅明琮说得没错，她还真是傻。时隔两年，竟然还以为傅明琮对她念念不忘，对她深情一片。

她爬到床上，打开电视，电视里正在上演一部根据网络小说改编的电视剧。

这些天，她一直在梦想着《千山万水》也能搬上荧屏，原来是一场笑话，一个骗局。

她难过得不能自已，打开了那瓶二锅头。

二两应该就能喝醉吧。她举起酒瓶，眨着干涩的眼睛，还研究了一下度数。活到二十六岁，连酒吧都没去过。

都说一醉解千愁，她现在只想一个人大醉一场，忘掉这一切。

打开盖子，她喝了一口，真是又辣又涩难以下咽。

电视里热热闹闹地演着分手的戏码，她一口一口地喝着二锅头，呛得涕泪交流，一会儿咳嗽，一会儿擦鼻涕，床前的地上扔满了纸团。

手里的一小瓶酒被她喝掉了大半，电视屏幕上的人物开始出现了重影。她本来是斜靠在床头，开始觉得脑袋昏昏沉沉很重，于是顺着床头，身子慢慢滑下去躺到了床上。

头挨到枕头，她舒服地叹口气，心口火辣辣的像是烧着一团火，她迷迷糊糊地想，这或许就是醉的感觉，什么都不想了，只想睡过去。

恍恍惚惚中好像有人在按门铃，离的有点远，像是幻听，她懒得理会。过了会儿，床头上的电话响了，这次是真的在响，就在枕头边，她拿起话筒，含含糊糊地喂了一声。

"快开门。"

江绿汀迷迷瞪瞪地问："你是谁？"

电话里的人深呼吸，一字一顿说："我是霍易霆，开门。"

江绿汀握着话筒，含糊不清地说："什么门啊？"

霍易霆继续深呼吸，耐着性子说："你房间的门。"

江绿汀握着电话，想了想才跟跟跄跄地下了床，赤着脚走到门边，打开门。

门外站着一个高挑清俊的男人。她扶着墙，费力睁大眼睛，认出是霍易霆，自言自语般咦了一声："你怎么在这儿？"

霍易霆闻见了一股酒味，又看她满脸通红，惊讶地问："你喝了酒？"

江绿汀此刻脑子一片糊涂，只想睡觉，抬手便要关门。霍易霆忙伸手去挡，江绿汀身子软得跟水一般，被房门一碰，就往后倒去。

霍易霆迅速扶住了她。

江绿汀就势靠在了他的怀中，闭着眼睛，含糊不清地呢喃了句"再见，晚安"。

霍易霆见她这样，当然不放心离开，反手关上房门。

房间里入目之处一片狼藉，地上的纸团洒落得到处都是，几乎无从落脚。

他将她扶到床边。

江绿汀软绵绵地往床上一趴，嘟囔道："他骗我。"

霍易霆听不出是男他还是女她，也不知道她说的是谁，把她身子翻过来，急问："到底出了什么事？"

接到她的短信，他便觉得不对劲，紧接着打电话她已经关机。还好，她早先给他发了个短信，告知了她的酒店和房间号。于是直接赶到酒店找她。

江绿汀没有回答他的询问，一巴掌拍开他的手，扯过一个枕头盖到了自己的脸上。

她此刻头晕得厉害，不想说话，也不想听见有人说话。

霍易霆知道，江绿汀是个外柔内刚的性子，看上去温柔绵软，其实自制力很强，若不是受了重大的打击和刺激，绝不会独自闷在房间里灌醉自己。

他急切想要知道发生了什么，于是把她闷在脸上的枕头拿开。

这个动作忽然就惹恼了江绿汀。枕头被抽走，手里空空落落，类似一种突然被人夺走希望的感觉，如同傍晚时分，傅明琮冷笑着告诉她一切都是假的。

她扑到霍易霆身上，抢过枕头，便朝着他扑打过去。

闷在心里的痛苦，终于找到了发泄的途径。

霍易霆本能抬手去挡，但看着她突然涌出来的眼泪，又放下了手臂，任由她打到疲累而住手。

江绿汀哭得满面是泪，清丽的面孔湿漉漉的像是淋了雨，他恍若看到了两年前在眉山避雨的她。

霍易霆正要给她拿毛巾擦脸，起身的那一刹，江绿汀突然扑过来，紧紧抱住了他。

霍易霆身子一僵，有一种电流通过的感觉。

江绿汀两只手紧紧攥着他的衬衣，使劲晃了晃，气愤而委屈："傅明琮你欺负我。"

原来是把他当成了傅明琮。

霍易霆缓缓将她抱在了怀里，抚摩着她的后背，柔声说："我不会欺负你。"

江绿汀突然搂住他的脖子，狠狠地咬了一口。

霍易霆倒吸了口气，又好笑又好气，真是没想到她喝醉了，这么刁蛮厉害。

江绿汀咬了这一口，终于把全身的力气都用光，心里的气愤都发泄完。

她无力地靠在霍易霆的怀里，断断续续说："你妈说，我爸不到四十就病故，兰洲二十多岁就去世，所以，我们家的基因都是这种短命的基因，不能和你在一起……她还说，我爷爷我爸爸都看不起你们家，现在你们发达了，我就去倒追你，真是不要脸……她说除非她死了，眼不见为净……"

她说着说着，觉得好累，闭上眼睛，长长地叹了口气，好像把心里所有的郁结都吐了出来。

霍易霆低头苦笑，她此刻真是醉糊涂了，再次把他当成了傅明琮，就像两年前在眉山悟觉寺外。

"傅明琮，我已经不喜欢你了。"

霍易霆心里一动，垂目看着怀里的她。

这句话他听得清清楚楚，但停了片刻，依旧忍不住再问："真的不喜欢了？"

江绿汀嗯了一声，喃喃说："我甩你一次，你骗我一次。现在，我们两清了……我再也不会觉得内疚了。"

霍易霆伸手摸着她的脸颊，声音低沉，一字一顿："那你，喜欢霍易霆吗？"

等了半天，江绿汀却没有回答，原来已经睡了过去。

霍易霆垂目凝睇着她的脸。白皙的肌肤布满红晕，甚至连眼皮、鼻头都是红的，一张脸红扑扑地冒着热气。

他慢慢放下她，走到卫生间，拧了热毛巾给她擦脸。

江绿汀一动不动，任由他将她手脸擦干净。

霍易霆关掉电视，房间里骤然安静下来。六月天，房间里已经开了空调，霍易霆展开床上的薄被，盖在江绿汀的身上，她睡得很沉，呼吸绵长。

霍易霆坐在床边，微微蹙眉看着她的睡颜。

一开始他听说《千山万水》可以出版的时候，并没有觉得有什么不妥。

毋庸置疑，江绿汀在写作方面很有天分，而且《千山万水》他看过，文采斐然，感情充沛，虽然故事只写到一半，却让人有一种欲罢不能的感觉，完全有出版的资格。

但当江绿汀说到此书有望改编成电影，而且这么快就来北京签合同的时候，他觉得不大对劲，并非是质疑这篇文章的内容不足以支撑一部电影，而是因为电影投资不是一个小数目，从立案到拍板，未免进展得太快。

虽然江绿汀没有说清楚是怎么回事，但霍易霆睿智过人，此刻稍稍一想，便明白了是傅明琮在设局。

显然傅明琮很了解她，所以这个局轻而易举地击中她的要害，才会让她如此伤心难过。

时隔两年，他还耿耿于怀要来报复昔日的恋人，要么是他这人心胸狭隘，要么是当初用情很深。

霍易霆不必去分析他是哪一种情形，只是庆幸自己来了北京，而且是今天就来了。更庆幸江绿汀告诉了自己酒店名字，不然偌大北京，要找到她，无异于大海捞针。

他伸手，轻轻抚摩着她披散在床上的头发，心里温软、安静。

她终于放下过去，他也是，终于放下了过去。报复未必能惩罚对方，反而会禁锢自己，不如放手。

不知不觉，已是深夜。

霍易霆在楼上另外订好了房间。不过，江绿汀醉成这样，他不放心晚上她一个人独自留在这里。这间房是标准间，旁边还有一张床。

霍易霆想了想，抽了房卡，去自己房间洗漱之后又回到江绿汀这里，睡在旁边的床上，打算晚上照顾她。

江绿汀酒品很好，醉了不哭不闹，一晚上睡得一动不动，温顺乖巧。

霍易霆低声问她是否喝水，她也不答，翻个身继续睡。

一夜过去，江绿汀都很安静，偶尔嗫嚅几声，像是在梦呓，却也听不清楚在说什么。

霍易霆时睡时醒，因为有晨跑的习惯，醒得比较早。

洗漱之后，他叠好被子，走到江绿汀的床前。

晨光从窗帘的缝隙里透过来，照着她年轻的脸颊，白里透红的好颜色，眉目清秀端庄，睡姿甜美可爱。

他静静看了一会儿，然后拿了房卡出去给她买早餐。他记得附近有家店的早点生意特别好，生煎和蟹黄包最为有名，还有各种养生粥。

江绿汀醒过来的时候，房间里静悄悄的。她第一感觉是头疼，嗓子发干，微微咽了下口水，那股白酒的辛辣气依稀还在。

她一清醒，脑子里便回想起昨天和傅明琮在甜蜜时光里发生的事情，至于酒醉后的事情，她却完全没有印象，更不记得霍易霆的存在和出现。

她揉着太阳穴，从床上爬起来去卫生间。走过旁边那张床的时候，根本就没想到霍易霆昨夜在这里睡过一晚。

镜子里的她，虽然眼皮还微微有点肿，但看上去比昨天傍晚精神了许多。

睡饱的肌肤，白里透红。

心病还须心药医。傅明琮的这一剂猛药，终于让她从内疚和亏欠中走出来，当傅明琮说出这一切都是一场骗局的时候，她觉得自己心底的某个地方彻底死去，而后是如释重负的平静。

霍易霆曾经说过，傅明琮看见她和他在一起的时候，表情很平静，这代表两种情况。一是已经放下了她，二是不相信他是她男朋友。

当时她以为是第二种，现在回想起来，原来是第一种。

一想到霍易霆，她感觉自己昨夜好似做了一场梦，梦里霍易霆和她在一起。奇怪的是，那梦还特别的真实，就跟确实在在发生过一样。

江绿汀一边刷牙一边纳闷，自己怎么会梦到霍易霆呢。难道是因为今天他要来北京，所以才会日有所思夜有所梦？

江绿汀想到这儿，不禁暗暗头疼，她简直不知道该如何对他解释。

自己大张旗鼓地辞职，兴致勃勃来北京奔赴梦想，结果却是个骗局，说起来还真是有些丢人。

反正已经给他发过短信，她决定继续关机，免得他打电话来询问她事情的进展。等回到S市，再和他详细解释。

她换下衣服，开了水龙头洗头洗澡，洗掉身上的酒气，也洗掉晦暗的情绪。

一切都重新开始吧，没什么大不了的。她不会轻易就被打垮，也不会轻易就伤心绝望。既然已经来了北京，就当是出门旅游，索性玩几天再回去，反正也已经辞了职。

她并非第一次来北京，长城、故宫、颐和园那些著名景点都已经去过。只有香山，因为每次来都不是看枫叶的季节，一直没有去过，心情不好的时候，登高望远最能开阔心胸。时间还早，她决定等会儿就去爬香山。

洗完澡，她清清爽爽地带着行李，离开了房间，去前台退房。

霍易霆提着大老远买过来的早点，回到酒店的时候，工作人员正在收拾打扫客房。

霍易霆一听江绿汀已经退了房，脸色一变，立刻下楼追出酒店大厅。

路上是熙熙攘攘的车流，行色匆匆的路人。

而他拨打的电话已关机。

江绿汀此刻已经打车离开了酒店。

两个人先后错开的时间，不过是十分钟而已。

出租车径直开到香山脚下，江绿汀在附近先找了个快捷酒店放下行李，然后便直接上山。

此刻不是看枫叶的季节，也不是周末，园中游人并不多。

清朗明媚的天气，即便没有如火的枫叶，风景也很不错。

她走走停停，专心看风景，不去想甜蜜时光里的伤心，只当自己来北京是一场即兴而发的旅游，为了告别过去。

走到半路，她拿出手机想要拍几张照片。开机之后，先跳出来两条短信，一条是霍易霆发来的，问她现在在哪儿。还有一条是她老妈，问她来北京之后情况如何，有没有签下合同。

两条短信，她都不知如何回复，于是暂且放到一边，先拍照片。

昭庙，西山晴雪，香炉峰，她挑了几张很出色的发到微博上。

在半山亭小憩的时候，她眺望着远处，暗暗对自己说，只要努力，她早晚有一天会出书，也早晚有一天能写出可以拍成电影的故事。

时过正午，她肚子饿得叽里咕噜开始叫，于是疾步下山，打算去找个饭店吃饭。

当走到静翠湖时，她突然停住了脚步。

一个熟悉的高大身影负手立在湖边柳荫之下，一道深邃的目光正凝睇着她。

刹那之间，江绿汀以为自己错认了人。

她脚步一顿，下意识地睁大了眼睛，当真是霍易霆！

他怎么会在这儿？

那么巧，他也来香山？她惊讶愕然地望着他，甚至都忘了打招呼。

霍易霆已经疾步走到了她的面前。

"总算找到你。"

他的口气如释重负，神色也颇为关切着急，仿佛是找了许久才找到她。

"你怎么在这儿？"

"你不知道？"霍易霆此刻又好笑又好气，接着又问了句，"你不会是昨晚上的事都忘了吧。"

"什么事？"江绿汀果然是一副什么都不记得的表情。

霍易霆揉了揉眉心："这事有点说来话长。公司的安排有了变动，我昨天就来了北京。晚上过来寻你，刚好碰见你在房间里喝得酩酊大醉。"

江绿汀瞬即脸色就红到了耳边，捂着脸羞窘地说："我竟然什么都不记得了。"

霍易霆眸光沉沉地望着她："出版的事是傅明琼设局骗你？"

江绿汀一愣，难以置信地望着他，问："你怎么知道？"

"因为你昨天晚上把我当成了傅明琼，抱着我说了很多话。"

江绿汀又羞又窘，红着脸讷讷问说了什么。

"好多，说来话长。"霍易霆手掌按住胃部，"我找你一上午，差点没饿昏过去。"

"你也没吃饭？"

霍易霆一本正经地说："我以为你要到香炉峰跳崖，急匆匆赶过来，哪有空吃饭。"

江绿汀噗地笑了："我哪有那么脆弱。"笑过之后突然又觉得奇怪，"你怎么知道我在香山？"

霍易霆道："你不是发了几张照片到微博么。"

江绿汀又是一愣："你怎么知道我的微博？"

"我早就知道，因为我关注了你。"

江绿汀忽然脑中灵光一闪，冲口而出："你是湛卢？"

第十三章 一个表白

霍易霆笑了一笑，而后点头。

"天哪，你到底还有多少秘密瞒着我！"江绿汀撅起了嘴，"这不公平，我的秘密你全都知道，我却不知道你的。"

霍易霆低头笑问："你想知道什么你只管问。"

江绿汀不知是否是自己的错觉，竟然觉得他眼中带着几许期许。

她好奇反问："我问了，你会说？"

"只要你问，我肯定说。"

霍易霆此刻表情严肃认真，不似开玩笑。

江绿汀甚至此刻有一种非常强烈的直觉，她不管问什么，他都会说。她心里倒真有一件事特别想问，就是为什么他不让鹤羽去见同同。但是转念一想，这是他的隐私，貌似她不合适开口询问。

至于别的，她想了想，一时又想不起来有什么可问的，于是便笑了："我没什么可问的。"

她什么都不问，霍易霆倒是有些失望，说道："找个地方吃饭去吧。"

江绿汀笑着点头："好，我也饿了。"

霍易霆曾经在北京待过很长时间，对香山附近也比较熟悉，带着江绿汀去了一家非常幽静别致的庭院式饭庄。

此刻已经过了正午的饭点，客人几乎都已经离去。

四合院里，别有洞天，屋廊下挂着几个鸟笼，养着鹩哥。见有人来，在笼中跳蹦。

江绿汀坐在秋千上，等了大约一刻钟，饭菜便好了，餐桌就摆在庭院的枇杷树下。

菜肴做得精致秀气，别有风味，尤其是几道素菜，格外见功底。

江绿汀早已饥肠辘辘，吃得兴致勃勃，赞不绝口。

霍易霆仔细观察，她眉宇间并无伤心气馁的颜色，放心的同时，也悄然松口气。

他很明白这件事对她的打击有多大，她专门为此辞职，满怀希望来到北京，结果却是一场骗局，而且是被喜欢的人骗，等于事业和情感两把利剑，双管齐下地插到心上。

所以他才不放心，看见她在香山，立刻赶过来。只不过一见到她，他便知道自己的担心是多余。当时她脚步轻盈、脸色红润地从山路上下来，脸上并没有颓废伤悲之色，反而有一种明媚娟丽的神采。

他想起昨夜她说过的话，当时她醉得糊里糊涂，不知究竟是真是假。纵然他睿智过人，也还是不能完全肯定那一句至关重要的话是不是她的真心话。

她说，傅明琮，我已经不喜欢你了。

江绿汀端着小瓷碗盛米酒汤的时候，无意中一抬眼帘，发现霍易霆正一瞬不瞬地看着她。

她莫名其妙地心里一跳，眨了眨眼睛，问道："怎么了？"

霍易霆笑了笑，貌似闲散无意地问道："你和傅明琮分手是因为他母亲的缘故，你为什么不告诉他？"

"你怎么知道？"江绿汀放下了筷子，表情很是惊讶。

"你昨夜说的。"

"我没有告诉他，是因为他父亲早逝，他妈和他感情很深。而且当时他妈得了乳腺癌，正在化疗。所以，就算他知道我分手的原因，也绝对不会因为我而和他妈决裂。既然如此，又何必让他和他妈妈之间产生罅隙和怨愤。还不如不说，免得影响他们母子之间的关系。"

"那你就让他怨恨你？"霍易霆想要说她傻，硬生生又忍了回去。其实不是傻，是良善。

"两年前在眉山遇险之后，我突然间生出一种生命无常、人生苦短的恐慌之心。我想我要是就那么突然死掉了，真的很亏。我连一场恋爱都没有谈过，我暗恋了傅明琮那么久，他根本就不知道。于是我当时很冲动地就去向傅明琮表白。"

劫后余生，会有那么一段时间，对生命格外敬畏，对时间格外的惶恐。霍易霆很明白江绿汀这种经历生死之后的一种感受，所以他车祸之后会和鹤羽闪婚。

江绿汀叹气："只是我没想到他妈那么讨厌我们家，对我说除非她死了才会同意。她那时候做了化疗，憔悴不堪，瘦得可怕，头发都掉光了。面对那样的她，我甚至连怨恨都觉得不忍。而且我那时背负着很重的负担，既要给兰洲看病，还要照顾我妈，心力交瘁，焦头烂额。所以，我没有精力也没有心力去争取和坚持，她一反对，我就很没出息地选择了放弃。"

江绿汀低头搅动着碗里的甜汤，缓缓道："我都没有勇气去见傅明琮，给他打了个电话说分手。然后我换了电话，换了工作，就是为了怕他找到我，我会动摇。"

霍易霆沉默着，听她继续往下说。

"感情不是儿戏，喜欢一个人，要有始有终。我主动追他，又轻言放弃，所以我一直觉得很歉疚，觉得很对不起他。因为内疚，所以我一直没有说过分手的原因。"

江绿汀说到这儿，轻轻笑了笑："不去破坏他和他妈之间的感情，是我想为他做的最后一件事。"

　　霍易霆心里的震动无可言表，他静静望着她，沉默片刻，只说了一句话。

　　"傅明琮报复你，一定会后悔一辈子。"

　　江绿汀摇头："他后悔不后悔都和我没有关系。我和他在两年前其实就已经结束了。我仔细想了想，其实我这两年对他念念不忘，主要还是愧疚。"

　　霍易霆微微眯起眼眸："如果他知道了真相，来求你原谅，你会不会重新和他在一起？"

　　江绿汀笑着摇头。

　　霍易霆停了片刻，"你知不知道，他母亲已经在一年前去世？你们之间的阻碍已经不存在。"

　　江绿汀一惊。这个消息，她根本不知道。

　　霍易霆定定看着她："所以，你要不要重新考虑？"

　　他主动提及，是个巨大的冒险。但他性情果决，睿智过人，宁愿置之死地而后生，也不想留下隐患。

　　江绿汀震惊之后，依旧是坚定地摇了摇头。

　　霍易霆一直紧盯着江绿汀的眼眸，看出她除却惊讶，并未迟疑和犹豫，不禁悄然松口气，而后不动声色地问："为什么？"

　　江绿汀撑着下颌，想了想才说："其实他这么报复我，我并没有很伤心生气，更多的反而是失望。男人应该胸怀宽广，他时隔两年还设局来骗我，未免太过小气。以前他在我心里形象一直很完美，聪明、稳重、人品极好，还曾经救过我一次，所以我没想到他会这样。"

　　霍易霆问："因为他救过你，所以你喜欢他？"

　　江绿汀不好意思地笑笑："也算是吧。"

　　霍易霆心有所触，端起杯子喝了两口水，这才装作漫不经心地问：

"那我也救过你，怎么没见你喜欢我？"

江绿汀并未多想，只当他是在开玩笑，调侃道："因为你很毒舌，又很凶。"

霍易霆一口茶水差点没呛住自己，放下杯子，没好气地盯着她。

江绿汀忍不住莞尔："怎么，霍先生你还不服气啊？"

霍易霆："……"

"霍先生你知道吗，女孩子要哄、要宠。"言下之意，这两条和霍易霆绝缘。

江绿汀接着又说："要学会夸奖别人。我们在幼儿园都是这样教小朋友的。"

霍易霆："……"

江绿汀这段时间和他相处得比较亲近一些，于是苦口婆心劝说："霍先生你这样真是不大好找女朋友，不喜欢说好听话哄人，又不肯出去玩，和你在一起会很闷啊。"

这些话放在以前，江绿汀是打死也不敢说的。不过她辞了职，霍易霆不再是她的老板，而且她也把他当成朋友来看，于是索性直说："说实话，霍先生你给人的第一印象很不好，严厉倨傲，拒人千里，冷冰冰的既不温柔，也不体贴，说话还特别毒舌，喜欢往人心口上插刀子。"

江绿汀本是一番好意，再加上心里不知不觉已对霍易霆视为很亲近的朋友，便知无不言言无不尽，等她留意到霍易霆的脸已经黑得像是一张非常英俊的锅底时，一切都太迟了。

霍易霆冷了脸，直接招手叫人买单。

江绿汀后知后觉地发现他生了气，连忙补救："不过，霍先生其实是个大好人，为人正直，热心快肠。"

霍易霆哼了一声，走出了饭庄。

江绿汀跟在他身后，狗腿地笑："虽然说酒香不怕巷子深。可是，霍先生你的优点藏得有些太深了嘛。"

霍易霆板着脸，一声不吭，心里却在狂吐槽：呵，没事不出门，和花花草草绝缘，在家里当宅男，安安生生过日子，她竟然觉得他这样不好，很闷。他这种男人，已经是稀世珍宝，她真是不识货。

江绿汀没想到他反应这么大，一路上小声小气地赔礼道歉，直到酒店门口，霍易霆才算是"原谅"了她，终于施了恩，开口说话。

"我下午要去办事。你在酒店里好好休息，不要乱跑。"顿了顿，又蹙着眉头，毫不客气地说，"晚上请我吃饭。"

"当然当然。"江绿汀赶紧点头，端着一脸灿烂笑容，送他上车。

霍易霆其实并没有什么事情要办，来北京只是为了江绿汀。只不过既然是打着出差的幌子赶过来，自然要做做样子。

他打车回到昨晚上的酒店，退了房，然后再折回到香山附近，在江绿汀的楼上订了个房间。

江绿汀回到房间，睡了一觉之后神清气爽地爬起来，去了附近的商场。夏天到了，她打算给老妈买一条白金项链作为礼物。挑项链的时候，她无意间看到一枚白玉平安扣，上面绿莹莹的停着一只蜻蜓。

她心念一动，蜻蜓的蜓刚好和霍易霆名字最后一个字谐音。

她拿起来，越看越觉得可爱精美，爱不释手，虽然价钱有点贵，但一想到自己惹恼了他，刚好买件礼物送他，让他消消气。于是狠狠心买下来。

离开商场，已经是傍晚时分，夕阳灿烂。她坐在车里，透过车窗，看着西边的霞光，心情也觉得开阔明亮。

半个小时后，她回到酒店，刚刚换好衣服，门铃响了。

打开房门，霍易霆长身玉立站在门外，穿着一件非常休闲的T恤衫，清俊儒雅得让人眼前一亮。

她吃惊地看着他："你怎么知道我住在这儿？"

霍易霆一副不屑解释的表情，正色说："以后不要问这么简单的问题。"

江绿汀先是无语，但仔细想想，人家就是这样聪明，不服不行，于是又好笑起来，忍不住打趣："霍先生你这是在夸自己聪明吗？"

霍易霆毫不谦虚地承认，长手长脚地坐下来，大言不惭道："今天请我去××饭店。"

江绿汀一听是大名鼎鼎的××饭店，心脏一阵剧痛："太贵了吧。"

霍易霆哼了声："小气。"

江绿汀欲言又止，今天给你买礼物，已经大放血了你知道不知道。

她递给霍易霆一个丝绒盒子："送给你的。"

霍易霆有些意外，也有些惊喜，打开盒子，拿出那个平安扣左看右看，而后站起身道："既然你送了我礼物，那我请你吃饭。"

江绿汀也不和他客气，和他一起出去吃了晚饭。

回到酒店，江绿汀发现霍易霆也随着她一起进来，便停步笑着说："你不用送我了，你回去休息吧。"

霍易霆按了电梯的按钮，垂目看了她一眼："我也住在这里。"

江绿汀怔然。

"我的事情已经办完，明天回S市。顺便帮你一起订了明早的飞机票，所以住在这里，比较方便。"

江绿汀愈发地惊讶："你帮我订好了机票？"

"对，我不放心把你留在这儿，所以一块儿捎回去。"霍易霆垂目看着她，"你不会让机票钱打水漂吧，节约是美德。"

江绿汀哭笑不得，抗议道："你怎么不问问我啊，我还打算在附近玩几天呢。"

"北京你都来了好几次了，有什么新鲜。回头带你去更好的地方。"

江绿汀心里微微一动，这句话，怎么听着有点……内涵丰富？

霍易霆双手插在裤袋里，身姿笔挺，侧颜俊美高冷，江绿汀简直有种感觉，她要是自作多情地想歪了，简直就是对正人君子霍先生的一种"亵渎"。

电梯停到8楼，江绿汀和霍易霆一起步出电梯。

霍易霆将她送到房间门口，意味深长地看看她："今晚上不会再喝酒了吧？"

"不会啊。"

"那就好，你知不知道你昨晚上喝醉了都干了些什么？"

江绿汀顿时心虚起来，干笑着问："干了什么？"

"你有没有发现我这里有伤？"霍易霆指了指自己的脖子，微微侧过来给她看。

江绿汀看了一眼，顿时有一种不好的预感。

霍易霆一字一顿说："你咬的。"

江绿汀羞愧得无地自容，连忙说对不起。一张脸开始火辣辣的烧。

"其他地方也有伤……"霍易霆欲言又止，一副那情景太美，简直无法再继续往下说的表情。

江绿汀抓心挠肺地想要知道，到底她还"伤害"了他的哪个地方，却实在没有勇气开口。

霍易霆挑了挑眉："因为你，我今天还去买了新衣服。"

江绿汀忙问："是不是吐到了你身上？"

"比这严重多了。"霍易霆垂目看看她，慢条斯理说，"昨晚上的那件衬衣……被你撕掉了三颗扣子。"

江绿汀捂住了嘴，脸上的毛细血管纷纷爆破。

霍易霆垂目扫了她一眼："你到我房间里来一趟。"

江绿汀涨红着脸，紧张兮兮地问什么事。

霍易霆哼道："还不赶紧过来给我缝扣子。"

原来如此，江绿汀莞尔失笑，跟着他上了楼。

霍易霆打开房间的房门，将放在床上的一件衬衣递给她。

江绿汀垂目一看，果然少了三颗扣子。

霍易霆说："我没想到你喝了酒，会性情大变，又咬又撕，还……"他故意说得含含糊糊，剩下的留给江绿汀去自己想象。既然她什么都不记得了，那就再往深处……发挥一点好了。

江绿汀双手捧着自己"非礼"霍易霆的罪证，简直脸红得快要滴血。

霍易霆道："我去洗澡，针线包你自己找一找。"说罢，便施施然拿着衣服去了卫生间。

其实，三颗扣子，只有一颗是她昨夜揪着他的衬衣时给拽掉的，另外两颗，是霍易霆的杰作。因为一颗扣子很快就会钉完，三颗的时间比较长。

江绿汀打开电视机下面的抽屉找针线包，通常这种简易针线包都放在一个皮夹子里面，可是江绿汀找了半天却没看见，接着又打开了另外几个抽屉，足足找了好几分钟才算是找到了一个针线包。

霍易霆故意将针线包藏得不大好找，也是为了拖延时间，以免他还在卫生间洗澡，江绿汀已经钉完扣子离开。

江绿汀找到针线包，挑了一根颜色和霍易霆衬衣颜色接近的线，开始给他缝扣子。

霍易霆的衬衣虽然颜色看上去很严肃，款式也正统，但质地是实打实的好，衣料拿在手里十分舒服。江绿汀不由想起那一次，他被鹤羽泼了咖啡之后扔掉的那一件西装，心里暗暗赞扬霍先生最近真是节约了很多。

扣子钉好之后，她没有找到剪刀，于是低了头用牙齿咬断线头，贴在他衣服上的那一刻，忽然闻见了他的气息，清爽的淡淡的男人的气息。

她心里不由怦然轻跳了一下，房间里静悄悄的，唯有卫生间里传来的水声，一想到他此刻正在洗澡，鬼使神差地，她竟然有点心猿意马起来，眼前出现了他脖子上的那个伤痕。

她不知不觉开始脑补，这个伤痕是如何造成的。不管是什么样的情况，反正她趴在他脖子上，对着他下了嘴，是不争的事实。

霍易霆说他其他地方也有伤，扣子都拽掉了三颗，难道是她撕了他衬衣，然后……扑上去咬了他的胸脯？

江绿汀经常写小说，脑洞开得比较大，所以这一连串儿的想象，根本就是行云流水，一气呵成。她捂着胸口，被自己脑补的画面给吓住了，简直不敢接着往下继续。

缝到第三颗扣子的时候，霍易霆打开卫生间的门走了出来。乌黑的头发，湿湿地垂在他的额头上，和平时严谨端庄的样子截然不同，那种严厉高冷的气息简直消失得无影无踪、荡然无存。刚刚沐浴出来的男人，周身上下散发的不是禁欲的气息，而是让人热血升腾的气息。

江绿汀心里一慌，针尖狠狠戳到了手指头。

她红着脸，按住了手指头。霍易霆一弯腰，蹲在了她的身前，关切地问道："扎到手了？要紧吗？"

两人的距离史无前例的近，他身上的热气仿佛都要喷到她的脸上。

"不要紧。"江绿汀一不小心又看到了他脖子上的伤痕，还看见了他的喉结微微动了一下。

不知道是怎么回事，她看到他的喉结，竟然产生了一种想要动手摸一摸的冲动。

霍易霆垂目看着她粉粉的脸颊，低声问："你回去之后，有什么打算？"

"就专职码字啊。"江绿汀回答得很爽快，也没有什么纠结为难。她习惯了凡事往好的一面想，傅明琼设局骗她，刚好让她下定了辞职的决心，也更加激励她加倍努力码字。

霍易霆问："你妈妈不是反对吗？"

"你怎么知道的？"

"你微博上说过。"

江绿汀再次生出一种在他面前已经没有任何秘密和隐私的感觉。但奇怪的是，竟然也没有觉得气愤或是不满，因为霍易霆是她最信赖的人。

霍易霆道："你若是打算回曙星上班，我给章校长说一声。"

"不了，全职码字是我早就有的心愿，不是一时冲动、一时兴起。"

"那你妈妈那边，怎么交待？"

"暂时瞒着她吧。反正她也不在S市，要过几个月才会来。"江绿汀不好意思地笑了笑，"而且我妈也不是反对，只是觉得我全职码字，会影响我找男朋友。"

"这倒不会。喜欢你的人呢，也不会介意你的职业。"

"她的意思是，我的交际圈子就更小了。整天见不到人。"

霍易霆笑笑："这样也好，利于你沉下心写作。"不见别人，只见他，再好不过。

江绿汀一边说话，一边钉好了最后一颗扣子，然后低头咬断了线头，递给了霍易霆。

霍易霆接过来道了声谢。

"霍先生你休息吧，我回去了。"

霍易霆站起身，送她到门口："我明早叫你。"

江绿汀点点头，道了声晚安。

翌日一早，霍易霆打来电话叫她一起吃早饭，而后便一起去了机场。

江绿汀绝对没有想到会在这里碰见傅明琮。

人群中，傅明琮也一眼看见了她。

他惊讶之余，更为意外的是，霍易霆竟然陪在她的身边。

江绿汀依旧穿着那天和霍易霆一起请他吃饭时的那件白色的洋装，

长发挽起来，露出修长白皙的脖子，带着一条细细的彩金项链。身边的霍易霆，俊美高挑。

曾经以为，报复了江绿汀，他便可以放下过去，可以不再心怀怨愤。但是，事实相反。那一刻的痛快淋漓之后，是空荡荡的空虚。

两人的视线短暂地碰了一下，江绿汀便移开了目光。人的感情真是奇怪，短短隔了一天再次相见，她心里竟然平静得毫无一丝波澜。

霍易霆低头看着她，"你没事吧？"

江绿汀笑了："我能有什么事。"

"你要不要和他打个招呼？"

江绿汀含笑摇头："好像不大需要吧。"

霍易霆正色问："你要不要我打他一顿，帮你出气？"

江绿汀噗地笑了。

霍易霆低头看着她："不打他，气一气他算了。"

还未等江绿汀明白什么意思，霍易霆伸手握住了她的手。

原来是这么个气法。江绿汀实难想象，成熟沉稳又高冷倨傲的霍先生会有这种赌气的想法，不过，他如此"热心仗义"，她也不好拒绝让他难堪。于是，任由霍易霆牵着她，从傅明琼身前走过。

傅明琼从看见江绿汀的那一刻起，目光一直没有移开。他以为她是独自一人来京的，没想到是霍易霆和她同行。两个人在一起的感觉，已经和上一次请他吃饭时全然不同。

江绿汀被他牵着手，自然随意，不再别扭生硬，容色恬静地和霍易霆说着话，眼波明媚，巧笑倩兮。

霍易霆虽然容色清冷，但眸光中含着淡淡柔光，握着江绿汀的手，看得出来，握得很紧。

傅明琼无法说清楚自己此刻是什么心情。他不应该嫉妒，可是为什么会心里梗着难受，有一种想要发泄却无从发泄的烦躁。

过安检的时候，霍易霆拿出手机和钥匙，江绿汀发现，他已经把那个带着蜻蜓的平安扣挂在了车钥匙上。

她心里莫名的高兴。看来这个礼物他是真心的喜欢，所以放在每天都要用到的物件上，可以天天看到。更让她高兴的是，她本来买的时候也就是想让他放在车上的，因为他出过车祸，她希望他以后开车都平平安安。

霍易霆过了安检之后，再次伸手来牵江绿汀的手。

江绿汀好笑地说："你不用这样，他才不会生气。"

"你觉得牵手不够刺激他？"霍易霆抬手搂住她的肩头，正色说，"这样总可以吧。"

江绿汀不禁羞赧起来，连忙小声解释："我是说，他对我已经没有感情，所以气不到他。"

霍易霆低头看着她："如果对你毫不在乎，就不会费了这么大的周折骗你来北京，机票钱也蛮贵的。"

江绿汀又好笑又好气："难道我不值个机票钱？"

霍易霆笑。

两人上了飞机之后，江绿汀尴尬地发现，自己的座位竟然和傅明琮隔着一个过道。巧合成这样，江绿汀也很无语。

霍易霆很体贴地让江绿汀坐到了里面靠窗的位置，替她挡开了傅明琮。江绿汀暗暗松口气，不然还真是很尴尬。

幸好S市离北京并不太远，一个半小时便到。江绿汀翻阅着杂志，暗暗期盼时间过得快一些。

空姐推了饮料过来，霍易霆偏头问她要喝什么。

江绿汀偏头之际，不经意地和傅明琮的视线碰到了一起。她垂下眼帘，要了一杯咖啡便扭过脸去。

窗外晴空万里，白云就在眼前飘移。她捧着咖啡，心里有些唏嘘。她和傅明琮的缘分，本想留作一个美好的回忆，谁知道两年后，却是狗尾续貂的结局。曾经那么喜欢的人，如今却形同陌路。

不知不觉，时间已经过了大半。

江绿汀正在看杂志，突然飞机颠簸了一下，幸好放在桌子上的咖啡已经喝了一大半。

江绿汀并未在意，但紧接着，飞机再次颠簸起来，而且幅度很大，飞机上的乘客开始惊慌起来，空姐赶紧叮嘱没有系好安全带的乘客赶紧系上。

江绿汀心里怦怦乱跳起来，她第一时间想到的不是自己，而是她妈妈。如果她有什么意外，她妈怎么办。

她情不自禁扭脸看向霍易霆。

霍易霆神色很镇定，沉声道："没事。"

不多时，广播里传出声音，让大家不要惊慌，飞机遇到了气流。

飞机上的乘客开始骚动起来，议论声此起彼伏。江绿汀紧张得无法言喻，两只手紧紧抓住座位的把手，脸色发白。

霍易霆的手盖住了她的手背，用力地握了握。一股温暖的力道传过来。江绿汀毫不犹豫，反手就握住了他的手，但是自己却浑然不觉。

霍易霆侧目凝睇着她，又垂目看了看两人紧握着的手，有一种寻到携手以老之人的感觉。

相较他的镇定冷静，江绿汀已经吓得不知所措。

"天气很好，为什么会遇见气流？"飞机在颠簸，江绿汀的声音也在颤抖。

"颠簸有几种，轻度、中度和重度，还有晴空颠簸。"霍易霆为了稳定她的情绪，放慢语速给她解释，让她不要担心害怕。

可是江绿汀无法不害怕，其实她想得更多的不是自己，更是她妈。

如果她有个什么三长两短，她妈还怎么活下去。

江绿汀越想越怕，紧紧攥着霍易霆的手掌，手心里都是汗。

霍易霆的解释，她其实根本就听不进去内容，下意识地低喃："我不想死啊。"

霍易霆忽地笑了："还没结婚对不对？"

江绿汀此刻哪有心情和他开玩笑，苍白着一张脸说："不是，我死了，我妈妈怎么办？"

"你想太多了。"霍易霆用另一只手握住她的手，然后伸出胳膊拥住了她。

江绿汀恐惧之中，此刻浑然不觉自己被抱在他的怀里，只是闻到他的气息，感受到他的温暖而有力的胳膊，觉得很舒服，要不是此刻被安全带系着，恨不能把头埋到他怀里当鸵鸟。

霍易霆轻轻拍她的肩，跟哄孩子似的说："大难不死必有后福。你在眉山都没挂，现在也不会。"

江绿汀哼道："挂字太难听了。"

霍易霆好笑，这个时候还惦记着这个词不够美，还真不愧是码字的，抠字眼大约是职业习惯。

他低头一本正经地问："你有没有什么对我说的，比如银行密码什么的。"

江绿汀本来已经怕得要死，此刻却也忍不住被他逗笑了。

霍易霆又一本正经地说："我把我的告诉你，万一……"

江绿汀吓道："别胡说，你不会！"

霍易霆低头看着她焦急关切的表情，心里一动。

飞机上吵吵嚷嚷的说话声仿佛都远在三千里外，眼前只有她清亮眼眸和如画眉眼。

他停了片刻没说话，定定看着她。

飞机终于安稳下来，众人都松口气，渐渐安静下来。

江绿汀这时才发现自己紧紧地攥着霍易霆的手，被他搂在臂弯里。她脸色通红，急忙放开了他。

霍易霆不动声色地收回了手臂，然后表情淡然地甩了甩手，说："你包里的纸笔，给我用一下。"

"干吗？"

霍易霆没说作何用，伸出手掌。

江绿汀随身小包里放有一个本子和一支笔，以便于出门在外随时记录灵感。霍易霆看过她的微博，知道她有这个习惯。

江绿汀从记事簿上撕了一页给他。

霍易霆提笔写了大约三分钟。然后将纸折起来，递给江绿汀。

"你帮我收好。"

江绿汀好奇地问："这是什么？"

"我的秘密。"

霍易霆一脸肃色，非常认真，不像是开玩笑。

江绿汀有点受宠若惊，又有点好笑，低声道："飞机已经没事了啊，你还写这个干吗？"

"人活在世上什么意外都可能随时发生，我还是写下来先放在你这儿比较好。"

江绿汀心里有一种异样的感觉，他竟然这样信任她？为什么？因为此刻和他在一起的只有她？

她猜测，纸上写的极有可能是他的银行账号、账户密码，或是商业机密。于是笑着说："还是你自己收着吧，一般小说里，谁知道得越多，就会死得越快。"

霍易霆没好气地盯她一眼，顿了顿，问她："你不想看看？"

江绿汀好笑："这是你的秘密，我怎么好窥探？"

"那你偷偷看看吧。"

第十四章 一个赌约

江绿汀忍俊不禁，作势要还给他："你要不放心，收回去好了。"

霍易霆扭过脸，郑重交代："你先替我保管着。这个很重要，不能弄丢。"说完，又补充一句，"我不介意你看。"

江绿汀正色："你放心吧，我不会偷看的。"

霍易霆揉了揉眉心："……"

经历一场虚惊，飞机安全到达S市机场的时候，机上的乘客几乎都是长出一口气。甚至有个乘客后怕地说，以后改坐高铁，坚决不坐飞机了。

江绿汀和霍易霆一起下了飞机，去停车场取车。

巧的是，傅明琮也随后到了停车场，江绿汀打开车门的时候，傅明琮正朝着她走过来。

他没带任何行李，手里拿着一串汽车钥匙。六月的骄阳下，眉目清俊，犹如初见。

江绿汀飞快移开视线，上了车。这或许就是和傅明琮的最后一面了。

车子离开机场，江绿汀一开手机便收到了顾淼的电话，兴致勃勃地问她合同谈得怎么样，还开玩笑以后要在她的电影里跑龙套。

江绿汀此刻听见这些事情，已经觉得久远之极，很淡然平静地把事情的结果告诉了顾淼。

顾淼电话里的嗓门骤然提高："你是说，傅明琼设局骗你？"

"对啊。我刚从北京回来，很巧的是，还和他同在一架飞机上。"

顾淼气得快要吐血，咬牙切齿道："这个混蛋，他怎么能这样。"

江绿汀反过来安慰了顾淼几句，让她不要生气，然后叮嘱她，万一老妈打电话给她，千万不要说出自己现在全职码字的事情。

顾淼气得哆哆嗦嗦地挂了电话。

车子开到小区门口，江绿汀和霍易霆道别，霍易霆却一定要亲自送她进去。

江绿汀只好带他上楼。打开房间，霍易霆将她的行李箱放下，自然而然地扫视了一眼顾淼的这个房子，格局虽小却也配备齐全。

江绿汀请他坐下喝茶，霍易霆说不用。他上来只是想要看看她的居处所在，以后方便来找她。正要离开之时，手机响了。霍易霆暂时停步，站在门边接电话。

江绿汀看见他脸色严肃起来，等他挂了电话才知道，原来同同今天早上和小金豆在花园里玩耍的时候，摔了一跤，小臂骨折。

江绿汀忙问严重不严重，霍易霆道："你若是方便，可以和我一起去看看。"

"当然方便。"

霍易霆立刻带着江绿汀下楼。

到了霍宅，江绿汀没想到孟涵竟然也在，很是惊讶。

因为霍易霆一早和江绿汀去了机场，手机关机，一直联系不上，陈洁无奈只好给孟涵打了个电话。孟涵十万火急地从X市赶过来，比霍易霆早到家半个小时。

此刻同同已经从医院回来，胳膊上了夹板，老老实实躺在沙发上，江绿汀问他疼不疼，他乖巧地摇摇头，生怕霍易霆会训他。

旁边，陈洁向霍易霆叙说了当时的情况，再三自责自己没有看好孩子。

霍易霆道："这也不能怪你，腿长他身上，磕磕碰碰免不了。"

江绿汀很理解陈洁此刻的处境，她在幼儿园最最担心也就是发生这种情况，就算是分分秒秒盯着孩子，也难保不会出点小意外。同同这个年纪的小男孩儿最是活泼好动，走路的时候都是连跑带跳。

孟涵心疼得要死，但也不好埋怨保姆，只好埋怨自己儿子。

"你去北京，怎么不把孩子带上？两人世界固然好，可也不能把孩子扔家里。"

江绿汀窘得脸上发热，心知老太太是误会得大了。可是这会儿又解释不清，只好硬着头皮让老太太发泄。

霍易霆很难得没有抬脚就走，洗耳恭听老妈唠叨，间或看一眼江绿汀。

孟涵又说："你以后出去玩，可以带着同同一起。绿汀是个通情达理的孩子，不会不答应的。"

江绿汀窘得完全不知道该怎么接话。她早知道孟涵在这里，一定会改天再来看望同同。

两人闷声不吭，不做回应，孟涵说了几句，觉得很没劲，于是把霍易霆叫到对面房间，问他和江绿汀走到了哪一步。

霍易霆若有所思地想了想，说了三个字：不知道。差点没把孟涵气个倒仰，从"五一"到现在都一个多月过去了，这进展实在太慢。

中午，江绿汀被孟涵挽留下来吃午饭，饭后，又被拉去花园散步。

孟涵旁敲侧击地把话题往那个方面引。先是说秋天结婚蛮好，九月份穿婚纱也不冷，去马尔代夫拍婚纱照也极漂亮。

江绿汀窘笑了二十分钟，脸皮都僵了。刚好这时，手机响了，她松口气，赶紧笑着说："阿姨，我接个电话。"

电话接完，江绿汀的脸色全变了。

孟涵看她脸色不对，忙问她怎么回事。江绿汀迟疑了一下说："我有个朋友出了点事，我要去处理一下，先走了。"

孟涵忙说："让易霆送你，这里不方便打车。"

江绿汀此刻心急如焚，也不再客气。

霍易霆开了车出来，问她去哪儿，江绿汀说ZM路派出所。

霍易霆一怔。

江绿汀急匆匆说："顾淼知道傅明琮骗我，跑到傅明琮楼下，要打他，打不过，就划他的车出气。傅明琮报了警，他车子很贵，顾淼既不肯道歉，也不肯赔钱，态度很强硬。"

"你不用急，没伤到人，她不会有事。"霍易霆斜目看看江绿汀，"你们两个性格全然不同，竟然也能成为朋友，倒真是奇怪。"

"顾淼平时不是这样冲动的人。上回介绍沈卓和我认识，她已经很歉疚，这一次撮合傅明琮和我复合，结果又是这样。她是个很讲义气的人，肯定是觉得特别对不起我，所以要去替我出气。"

霍易霆点点头："不错，性情中人。"

"傅……"江绿汀撑着额头欲言又止，傅明琮既然连两年前的事情都耿耿于怀想要报复，顾淼对他这样，肯定不会善罢甘休，不知道要怎么刁难。想想她都觉得头疼。

两人赶到ZM路派出所，江绿汀正要下车，霍易霆伸手拦住她："我知道你不想和傅明琮说话。你在车里等我，这件事我来处理。你放心，顾淼没事，也不会赔钱。"

江绿汀最信任的就是霍易霆，见他如此有把握，便听从建议，留在了车上。

大约过了半个多小时，顾淼和霍易霆一起走出来。

江绿汀忙下车，拉住顾淼的手问："你没事吧？"

顾淼气哼哼道："没事。"

正说着，傅明琮也走了出来，目光很奇怪地盯着江绿汀，有些失魂落魄。

顾森凶巴巴瞪了他一眼，拉着江绿汀就上了车。

霍易霆先开车把顾森送回了家。

车里只有两个人的时候，江绿汀问起霍易霆怎么处理的。

霍易霆平静地说道："我把他叫出去说了几句话。"

"什么话？"江绿汀极好奇，究竟是什么话，竟然轻而易举就让傅明琼消了气就此作罢。

"男人之间的话。"

霍易霆的回答等于什么也没说。

江绿汀又好笑又无语，也没有再继续追问，因为她了解他的个性，不肯说的话绝不会说。

回到居处，她突然想起来自己的包里还有霍易霆让她保管的秘密。

她取出那张纸，非常好奇：这里面到底写了什么？

她真是很想很想看一眼他的秘密，不过想了想，既然他那么相信她，把自己的秘密交给她保管，怎么能辜负这份信任。

她忍住好奇心，将这张秘密慎重地放到了自己放存折的小盒子里。

下午的时光很快过去，当夕阳投射到窗户玻璃时，她起身走到后窗前，眺望外面的景致。已经很多年没有度过这样一个安静心宁的下午了，不再担心那些负债，不再操心幼儿园的工作。

她沏了一杯咖啡，惬意而满足地享受自己真正意义上的第一个全职工作的下午时光。

耳边没有孩子纷纷扰扰的闹嚷声，心里也不再算计着这个月可以积蓄多少钱。所有的心事都告一段落。简单安静，幸福安宁，真是美好得让人想要叹息。

她做了晚饭，吃完之后，收拾好厨房，然后下了楼去附近的街区公园散步。初夏的夜晚，空气很好，微风徐徐，路边种着夜来香，飘来阵阵的清香。

她从街区公园回来，绕着小区又走了一圈。

围墙的铁栏杆上爬满了蔷薇，路灯下，一些调皮的小虫子围着灯光飞舞。

江绿汀走到近前，突然脚步一顿，惊了一下。

傅明琮竟然站在蔷薇墙前。

江绿汀不知道他怎么会知道她住在这里，或许是顾淼曾经提过。

显然，他不是碰巧遇见，而是在等她。

狭路相逢，再避开已是不可能。

江绿汀只得停步，像是对待其他普通同学一样，很平静地打了声招呼，没有心潮澎湃，也没有紧张不安。

反而是傅明琮，眸光闪烁望着江绿汀，如鲠在喉，脸上的表情很不平静。

江绿汀主动开口，问道："你有事要找我？"

"我今天才知道你和我分手的真正原因。"傅明琮的声音晦涩干哑，似乎嗓子里梗塞了东西。

江绿汀愣了一下，问道："是霍易霆告诉你的？"

傅明琮点头："我想问你，到底是不是真的？"

"是不是真的都已经不重要了，早已过去的事情，没有必要再提。"

"对我来说，并没有过去。如果我放下了，就不会想要报复你。"

江绿汀抬眸看着他。

傅明琮的情绪激动起来，冲口说道："有很多事，你根本不知道。你当初在医院打电话给我，告诉我你很喜欢我，想要和我在一起。我当时就答应了你。你是不是以为我是个很好追的人？"

江绿汀并没有这样认为。

当年的傅明琮是学霸，很清高，也很骄傲，所以她一直不敢开口表白，当傅明琮答应她在一起的时候，当时的狂喜之情，她记得很清楚。

"我不是随随便便就接受别人感情的人，你不是第一个追求我的女孩儿，也不是最后一个，但你是唯一一个我答应的人。"

傅明琼难过地说："所以，我对你的感情，不是你想的那么浅。开始得也不是你想的那么晚！"

这些话，骄傲的傅明琼从未说过。此时此刻听到这些，江绿汀心上一阵酸涩。

"你以为是你先追我的，所以我对你没有什么感情，没有很投入，分手也不会很难过。而我以为，我报复了你，我会很痛快，会一雪耻辱。我们犯了同样的错误，就是自以为是。我报复了你，一点都不高兴，尤其是今天，知道了真相。"

江绿汀一直沉默不语，当听到这最后的一句时，突然间心里难过得不能自已。其实她并不想让他知道，反正已经过去的事情了，他也已经报复过了，没必要再多此一举。他的歉意和忏悔对她已经毫无意义。

"我没有怨恨你，真的。虽然是你妈妈阻拦我们交往，但是主动放弃的人是我。你不用说抱歉。"

江绿汀不想再继续说下去，低声道了声再见，低头从他身边走过。傅明琼突然伸手，握住了她的胳膊。

江绿汀回头看着他。

傅明琼道："我来不是只为了说抱歉。是想说，我们重新开始好不好？"

江绿汀轻轻摇了摇头。

傅明琼急问："你是不是怀疑我的真心？你是不是以为我还在骗你？我是真心的。"他摊开手，掌心里有一枚老旧的黄金戒指。

"这是我父亲送给我母亲的结婚戒指。那时，邵家很穷，傅家也不宽裕。后来，家里有了钱，这个戒指我妈妈一直留着，作为纪念。我把这个信物送给你，你应该可以相信我的诚意。"

江绿汀看着这个老旧的金戒指，心里一阵酸楚："傅明琼，我们这样结束很好,真的。彼此心里都不再怨愤,都已经释然。我们都不再是以前的你我,过去的那段时光,放在回忆里就好。祝你……幸福。"

她从他手里抽出胳膊,来不及说再见,匆匆走进了小区。

傅明琼手心里握着戒指,一瞬不瞬地望着她纤细的背影消失在幽暗的楼梯间,心里的不甘和难过比两年前更甚更浓。

江绿汀回到屋内,拨了霍易霆的手机,没接通,然后又拨了霍宅的固定电话。

电话是同同接的,江绿汀柔声和他聊了一会儿,叮嘱他不要乱动,乖乖听话,然后问:"你爸爸在不在?我想和他说件事。"

"他在奶奶房间,我把电话拿给他。"

同同拿着电话去了对面房间:"爸爸,江老师的电话。"

霍易霆立刻接过电话,回到自己房间。

江绿汀问他为什么要把那件事告诉傅明琼。

"不想你留有遗憾。"霍易霆的声音非常平静沉稳,无波无澜的音调,心里却弹着一曲十面埋伏。

告诉傅明琼真相有什么样的风险、什么样的结果,他不是没有想过,但是他还是冒了这个险。

"告诉他真相,这样才公平。"

江绿汀没听出他的话外音,问道:"什么公平?"

霍易霆没有回答,问道:"他刚才是不是去找过你?"

"是啊。"

"他是不是想要和你重新开始?"

"是。"江绿汀对他的判断力真是佩服得无法言表,他仿佛就跟亲眼看见了一样。

霍易霆又问:"那你的回答呢?"

江绿汀忍不住笑:"霍先生你不是料事如神吗?那你猜一猜,我的回答是什么。"

"你拒绝了。"

江绿汀惊讶地说，"你果然猜对了。"

霍易霆在电话里微微停了片刻："不过，我能猜到你今天的回答，但猜不到你以后会不会改变主意。"

"不会啊，我已经决定了。"

"那我们打个赌吧，以一周为限。"

"什么赌？"

"赌你改不改变主意。"

江绿汀笑："好啊，那你是赌我改变主意，还是不改变主意？"

霍沉吟片刻："我赌你改变主意。"

江绿汀愣了愣，他竟然选择她改主意，实在是出乎意料。

她轻声笑道："我不会改变主意的，所以这次一定赢你。霍先生你拿什么做赌注啊？"

霍易霆道："我输的话，就把我那个秘密送给你。"

江绿汀笑着问："是什么，银行密码还是商业机密？"

"非常珍贵，希望你能赢。"

江绿汀握着手机，莞尔失笑。

第二天，傅明琮给她连着打了几个电话，她都没有接，最后索性关机。

吃过午饭，她下楼想去街心花园散步。走到小区门口，突然看见傅明琮的身影，急忙闪到一旁的一棵梧桐树下。

她没想到他联系不上她，竟然会守在这里。她站在树后，悄然看着他。

很多回忆都涌上来。

霍易霆打赌她会改变主意。

可是她知道自己不会。

她和傅明琮之间短暂的昙花一现的恋情，当初就有伤，时隔两年的重逢，不仅没有修补好当时的伤，反而将那些伤口拉得更大更深，再无法弥补。

或许他现在对她的感觉，就和她这两年一样，是内疚，是抱歉。

两年了，他和她的生活毫无交集，从当初的岔路，已渐行渐远。

她感喟却无力，转身回到了楼上。

傍晚时她下楼，没想到傅明琮还在，只好再次折回去。

打开冰箱，她开始犯愁，再躲一天，家里就没菜了。不过，傅明琮也不可能守上十天半月。

正在这时，门铃响了。

她第一反应是傅明琮找上了门，悄悄走到门边从猫眼对外看了看，竟然是霍易霆。

江绿汀松口气，打开门，看见他手里提着一个大袋子："你一直不开手机，我只好直接上门，给你送点补给。"

江绿汀噗地笑了，"霍先生你真是及时雨。你怎么知道我家里快要断粮？"

"我是神仙。"

江绿汀莞尔："那你给我变一桌好吃的出来。"

她本是随口开个玩笑，没想到霍易霆当真从袋子里拿出来几个饭盒，一一放在桌上。

"煲仔饭，鸭翅，猪蹄黄豆汤。"

江绿汀目瞪口呆，简直已经不知道说什么好了。霍易霆简直就是"田螺先生"一样的存在。

她忍不住粲然一笑："你留下来一起吃吧。"

霍易霆正要回答，手机响了。他拿出手机接了个电话，好像是急事要去处理。江绿汀送他到门边。

霍易霆突然停步，对江绿汀说："那个赌，我认输。"

江绿汀忍不住笑:"还没到一周啊。"

"我知道。但我认输。那个秘密,送给你了。"霍易霆顿了顿,又说,"你手机打开,我一会儿给你打电话。"说完,打开房门下了楼。

江绿汀关上房门,本想去看看那个纸条,但此刻真的是很饿,走到桌旁实在挡不住诱惑,于是坐下来打算先吃掉这些香气扑鼻的饭菜,再去看霍先生的秘密。

刚吃了没两分钟,桌上的手机响起来,是霍易霆的电话,问她看了没有。

江绿汀一手握着手机,一手还在夹菜,如实说她正在吃饭,还没来得及去看。

"你……"霍易霆的口气有点无语。

"我现在去看。"江绿汀放下筷子,把自己放存折的盒子拿出来。

折了三折的一张纸,打开之后,她怔怔呆住。

纸上写的是英文。

刚刚好在她读完最后一句的时候,霍易霆的声音适时在耳边响起来。

"你看完了吧。"

江绿汀心如擂鼓,脑细胞全都僵化,连说话声音都有点不受控制。

"我,我英语不好,我,没看懂。"她完全没有一点心理准备,所以这回答简直就是条件反射。

电话里停顿了几秒。

霍易霆道:"I love you这一句你总能看懂吧。"

江绿汀脑子一片混乱,完全不知道如何应答,心脏怦怦狂跳,脸上的温度也是直线上升,烫得快要起火。

她做梦都想不到会被他表白,而且是以这样的方式。所有的脑细胞都处在兵荒马乱之中,全然失去应对之策,

霍易霆耐心地等了一会儿等不到她的回答,只好说:"你要是听不

懂，我可以翻译给你听。"

江绿汀面红耳赤，连忙低低的嗯了一声"不用"。听到英文已经很震撼，再被他中文翻译一下，还不窘得昏过去。

"你没有什么要对我说？"

霍易霆电话里的声音，不疾不徐，沉沉稳稳，却带着一股兵临城下的味道。

江绿汀毫无准备被他杀个措手不及，慌乱中说了一句让人很无语的话："你英文很好。"

霍易霆步步紧逼："那内容你觉得好不好？"

"很……"，江绿汀急匆匆把"好"字又吞回去。

霍易霆问："你愿意接受吗？"

江绿汀晕晕乎乎地问："你是和我开玩笑的吧。"

霍易霆揉了揉眉心，默然片刻反问她："你觉得我是拿这种事来开玩笑的人吗？"

江绿汀知道他不是。

这段时日相处下来，她已经大致了解霍易霆的性格。他惜字如金，很少开玩笑，性格高冷，智商超群，所以以这种方式来表白，是最典型的霍易霆风格。

"我，我……"她声音低得快要自己都听不见，心跳声却越来越大。

霍易霆沉声说："我没有开玩笑，很认真，你考虑考虑，我等你回复。"

江绿汀像是打了一场仗，她有点虚脱。突如其来的表白像是一枚重型炮弹，没有一丝的预兆，突然炸开。她完全乱了方寸，心里的狂涛巨浪甚至比那天相亲骤然见到傅明琮还要凶猛。

霍易霆让她考虑考虑，可是她完全没办法思考，一直处于一种眩晕之中，大脑一片空白。

他竟然会喜欢自己？她呆呆地坐在沙发上，从相识的第一面开始仔细回忆，一点一点地寻找他喜欢她的痕迹。

第一次见面，是在悟觉寺。他隔着墨镜看了她一眼。

然后是在避雨棚，他甚至都没看她一眼。

再后来，是在霍宅的后花园。他站在海棠树下，隔着高高低低的玫瑰望着她，看她的眼神如同第一次见面的陌生人。

将回忆筛了好几遍，她依旧很难想象他竟然会喜欢她。

因为难以置信，所以难以抉择。

她对霍易霆很有好感，而且霍易霆还救过她。她也很喜欢同同，并不介意给人当后妈。让她震惊犹豫难以抉择的是霍易霆对她的感情……

他睿智优秀，眼界又高，无论哪一方面都远远胜过她，为什么会喜欢她，或者说是看上她？

她思来想去，都觉得不可思议，心里乱成一团，于是打算去花园散散心。

走到小区门口的时候，没想到竟然再次碰见傅明琮。这一次，她并没有避开，坦然走到他面前。

傅明琮看着她，百感交集，很多话要说，却又无从说起。

"绿汀，我们之间变成这样，我很不甘心。"

"你知道了真相，感到很内疚，所以想要弥补。其实不必的，我没有怨你。两个人能够走下去，不是靠不甘心。"

傅明琮默然。

"你其实猜得没错。霍易霆并不是我的男朋友。但从今天开始，我可能会和他成为真的情侣。"

江绿汀说到最后一句时，心里怦然一跳。真是奇怪，这句话好似已经存在了脑海中，自作主张地跳了出来。原来她的心，已经先于理智做了决定。

傅明琼道："他在派出所把你酒醉后说的那些话都告诉了我。我当时问他，为什么要告诉我，他说这样才公平，他不要你留有遗憾，他要让你自己选择，我不知道他是大度还是自负。"

原来这就是他所说的公平。江绿汀心里感动不已，愈发坚定了自己的心意。

"是坦荡。"江绿汀笑了，"他就是当年在眉山救了我的那个人。"

傅明琼露出惊讶的表情。

"他早就认出我，可是我在他身边两年，他都没有说。我找了他两年，终于找到他。所以，我觉得他应该就是我这辈子要找的那个人。"

说出这句话的时候，江绿汀心里仿佛涌动着破冰的春潮，一种无法言喻的幸福感觉涨满了心胸。是的，霍易霆就是她要找的那个人，冥冥之中的天意，不可思议的缘分。

傅明琼默然半晌，挤出一丝苦笑："原来是他。既然天意如此，我祝你幸福。"

这段往事，终于在此时此刻画上了一个句号。

江绿汀回到房间，心情依旧没有平静下来。手机就在桌旁，她几乎每隔一段时间就要拿起来看一眼，似乎从没这么迫切地等待过一个人的电话。他怎么还不打电话过来问她的决定呢？难道他不急吗？要不要自己主动打给他？他让她考虑考虑，这才两三个小时她就等不及要主动告白吗？

江绿汀捂住了脸，不用照镜子，凭借手心里的温度，也知道自己此刻肯定是脸颊绯红。

算了，还是等他打电话过来吧。不然将来他一定取笑她的迫不及待。

江绿汀苦苦忍耐了一个晚上，第二天一早醒来第一件事便是开手机。遗憾的是，一个上午，霍易霆都没有打电话过来，江绿汀捧着脸，叹气，这也太沉得住气了吧。

她心神不宁，等得快要得焦虑症。

手机终于响了。

江绿汀手忙脚乱地拿起手机，可惜不是霍易霆，是赵歌。

"赵姐你好。"

"我前几天请假不在，今天才听章校长说你辞职。曙星的工作做得好好的，你干吗要走呢？"

江绿汀不好意思说自己在家码字，所以含糊地回答，自己找到了一份更加喜欢的工作。

赵歌问："难道比在曙星的工资还高？绿汀，我这个人说话比较直，你别生气。除了霍先生，谁会给你开双份工资？"

江绿汀心里软软一动，低声说："是啊，没人会这样。"

"我看你还是回来上班吧。和霍先生说一声，他肯定同意的。当初你来曙星，就是他让我把你招到学校的，然后给你开双份工资。他让我别告诉你。"

江绿汀惊诧得说不出话。她一直以为进曙星工作是赵歌帮忙，原来是霍易霆的关照。她对他来说，应该是个陌生人才对。他为什么会知道赵歌和她的关系，为什么让赵歌安排她进曙星上班？

难道说，他以前认识她？

霍易霆身上充满了神秘气息，真像是一个解不完的谜。

江绿汀心里越想越觉得迷雾重重，和赵歌打完电话，便立刻拨霍易霆的电话想要问清楚。

霍易霆的电话没有打通。

江绿汀又打霍宅的电话，想问问他是不是出差了。电话是刘阿姨接的，说霍易霆带着同同去全世界的游乐场玩去了。

江绿汀不禁奇怪，同同的胳膊还上着夹板，霍易霆怎么就带着他去游乐场？而且今天又不是周末，他难道不用上班？

此刻江绿汀已经迫不及待想要见到他，询问心里的谜团，于是换了件衣服，便打车直奔全世界。

这里是S市最有趣的儿童乐园，整整一层楼像是一个童话城堡。因为不是周末，游乐场的孩子并不多。

江绿汀上了楼，远远看见游乐场一旁的休息区，坐着三个人。

同同坐在一个女人的怀里，江绿汀惊诧地停住脚步。

抱着他的人，竟然是鹤羽。

霍易霆穿着一件烟灰色的衬衣，姿容俊美，唇边带着淡淡的笑意。

鹤羽坐在他的对面，脉脉含情地望着他，眼波明媚，笑容璀璨，正和霍易霆说着什么。

两人相貌都是万里挑一的出众，气质更是卓然不群，坐在一起，就像是一幅让人惊艳的画，赏心悦目，和谐之极。

第十五章　一个误会

　　江绿汀激动和兴奋的心情骤然冷静下来。

　　她一瞬不瞬地看着前面不远处的三个人。

　　鹤羽抱着同同，脸上透着掩饰不住的喜色。霍易霆一向冷傲，但此刻清俊的脸上亦带着柔暖之色。三人在一起的画面，温馨恬柔，时光静好，仿佛是世上最幸福也最和谐的一家人。

　　同同脆生生地说："爸爸妈妈，我想去坐碰碰车。"

　　鹤羽忙说："同同胳膊还没好，要不我们去坐旋转木马好不好？"

　　同同拉起霍易霆的手说："那爸爸也一起去好吗？"

　　鹤羽笑盈盈替霍易霆作了回答："好啊，爸爸妈妈陪着同同一起玩。"说话间，她眼波流转看向霍易霆，眸光柔若春波秋水。

　　霍易霆起身，从鹤羽怀里接过同同。鹤羽跟在他的身旁，朝着旋转木马走过去。

　　江绿汀的脚步定在了地板上，目光不由自主地跟过去。即便只看背影，霍易霆和鹤羽也是无比的般配，无论是身高、身材还是气质，都是那么的和谐，如一对璧人。

　　江绿汀怔然看了片刻，轻轻转身下了楼。来时路上的热血沸腾、热情澎湃，好似淋了一场雨，湿漉漉地平息下来。

这一幕和睦温馨的画面，让她很惊讶，也很意外。

因为她亲眼见到鹤羽泼了霍易霆一脸咖啡，又亲耳听见鹤羽要和霍易霆打官司争夺同同抚养权。她一直以为霍易霆和鹤羽之间水火不容，彼此怨愤仇视，属于恩断情绝、老死不相往来的一对怨偶。

而事实，却仿佛并非如此。霍易霆一直不给她打电话，原来是没空，他专门请了假，陪着鹤羽和同同一起来游乐场。

一想到自己激动了一个晚上一个上午，望眼欲穿等他的电话，他却陪着鹤羽如此温柔缠绵，根本不急着想要她的回答，心里像是泡了一坛的青梅，很塞很堵。

她意兴阑珊地回到居处。

桌子上放着霍易霆在飞机上写的情书，半页纸张，寥寥数句，是他一贯的简练风格。

目光定在最后一句，她不知不觉开始胡思乱想。

当时在飞机上，他虽然表现得很镇定，但心里可能也很怕。人在生死关头，会生出突发的感慨，产生不理智的想法，就像是她当年在眉山遇险之后，一时冲动跑去追求傅明琮。

所以那种情形之下的一句"我爱你"，他究竟是不是真心？

她越想越觉得郁闷，心里纠缠了一个大大的结。本是轻松悠闲的一个下午时光，硬生生被她过出了度日如年的味道。

霍易霆一个电话都没有，短信微信都无消息。

时钟不紧不慢地滴答，时间无比的漫长，她等他的电话，等到快要海枯石烂的感觉。

她午饭都没吃，等到傍晚五点多，饿得饥肠辘辘，于是去厨房下了碗面。

她厨艺一般，又加上心不在焉，这碗面史无前例地难吃。

江绿汀吃了几口就放下碗筷，百无聊赖地拍了一张白水面条的照片，发到了微博上。不多时，便有读者留言打趣她的厨艺，独独没有"湛卢"的消息。

此刻必定是和鹤羽同同在一起，一家三口甜甜美美地共享大餐，压根就把她忘到了九霄云外。

江绿汀心里又酸又胀，索性关了手机，打算不再去想他，也不再继续这么苦等他的电话。

她离开房间出门散心。走到街边的小卖部，不由想起在北京的那一晚。

心情烦闷的时候，喝点酒似乎是个不错的选择，稀里糊涂就睡过去，好过一分一秒地熬时间。不过上一次喝白酒的感觉实在不好，这一次还是喝点啤酒好了。

她买了一罐啤酒，边走边喝，逛到天色完全暗下来，这才慢悠悠地晃回去。

微醺的感觉很好，就像是恋情还未明朗的那一刻。感慨中，她走出电梯，一眼看到霍易霆站在楼道的窗下。

窗外就是S区最繁华的商业大楼，璀璨的灯光墙，闪亮如一幕星辰。

霍易霆的高大身影，刚好嵌在这一方璀璨繁华的盛景中，无端生出华丽而高贵的气势。

望着他俊美清逸的容颜，江绿汀忽然间有些丧气，自信心好似一个充满了粉色梦幻的泡影，被一天一夜的等待给无情刺破。

他如此优秀，又如此俊美，无论哪一方面都让她觉得自叹弗如。尤其是看到鹤羽和他在一起，这种感觉尤其强烈。

她默默望着他，有点委屈，有点难过。

"你怎么不开手机？"

江绿汀没有回答，拿出钥匙开了门，请霍易霆进来坐。

因为房子小，客厅只有一个双人沙发。江绿汀搬了个小凳子坐在霍易霆的对面。微微低垂着眼帘，有点像是面对老师的小学生。

霍易霆很敏感地发现她脸色有点不对，泛着淡淡的潮红，目光也有点闪避，仿佛有心事。

"你怎么了？"

江绿汀牵了牵嘴角："我没事，就是出门散步去了。"

"手机为什么不开？"

"又没人给我打电话。"话一说完她就后悔，一股浓浓的赌气味道，明显就是在埋怨他没有给她打电话。

霍易霆突然像是明白了什么，唇边浮起一抹笑意。

江绿汀忽地脸红起来，再加上刚才喝了一罐啤酒，看上去愈发的容色娇艳。

霍易霆目光柔柔地落在她的脸颊上："我没有急着给你打电话，是因为我已经等了你五年，并不介意这一点点时间。"

江绿汀惊讶地反问了句："五年？"

霍易霆点点头，很平静地回答："我五年前，就认识你。"

江绿汀震惊地看着他。

"五年前，我车祸住院，在H市人民医院待了三天，那时你弟弟江兰洲也在住院。"

江绿汀想起来是有这么回事，那时候她在医院照顾兰洲，可是，为什么她对霍易霆丝毫没有印象？

"你怎么认识我的？"

"每天早晚两次，你推江兰洲到回廊后面的花坛边晒太阳，我听见你们在窗下说话。你给他讲将来的生活，讲自己的梦想，你说你将来当童话作家，你还提到自己的笔名。那时我蒙着眼，没见过你的样子，但记得你的声音，还记住了你的名字。因为江绿汀很像是红绿灯。"

"你那时候车祸伤得很重？"

"嗯，我右眼的视力受损很严重，现在只有0.3。"霍易霆指了指自己的眼角后面，"这里留了个伤疤，后来去做了手术。"

　　江绿汀恍然道："怪不得那天在悟觉寺碰到你，你戴了个墨镜。"

　　霍易霆点点头："当时在悟觉寺看到你，我并没有认出是你，后来听到你给出租车司机打电话，觉得声音很耳熟。我在医院的时候，因为蒙着眼，对声音非常的敏感，你的声音很特别，所以我一直记得。避雨棚里你昏过去后，我看到你拿去开光的那张红纸，上面写着江兰洲的名字，我就记起了你。"

　　原来如此，江绿汀对他的记忆力佩服得五体投地。

　　霍易霆又说："我后来去医院看你伤好了没有，很巧看见赵歌，知道你们是校友。于是便让她招你到学校。"

　　原来和他是有这样久远的相识、这样巧的重逢。

　　江绿汀望着他平静而从容的面孔，心里像是起了风的湖水。

　　"你知道我家里的情况，所以你故意让章校长给我开双份工资？"

　　霍易霆柔声道："你的的确确对同同付出很多，双份工资你是应该得到的，不是我特意关照。"

　　江绿汀摇了摇头："我不信。"她付出的不过是每晚的一个故事，并不值得双份薪水。

　　霍易霆轻轻笑了笑："那你就当成是我有意吧。"

　　江绿汀一瞬不瞬地望着他。

　　霍易霆身上仿佛有无穷无尽的谜，当她一层一层地看到真相，一步一步走到他的身边，才发现他并不是她最初看到的模样，他对她的好，隐藏得那么深、那么久，好到让她心里的感动无法用言语来表述。

　　她眼眶有点发热，喃喃说："我不知道该怎么谢你。"

　　霍易霆极认真地说："做女朋友就好。"

　　"可是，我和你并不般配，各方面都没有你优秀。"所以她一直没有朝那方面去想。

"你不用这么谦虚。"霍易霆目光灼灼地望着她，"你应该知道，有句话叫情人眼里出西施。"

江绿汀脸色一红："那你喜欢我什么地方？"

霍易霆似乎有点窘，垂着眼帘，想了片刻，这才说道："一开始是喜欢你的声音。后来，发现你性格很好，每天给同同讲故事，温柔耐心。再后来，发现你人品极好。沈卓去找你，鹤羽去找你，我都知道，我也知道你那时很缺钱，面对诱惑却不为所动，非常难得。"

这个回答，虽然都是溢美之词，却和她想要的答案，差了那么一点点的距离。

她有点失望："人品好的人很多，声音好听的人也很多啊。"

为什么是我。

霍易霆仿佛听见了她心里的疑问，一字一顿说："可是你只有一个。"

江绿汀心里怦然一动，蓦地抬起眼帘。

霍易霆的目光如同一道明亮的阳光，直射过来，灼热坚定，足可以破开坚冰。她有种快要融化的感觉，心跳得轻快而欢乐，微醺的酒意，忽然间在心扉间弥漫开。

"那天飞机突然出了状况，每个人心里都很怕。你当时在飞机上下的决定，可能只是一时冲动。"

"我曾经犯过冲动的错。所以，这一次，我很慎重。你每晚上都给同同讲故事，我在另一个房间里听。同同听的只是你的故事，而我听的是故事里的你。"霍易霆的目光灼灼逼人，仿佛有一团火，要烧到她的心里去，"我以为我只是迷上你的故事，后来发现，我迷上的是讲故事的人。"

江绿汀望着他清俊的脸、性感的下颌，还有深邃的眼眸，很清晰地感觉到自己的脸上慢慢升起了旖旎的温度。

"长达两年的时间，你觉得我还不够慎重吗？"

她慌乱地低了头，霍易霆不给她逃避的机会，伸手挑起她的下颌，问："你考虑好了吗？"

江绿汀心跳如雷，舌头像是被一团蜜汁给糊住了，吐不出来一个字。

"那好，我来替你回答。"霍易霆低了头，径直亲到她的唇上。

唇齿相碰的那一刻，温柔的力道，旋即便重了起来。

江绿汀像是被一股奇异的魔力俘获，神志不清地沉迷在他的气息里，直到耳边响起清脆的手机铃声，她才突然清醒过来，急忙推开霍易霆。

电话是叶惠打来的，告诉江绿汀燕子坞的拆迁款开始发放第一批，提前搬走的住户会额外奖励两万元，所以她收拾了东西，先住到江绿汀舅舅家。说完了拆迁的事情，叶惠话题一转，又落到了江绿汀的终身大事上。

霍易霆刚好就坐在对面，江绿汀脸色一红，连忙说："我等会儿给你回过去。"

电话打完，她低了头不好意思看霍易霆。气氛突然变得旖旎暧昧起来，空气都是甜甜的味道，让人沉醉。

霍易霆突然问："你喝酒了？"

"你怎么知道？"问完，她脸更红了。

霍易霆看着她羞窘的样子，忍不住笑了笑，而后揉了揉她的头发。"怎么又去喝酒？有什么烦心事？"这个类似对待小孩子的宠溺动作，让江绿汀的尴尬缓解了不少。

"我今天去全世界找你，看到你和鹤羽、同同一起。"

霍易霆好笑："你吃醋了？"

江绿汀连忙摇头："不是，我是看到你们在一起很和美，所以，我就想你有没有想过和鹤羽复合呢，这样对同同比较好。"

"没有过，我从未想过。"霍易霆的回答异乎寻常的坚定，几乎是斩钉截铁的味道。

"我今天带同同去游乐场，是要把同同交给鹤羽。我让同同学习认字，自己读书，就是在准备让同同跟着鹤羽生活。"

"你把同同的抚养权给她？"江绿汀实在是惊讶又好奇，不知道鹤羽是以何种方式，化解了霍易霆和她之间的矛盾，竟然让霍易霆把同同的抚养权交给她。

霍易霆点头："是，我已经想通了，而且是你让我想通的。你原谅傅明琼的时候，我也原谅了鹤羽。"

江绿汀心里暗暗好奇。他原谅了鹤羽，难道说，鹤羽曾经做过什么背叛他的事情，才导致两人离婚？

霍易霆没有解释，江绿汀也没有过问，毕竟，谁都有过过往，霍易霆从未打听过傅明琼和她之间的过去，她也不会主动去探听他和鹤羽的私事。

"你是不是还没吃饭？我做饭去吧。"

江绿汀惊讶："你会做饭？"

"当然。"霍易霆挽了挽袖子，径直走进厨房。

江绿汀连忙跟进去。厨房很小，站了两个人便有点转不开身子。

霍易霆道："你去客厅吧，不用帮忙。"

江绿汀见他一副不欲自己插手的样子，便自觉地给他腾开了地方。她喝了一罐啤酒之后，竟然头开始晕，特别是被他吻过之后。

半个小时后，霍易霆端着做好的饭菜出来，江绿汀竟然已经靠在沙发上睡着了。

霍易霆放下饭菜，走到她面前，犹豫着要不要叫醒她。

薄醉的江绿汀，皮肤异常的好看，白里透粉，毫无瑕疵，眉眼都极清秀，像是一幅雅丽的仕女图。她只是有些头晕，睡得并不沉，浅浅地入眠，唇角微牵，梨涡惊鸿一瞥地浮出来。

霍易霆俯身看着她，突然有点情难自禁，低头亲了一下。

江绿汀迷迷瞪瞪，半梦半醒，此刻脸上突然落了一个吻，蓦然就醒过来。

睁开眼睛，视线就和一道清洌目光相撞，她心里怦的一下像是被一块小石子砸到，觉得心尖上颤了一下。

霍易霆凝睇着她，她怔怔回望，身体好似被施了定身法。

夜静无声，两人的距离近到可以看见对方眼中的自己，江绿汀的眼眸，既迷离又清亮，幽幽的仿佛有一种奇异的魔力，吸引着霍易霆再次俯身下去。

眼看他的嘴唇就要落到她的唇上，江绿汀这才突然反应过来，下意识地抬起手，反手一挡，手心碰到他的嘴唇，她顿时整张脸仿佛都烧了起来。

霍易霆拉开她的掌心，缓缓低头，亲了上去。

这个吻比刚才更加的缠绵悱恻，许久许久，才停下来。

江绿汀气息不均，眼波激滟。

"来尝尝我的手艺。"

江绿汀被霍易霆牵到桌边，看着桌上的三菜一汤，真是非常惊讶。

在霍家这么久，她从未见他进过厨房。没想到他竟然会做菜。味道如何她不得而知，但闻着香气，想必不会差。果然，品尝之后，味道出乎意料的好。

她忍不住赞道："你真是全才。"

"你要是喜欢，我以后经常做给你吃。"

江绿汀咬着筷子，怀疑自己是不是幻听。霍易霆竟然要经常过来给她做饭？

霍易霆仿佛知道她心里想什么，很认真地说："你没听错。"

江绿汀心里怦怦乱跳起来，小声问："你是不是看了我的微博，知道我不喜欢做饭？"

霍易霆点点头："我还知道你不喜欢家里有保姆，觉得这样很不自在。"

言下之意就是家里不请保姆，他可以负责做饭。

江绿汀心潮澎湃，有点难以自持。这个诱惑实在是太大了。她目光灼灼地望着霍易霆，眼睛亮晶晶水盈盈地泛着兴奋而激动的光。

霍易霆笑着望着她："答应吧？"

江绿汀红着脸哼哼："我，我还没考虑好啊。"

霍易霆似笑非笑地望着她，仿佛看出她的口是心非。

江绿汀低了头扒饭，心里也有点嫌弃自己的矜持和扭捏，可是话都说出去了，总不好收回。

吃过饭后，江绿汀送霍易霆离开。

走到门口，他突然停步，回身捏了捏江绿汀的脸，板着脸道："以后不许喝酒。"

江绿汀乖巧地点头，送走霍易霆，她便给老妈打了个电话。

"妈，你觉得那位霍先生怎么样？"

"那位霍先生？同同的爸爸？"

江绿汀嗯了一声，不好意思地说："他在追我。"

"我对霍易霆当然没意见，他人很好，救过你，各方面都优秀得让人无可挑剔。可是，我不想让你给人当后妈啊。"

江绿汀小声道："同同很可爱也很乖，我不介意的。"

叶惠叹气："你想得太简单了。这件事得好好考虑清楚，不能冲动。"

"如果同同跟着他妈妈生活，你还介意吗？"

叶惠勉勉强强算是接受。

得到老妈的同意，江绿汀这才放心。

这时，手机响了一声，是霍易霆发来的微信。简单的两个字：晚安。然后是一朵玫瑰的图案。

江绿汀嫣然一笑，心里甜蜜而温暖的感觉，美好得无法用言语来表述。

幸福来得如此突然，突然快速，让人措手不及。直到此刻，她还有些不真实的感觉。

很难想象，他默默地关注了她五年，从很早的时候就开始喜欢她，而她竟然毫无所觉。

翌日一早，家里的固定电话吵醒了江绿汀，屏幕上显示的是老妈的手机号。

她正要拿起电话，突然想起来今天不是周末，她这会工夫应该在单位上班，而不是在家，于是，没敢接电话。

固定电话不依不饶地足足响了半分钟才停，还没等她松口气，手机响了。还是叶惠的电话。江绿汀这下就飞快地接通了，甜滋滋叫了声"妈"。

"你在哪儿呢？"叶惠的声音听上去有点不对劲。

江绿汀有一种不好的预感，于是小心翼翼说："我在单位上班啊。"

"胡说！我刚才打电话去学校，学校说你辞职了！你是不是在专职写文？"

江绿汀暗暗叫苦，咬紧牙关坚决否认："没啊。我找了新工作。"

叶惠显然不信，一口气追问："什么公司，干什么工作，单位在哪儿啊？"

江绿汀手心都有点出汗了，这几秒钟的工夫怎么编造一个公司出来，情急之下，她灵光一闪，说道："妈，我去了霍易霆的公司，比学校的工作还清闲，薪水也高。你也知道，学校的孩子个个都很金贵，我天天都提着心，还不如在公司里上班舒心。"

叶惠半信半疑，立刻追问了一句："真的？"

江绿汀一口咬定："真的，不信你去问顾淼。"

"不用问了，我下午就过去。"

江绿汀吓得手抖了一下："妈，你要来S市？"

叶惠哼了一声："对，我六点钟到。"

"那我下班去接你。"

"不用，你把住处地址发给我，我打车直接过去。"

江绿汀吓得心慌意乱，挂断电话之后，马上给顾淼打了电话过去，好让她统一口径。

顾淼听完，忍不住笑："阿姨还真是不好糊弄啊。"

江绿汀这会儿已经急得手足无措，欲哭无泪："幸好我妈不知道霍易霆的电话，不然打电话过去求证一下，我就完蛋了，你一定要替我保密。"

顾淼幸灾乐祸地笑："你老妈这么厉害，你怎么一点都没遗传到？"

江绿汀："……"

没同情心的家伙。

挂断电话，江绿汀长长松了口气。受了惊吓，她连食欲都没了，吃过午饭，就开始收拾房间，打扫卫生，看看手机，已经四点钟了。她提着笔记本电脑，离开了家。

出了门又突然觉得不对劲，赶紧拐回去换了一身职业套裙，不然这一身淘宝款T恤衫大短裤，怎么看都不像是上班的白领。

江绿汀背着电脑，刚走出楼洞，突然发现对面的鹅卵石小道上走过来一个人，一看那熟悉的黑框眼镜，江绿汀吓得腿一软，立马往旁边的花坛里躲。

江绿汀没想到老妈竟然提前杀到，谎称是六点，根本就是虚晃一枪，这老太太可真够腹黑的啊。

幸亏江绿汀提前出门，不然被堵到屋里，谎言就被戳得满是洞眼了。

江绿汀从花坛后小心翼翼地绕出去，然后飞快地跑到附近的肯德基，坐在一楼还不放心，又爬到二楼临窗的窗口，刚好可以居高临下看见自己居住的小区。

惊魂未定的她，半晌才平复下来。

在肯德基熬到六点钟，她收拾收拾东西"下班"，一路上发愁怎么应付老妈。

叶惠正等在大门口，江绿汀假装不知道她已经来了好久，忙问："你怎么来得这么早啊？"

"我提前来的。"

叶惠其实就是不大相信江绿汀的话，上下打量着女儿，问道："你上班怎么不化点淡妆？怎么不穿高跟鞋？背个大电脑包干吗？又笨重又难看。"

江绿汀一头黑线，看来明天要化妆穿高跟鞋去肯德基了，但是不带电脑不行啊。

她只好干笑："妈，我现在的工作比较忙，电脑里装的都是重要资料文件，有时候单位没做完的回家还要继续。"

叶惠勉勉强强接受了这个说法，说道："对了，明天你上班的时候，我和你一块走，去看看新公司怎么样。"

江绿汀吓得腿一软，险些把手里的笔记本电脑摔到地上。

"妈，你去公司干什么，霍易霆的公司你还不放心啦。"

叶惠白了她一眼："怎么，我去看看都不行？"

"不行啊妈，你不是客户，也不是员工，不能随随便便进公司的。"

叶惠手一挥："没关系，那我在公司外面看看也行。"

江绿汀彻底地呆了，老妈分明是不大相信自己的话，所以要亲眼看着她去公司上班，而且根据她对老妈的了解，她极有可能会在公司外面蹲点守着她下班。

叶惠一看她的表情，心里的疑惑又加重了几分，立刻问："你是不是骗我的？"

江绿汀马上否认，赶紧低头翻钥匙开门，掩饰自己慌张的神色。

叶惠跟着江绿汀进了屋子，放下手里的包，打量着顾淼这个小房子，从客厅走到卧房又走到厨房卫生间，挨个巡视了一圈。

当叶惠的目光从放牙刷的杯子上扫描过去的时候，江绿汀有点哭笑不得。牙刷杯如果放了两根牙刷，估计自己是打死也说不清了。

叶老师当了多年的班主任，和早恋的同学斗智斗勇，敏感度简直跟侦查员差不多。

江绿汀给她倒了杯水，让她坐下歇一歇。

叶惠是个闲不住的人，喝了杯水之后便去了厨房，准备晚饭。

江绿汀终于是得了个空闲，赶紧溜进卧房，小心翼翼地关了房门，开始给霍易霆打电话。

等待的这几秒钟，简直漫长的像是一年，她暗暗祈祷霍易霆千万别在这个时候出了差。

还好，霍易霆很快就接通了电话。听见他清朗而低沉的声音江绿汀如释重负，心头一热，简直像是盼到了救兵一样。

"我有件事想请你帮个忙。"她捂着手机，还不敢大声说话，生怕老妈在外面听见。

霍易霆的回答照例简单干脆，让她直说。

"我辞职的事情一直瞒着我妈，可是她不知从哪儿得了消息，知道我从学校辞职，就打电话来兴师问罪，我当时只好说我另外找了新工作，没敢说我现在全职码字。她问我是什么公司，我当时被问得太紧，随口就说在你们公司。谁知道她明天非要和我一起去公司看看。所以，能不能请你帮个忙，糊弄一下我妈？"

江绿汀一口气把这件事说完，紧张地等着霍易霆的答复。

霍易霆不疾不徐问："怎么糊弄？"

"我明天带她去公司看一下，麻烦你给前台交待一声，就说我是公司员工就好。如果方便的话，让我在公司的会客室或是茶水间待一会儿，哪怕厕所也行哦。"

电话里传来一声低笑："我知道了，我会安排。"

江绿汀松口气，万分感谢。突然想起来她还不知道霍易霆的公司具体位置，连忙又问了一句。

电话里沉默了几秒。

霍易霆的语气听上去有些生气："你连我公司在哪儿都不知道？"

江绿汀不好意思地嗯了一声。然后，嘟嘟嘟……电话断了……

江绿汀拿着手机呈石化状态。

他竟然挂了电话！

这未免也太小心眼了吧，也太小题大做了吧，也太……

她揉了揉太阳穴，无奈之下，只好又打过去，放软语气，细细地解释："我真的不知道啊，你又没告诉过我。"

"刘阿姨至少说过两三次吧。"

江绿汀呵呵干笑："我没注意嘛，听了就忘了，没记住，你也知道，我记性不是很好啊，哪能和你老人家比呢。"

老人家……

霍易霆果断地又挂了电话。

江绿汀："……"

眼下有求于他，她只好硬着头皮再次拨打过去，语气更加的温软，"霍先生……"

"到了现在，你还叫我霍先生？"

"霍总……"

霍易霆毫不犹豫地再次挂了电话。

江绿汀快要抓狂，再次拨电话过去。叫了许久的霍先生，一时很难改口，她终于别别扭扭地叫出了他的名字："霍易霆……"

霍易霆不满地哼了声："连名带姓？"

"易霆，拜托了。"

霍易霆这才满意，然后发了个短信给她，告知了公司地址，以及前台接待鲁佳的名字和电话。

江绿汀如获至宝般地看着这条短信，这才放心。从房间出来，一股诱人的香气从厨房飘过来，叶惠正在厨房做剁椒鱼头。

江绿汀走过去，从背后抱住叶惠的腰，靠在她的肩头幸福地叹气："妈，有你在真好。"

叶惠笑道："我不打算回去了，白天出去看房子，晚上回来给你做饭。"

江绿汀手都要吓软了。老妈住在这儿，她还怎么码字？难道天天背着电脑包去对面的肯德基上班？

江绿汀干笑："妈，还是等拆迁款都下来了，你再去看房子吧。反正现在房价都说要降，不着急。"

"我先看着吧，有合适的就交个首付。你总住在顾淼这里也不行啊，毕竟不是自己的房子。"

叶惠做了一桌子丰盛的晚饭，可是江绿汀愁得食不甘味。

吃过饭，叶惠拉着江绿汀出去活动消食，顺便熟悉小区的情况。叶惠是当老师的，比较善于和人打交道，不大一会儿就认识了一个老太太，老太太盛情邀请叶惠加入老年舞蹈队。

眼看老妈如此快地就融入了这里的生活，江绿汀做好了长期去肯德基上班的准备。

一晚上江绿汀都没睡好，翌日一早就被老妈叫起来去上班，她才刚刚过上睡到自然醒的幸福生活，就要早起假装去上班，真是痛不欲生。

吃过早饭，叶惠又监督着她化妆，穿上高跟鞋，亲自替她挑了一套端庄得体的职业套裙。

一身精致的白领打扮的江绿汀，踩着高跟鞋，化着淡妆，带着老妈出了门。

江绿汀要打车，节俭惯了的叶惠还不肯，非要坐公交车。

江绿汀带着老妈上了公交车，投币的时候，叶惠还在唠叨，要办个公交卡，这样比较省钱。

霍易霆的公司位于S市的金融商业区，宏达大厦是其中最高档的一个办公楼，寸土寸金，能够在这里办公甚至成为一些公司对外炫耀实力的一种资本。

走进大厦，江绿汀的心跳便开始不规则起来，生怕一会儿出什么纰漏，被老妈看出破绽。

此刻正是上班时间，电梯里的上班族还挺多，江绿汀估计自己是唯一一位带着老妈来上班的员工，而且还是假员工。

电梯停在二十七楼。

公司前台接待鲁佳，见到江绿汀便笑吟吟点头致意："早上好，绿汀。"

霍易霆已经将江绿汀的照片给鲁佳看过，所以鲁佳一眼便认出来她。

江绿汀本来还担心前台不认识自己，此刻终于大大地松口气，对着鲁佳嫣然一笑："早上好。"

鲁佳笑着说："霍总让你去一趟他的办公室。"

江绿汀不得不说，霍易霆的这个安排真是自然妥帖，就跟真的似的。她扭头对叶惠说："妈，你看，我没骗你吧。你打车先回吧，我下了班就回去。"

叶惠眼见为实，终于是相信了江绿汀的话，这才坐了电梯离开。

江绿汀看见老妈走了，长出了一口气，回头对鲁佳笑了笑："谢谢你。"

鲁佳一副标准职业的微笑："霍总的办公室在三十楼101室。"

江绿汀刚才还以为鲁佳说霍易霆要见她，是霍易霆安排的台词，没想到是真的见她。于是便上了楼，沿着静悄悄的过道，找到了101室。

她举起手轻轻敲门。

"请进。"里面传来低沉而熟悉的声音。

江绿汀推开门，被办公室的阔达惊了一下。

霍易霆从一张又宽又长的黑色办公桌后站起来。

在他身后是一整面玻璃墙，晨光从那面墙上透进来，光可鉴人的黑色桌面，泛起幽幽的光。

霍易霆颀长挺拔的身影，在光影中卓然而立。

宽阔静谧的办公室，全部冷色调的家具，再加上气场高冷的霍易霆，很容易便让人产生一种敬畏的感觉。

江绿汀立刻就自觉自发地把自己代入了员工的位置，毕恭毕敬问道："霍总，你找我有事？"

听到"霍总"两个字，霍易霆的眉头明显地皱了一下，然后淡撇撇说道："霍总找你没事。"

"嗯？是前台的鲁佳叫我上来的。"

霍易霆看了看她，没说话。

江绿汀有点尴尬，不知是鲁佳会错了意，还是传达有误，忙说："那你忙吧，我回去了，谢谢你。"

"等等。"

霍易霆走到她面前，居高临下看着她："霍总找你没事，霍易霆找你有事。"

江绿汀莫名其妙地脸就热了起来。

"什么事啊？"

霍易霆指了指办公桌东侧的一个房间，说道："里面有间小办公室，我叫人整理了一下，你就在这儿办公吧，等下班了一起走，我送你回家。"

"那岂不是影响你工作。我妈已经走了，我等会儿就走。"

"以你妈妈的做事风格来看，极有可能还没走，就在附近转悠，说不定中午给你打电话让你下楼一起去吃饭，看看你是不是还在公司。"

江绿汀哑然失笑，但也不得不说，霍易霆分析得极有可能。

"就算你妈妈回家去了，你也没法回去。你准备在大街上溜达一天？"他垂目看了看她的高跟鞋，意有所指。

江绿汀低头窘笑。

今天因为和老妈一起出门，连笔记本电脑也没带，想找个地方码字都没机会。诚如霍易霆所说，她真的要在大街上溜达一天，然后"下班"。

"就待在这儿吧。"霍易霆微微弯腰，望着她笑了笑，"你怕什么？我又不会吃了你。"

江绿汀更窘了，脸红不语。

"来，你进来看看。"霍易霆不由分说地牵起了她的手，径直将她拉到了套间里。

里面果然布置得像是一个小型办公室，电脑打印机扫描仪等一应俱全，在这里码字完全没问题，比在外面溜达强多了。

霍易霆打开了桌上的电脑，指着一个文件夹说："我正好有件事要拜托你帮忙。这些文件，你帮我整理成文档，然后再润色一下。"

江绿汀点开那个音频文件，顿时就呆住了。

里面的声音她熟悉得不能再熟悉，竟然是她在讲故事，曾经讲给同同的那些童话故事。

她忽一下脸色通红，很窘地看着霍易霆，"你怎么会有这些？"

"因为我觉得这些故事很好，所以就录了下来。"

霍易霆看着她一脸窘态，有些好笑："江老师，你在幼儿园给小朋友讲故事是日常工作，二十五个听众你都没觉得有什么不好意思，应该不介意多我一个吧。再说，你又没有讲什么少儿不宜的故事，有什么怕我听到？"

江绿汀扶着额头："……"

"这些故事都很不错，整理成文字送给同同，也算是我送给他的一份纪念。"霍易霆扶着她的双肩，柔声说，"你知道吗，这么多年我一直有个心结，因为你，我慢慢解开心结，就像山鲁佐德给国王解开了心结一样。"

江绿汀好奇地问："什么心结？"

刚好这时，外面的电话响了。霍易霆没有来得及回答，便又出去忙了。

接下来的时间，他不停地接电话，处理公务，和前来请示各种事情的人谈话。上午的时间本来就短，晃眼就到了十一点四十，江绿汀的手机响了，是叶惠打来的电话。

接通电话听到老妈就在楼下，要和她一起吃午饭的时候，江绿汀简直想对门外的霍易霆喊一声霍神探。

刚好挂了电话，霍易霆走进来，要请江绿汀下楼吃饭。

江绿汀举着手机笑了："你真是料事如神，我妈刚才给我打电话，就在楼下，要和我一起去吃饭。"

霍易霆也笑了笑："那我一起请。"

"不不，我和我妈还有点私房话要说呢。"江绿汀连忙婉谢。

霍易霆也没坚持，说道："你吃完饭上来，我还有话要对你说。"

"好。"

江绿汀收拾东西下了楼，看见老妈正等在大厦外面，两只手里提着好几个袋子，一副大采购的样子。

江绿汀上前接过她手里的袋子，问道："这都是什么啊？"

"我在这附近逛街，大城市就是好，打折的东西又好又便宜。你看这个飘窗垫多漂亮，回头等我们买了房子，刚好用得上。"

江绿汀笑："妈，你也真是太未雨绸缪了，房子还没影儿呢。"

"那还不是早晚的事。明天我就打算去看房子去。地图我都买好了。"

江绿汀试探着问："那你下午，还在附近接着逛？"

"不逛了，提着这么多东西好累。我等会儿就回去。"

江绿汀松了口气，盯梢终于结束了。

叶惠故意在附近逛街，等到这个时间过来叫女儿下楼吃饭，就是为了再确认一下江绿汀确确实实是在公司里上班。眼下已经完全相信了，自然也没必要再逛下去。

吃完饭，江绿汀给老妈打了辆车，把叶惠送走，然后回到公司。

她走到霍易霆的办公室前，敲了敲门，心里并不确定他此刻是否在，因为离上班时间还有十分钟。

门内传来一声请进。

江绿汀推开房门，看见霍易霆站在玻璃窗前，手里捧着一杯咖啡。

"你妈妈这次不会再怀疑了吧？"

江绿汀笑着点头："这件事要谢谢你。"

霍易霆放下杯子，意味深长地问："怎么谢？"

江绿汀笑盈盈说："我帮你把那些故事都整理出来作为答谢。"

霍易霆露出不满意的表情。

江绿汀装没看见，走进里面的套间，打开电脑。

这些故事如果要整理成文档，再润润色，大约要两三天，既然是送给同同的礼物，江绿汀更加用心。

正在打字，霍易霆突然走进来，手里端着一杯茶，放在她的桌上。

"谢谢。"

霍易霆送来茶水并没有离开，反而抱臂站在她身后，看她打字。

江绿汀不禁有些紧张，手指在键盘上连着打错了好几个字。

身后传来一声闷笑，霍易霆突然盖住了她正在打字的右手。

江绿汀心里怦然一跳，抬起眼帘看着他。

霍易霆也不说话，伸手抱住她，径直吻过来，强势霸道得有点不像话。

江绿汀又羞又窘，手忙脚乱地从他怀里往外挣扎，这么一扑腾，方才霍易霆好心替她送过来的一杯茶，便不小心被她的手扫翻了。

霍易霆本来还没打算轻易放手，感觉到裤子湿了，不得不放开怀里的江绿汀。

等他连忙从桌子上下来，为时已晚，半边裤腿，包括右半边臀部都湿透了。

江绿汀本来还窘得满面红晕，无地自容，此刻见到霍易霆的样子，却忍不住噗地笑了。霍易霆在她面前从来都是高高在上的形象，今天这么狼狈，她还是第一次见。

霍易霆尴尬地笑了笑："只好麻烦你去给我买一条裤子了。"

江绿汀忍着笑，问他穿多大号码。

霍易霆把尺码和腰围告诉她，然后去拿钱夹，抽了一张卡递给她。

江绿汀没有接他的卡，笑了笑说："是我弄湿的，赔你一条是应该的？"

霍易霆也未和她争，收回卡放进钱夹："好啊，我不和你客气。"语气已经很明显地透出一股自家人的意思。

江绿汀去买衣服的一路上都忍不住轻笑。

霍易霆裤子湿了也不好坐，站在办公室等了一会儿，江绿汀终于回来。

霍易霆看着她从袋子里拿出了一条深蓝色牛仔裤，顿时就："……"

江绿汀本来想要选一条西装裤，但转念一想，她还没见霍易霆穿牛仔裤的样子，他个子高，腿又长，穿起来一定很帅气。而且她也想要改改他古板严谨的穿衣风格。

霍易霆紧紧蹙着眉，露出一种介于为难和嫌弃之间的表情，但又不敢直接说江老师的眼光不好，买的不对，只好委婉地表示，上班时间穿这个不大合适。

江绿汀不高兴地嘟着嘴："怎么不能啊？你到底穿不穿嘛？"

霍易霆一看江老师已经开始露出了不高兴的神色，只好默默拿了牛仔裤去卫生间里换。

等他打开门走出来，江绿汀眼睛一亮。

霍易霆容貌出众，身材更是好到无可挑剔，衬衣牛仔裤的装扮，顿时一扫他平素过于高冷沉稳的风格，多了几分随意洒脱。

江绿汀忍不住夸他穿着好看。

霍易霆脸上一副八风不动的表情，矜持地说了句："身材好，当然穿什么都好看。"

江绿汀莞尔，打趣说："不会是整个公司的女员工都花痴霍总吧？"

霍易霆微微一挑眉，反问："你会吃醋吗？"

江绿汀微微脸红："当然不会。"

霍易霆抱着了她的腰，似笑非笑："我不介意你吃醋。"

江绿汀脉脉望着他，眸光闪着甜暖温柔的光。

正在这时，煞风景的敲门声响了。

霍易霆不得不放手。江绿汀进了里面的套间，继续整理那些故事。

霍易霆一直忙到下班前半个小时，才有空进来。江绿汀刚好关了电脑，正在收拾东西。见到霍易霆进来，她嫣然一笑："我提前下班，霍总没意见吧。"

再等会儿到了下班高峰期，公交车比较挤，所以她想要先走一会儿。

"等我一起走。我送你回去。"

"不用，我坐公交车。"

"听话。"霍易霆拍拍她的头，语气不容置辩。

江绿汀只好等他下班一起走。

下班时堵车一向厉害，两人坐在车里看着外面的天色变得昏黄，渐渐周边亮起霓虹灯，夜色缓缓的如同一张黑幕降下来。霍易霆偏头看看坐在身边的江绿汀，暗光下，她的眉眼清秀而温婉，唇角的梨涡若隐若现。

他伸出一只手，握住了她放在膝上的手。

陪在他身边的这个人，不必有太耀眼的容貌，不必有太聪慧的头脑，只要让他心动心安、和他心心相印就好。

江绿汀很紧张地抽出手，不给他握，嘱咐他专心开车。

霍易霆笑了笑，把手收回去。

离开繁华商业区，道路顺畅了许多，车子开到小区门外，霍易霆执意要送江绿汀上楼。

此刻正是做晚饭的时候，从门缝里飘出来诱人的香气。

霍易霆揉了揉鼻子，很认真地问："我在你家蹭顿饭吃，你不会拒绝吧。"

江绿汀没想到他会一时兴起，竟然提出这样的要求，笑着说："我去饭店请你吧。我没给我妈打招呼，恐怕家里没有准备什么菜。"

"不用，我喜欢在家里吃饭。你知道的。"

江绿汀只好打开门，请他进去。

叶惠听见门响，从厨房里探出头，一看见霍易霆，猛然怔了一下。

霍易霆客客气气地说："很抱歉，没有提前打招呼就来蹭饭了。"

"没事，欢迎之极。"叶惠忙热情地招呼他坐下。

江绿汀发现老妈来了就是不一样，窗台上多了文竹和铁线蕨，茶几上原本有个空闲的小鱼缸，她在里面养了一些铜钱草。

叶惠端着两盘炸好的莲夹和肉丸放到茶几上，笑吟吟请霍易霆先趁热吃。

霍易霆客气致谢，然后去了卫生间洗手。

江绿汀的毛巾和牙刷杯子上都印着很可爱的卡通图案。

霍易霆望着这两样东西，心里浮起一个念头，大约很快，她的东西就会和自己的并排放在一起。

叶惠的莲夹和肉丸的确做得很好吃，霍易霆赞不绝口。

叶惠高兴不已："你有空只管来家吃饭，回头给你做红烧带鱼和东坡肉。"

霍易霆笑说："阿姨最近是不是打算要买房子？"

"是啊。"

"我有个朋友在新区开发了一个楼盘叫盛世家园，已经做了三期。他留了几套户型不错的房子，本来打算送给某位领导。您也知道现在反腐很厉害，所以他现在打算卖掉，都是现房，阿姨若是有意向，我明天让公司的司机带你过去看看。"

叶惠当然求之不得，现房比期房可以更快地住进去，连声道谢。

霍易霆笑："阿姨不用和我客气。"

叶惠笑得合不拢嘴，心里对霍易霆的好感度直线暴增。

吃过晚饭，江绿汀送了霍易霆出去，站在门口和他道再见，霍易霆却将她往外拉了几步。

"就这么再见？"

"那要怎样？"

霍易霆道："过来亲一下。"

江绿汀有些含羞，还未等扭捏一下，霍易霆便往回走："我去和你妈妈谈谈你的工作。"

　　江绿汀急忙一把拉住他。

　　霍易霆居高临下，丢过来一个威胁的眼神。

　　江绿汀只好踮起脚尖，亲了他一口。

　　还未等她离开，腰肢便被他搂住了。

　　霍易霆低头，在她唇上重重亲下去。

　　房门虚掩了半天，不见江绿汀进来，叶惠还以为她送霍易霆下楼去了，没有关好门，于是走到门口打算关门。

　　这一眼看出去，老人家顿时就窘了个大红脸，赶紧又蹑手蹑脚地缩回去。

　　室外的两人毫无察觉，过了好久才分开。

　　霍易霆用指腹抹了抹她的嘴唇，柔声说："明天上午九点，我让张弛过来接你们去看看房子。等你看完了房子，再到公司来。"

　　"嗯，好，你路上开车小心点。"

　　霍易霆笑了笑，拿出车钥匙晃了晃，上面挂着江绿汀送给他的平安扣。

　　江绿汀送他到了电梯口，然后折回去。

　　翌日上午九点钟，张弛开了车到小区楼下，江绿汀带着老妈下楼去看房子。

　　盛世家园地处新区，道路开阔，规划整齐，绿化尤其出色，交通也极为便利，五百米远就有地铁站。小区之内，以植物造景为主，园中高低错落种了不少观景树，还有桂花、海棠、樱花等等，几乎每个季节都有景致可看。老人家最喜欢有散步遛弯的地方，所以叶惠对外围环境很满意。

张弛领着她们上楼，去看了同一个单元不同楼层的三套房子。

房间的户型都是一样的，只是楼层不同，面积大约有一百三十平方米，三室两厅，格局很好。最让人满意的地方就是房子是精装修的现房，可以拎包入住，省了许多麻烦。

叶惠兴致勃勃地拿着手机，拍了不少照片，打算回头发给哥哥嫂子看看。

江绿汀很喜欢二十五楼的一套，站在阳台上，便可以眺望不远处的金波湖，再远一些，便是高尔夫球场，满目绿色。

叶惠却要选五楼，怕万一停电，楼层低一些方便爬楼梯，万一失火也方便逃生。

江绿汀很好笑老妈强烈的忧患意识，不过也没法反驳。

看完房子，张弛先把叶惠送回了居处，然后和江绿汀一起回到公司。

江绿汀上楼去了霍易霆的办公室，不巧，他正在和技术部的汪经理谈事。

江绿汀听见请进，推开门却发现屋内有人，不禁有点尴尬。

霍易霆对她笑笑，招手示意她进来。

正向老板汇报工作的汪经理，眼珠都快要掉到地上。

他在公司兢兢业业工作了四年零七个月，就连公司的年会上，都没见到老板有过如此明媚的笑容、如此温柔的眼波，还有如此丰富的肢体语言！

他一瞬不瞬地看着这位走进来的姑娘：眉眼清丽，肌肤白皙，不是一眼惊艳的大美人，但很顺眼，有一种赏心悦目的清雅气质，单纯良善两个词，几乎写在脸上。

原来老板喜欢这一款……

霍易霆清了清嗓子，这才把汪经理的视线"叫"回来。

江绿汀疾步走进了套间。

汪经理心里更是起了海啸，一向高冷的霍总竟然在办公室里金屋藏娇！

汇报完毕，汪经理马上就很有眼色地离开了。

霍易霆走进套间，发现江绿汀已经开了电脑正在工作，于是走到她桌前，习惯性地用手掌盖住了她正在码字的手，问道："房子怎么样？"

江绿汀抬眸嫣然一笑："非常喜欢。"

"那你妈呢？"

"满意得不得了。我想要二十五楼，我妈想要五楼。你说哪一层好？"

"当然是听你妈的。"

"为什么？二十五楼视野更好。"

霍易霆望着她："你是要跟我住的。"

江绿汀腾一下脸就红了起来，推他出去："我要工作了。"

"文档整理好了，发到我的信箱里。"

霍易霆摸摸她的头，去了外间办公。

中午时分，两人一起出去吃午饭。在电梯里，霍易霆一直握着江绿汀的手，然后牵着她走出电梯。

和霍总同乘电梯的几位员工有幸看到了未来的老板娘，群情激奋。

高冷如冰，不近女色的霍总竟然寻觅到了第二春，这个消息简直沸腾了整个公司，一下午，公司里都荡漾着春天的气息。

于是，下午霍总的办公室格外的忙，各部门经理纷纷去汇报工作。

奈何，老板娘被霍总藏在办公室的套间里，连一根头发丝都看不到。

下班之后，不甘心的人事经理何大姐，自动地留下来"加班"，想要"偶遇"一下老板娘。

很遗憾，霍总已经带着老板娘提前二十分钟走了，去了家具城……

江绿汀只是在中午吃饭的时候，随口说了句要给老妈买一个好一点的床垫，于是霍易霆便立刻带她去选。

选好了床垫，霍易霆提出要在外面吃饭。

霍易霆陪着她逛了半天街，江绿汀自然不好拒绝这个要求，于是，打算给老妈打电话说不回去吃饭。

没想到电话一接通，还没等她开口，叶惠率先声明没做她的饭，让她在外面吃了再回来，用意不言而喻。

翌日一早，叶惠照例催江绿汀起床上班。江绿汀只好继续假冒上班族，匆匆离开家。

刚刚走出小区门口，就看见路边停着一辆非常熟悉的车子。

霍易霆从车里走出来，冲着她浅浅一笑。晨光里，英气勃发，风姿清绝。

江绿汀心里怦然一跳，也不知是何缘故，即便和他见过无数面，却依旧会在不经意间，有惊艳之感，浓烈仿佛初见。

"顺路接你去公司。"

江绿汀莞尔："才不顺路，明明绕了好大一圈。"

霍易霆点头："你知道就好。"

江绿汀含笑不语，心里犹如抹过一层清甜的玫瑰酱。

两人一起到了公司，虽然同在一个大办公室，但因为霍易霆工作太忙，江绿汀也急着把故事整理出来，两人只在中午吃饭时，在一起待了一个小时，其余时间都在各自忙碌。

临近下班，江绿汀把已经整理好的故事拷到U盘，打算带回去周末在家里好好再修改润色一下。一想起同同以后会跟着鹤羽生活，江绿汀反而心里很不舍。

两年的时间，她和同同之间的感情，并非学生和老师这样简单，几乎每一天，她都陪着同同度过，就连周末，也会每晚和他打上半个小时的电话讲故事。 正是因为有这份特殊的感情做铺垫，她才不介意给同同当后妈。如果是陌生的一个男人，带着一个陌生的孩子，她一定不会像现在这样容易接受。因为对方是曾经救过她帮过她的霍易霆，因为这个孩子是霍同同，她才丝毫没有介意。

她现在离开了曙星，不再是同同的老师，而同同和鹤羽一起生活，可能以后见面的机会很少很少。所以，这份礼物，她一定要做得尽善尽美，留给同同做纪念。

她正在低头沉吟，突然身后伸过来一双手臂将她的腰身环住，头顶上响起霍易霆的声音："这是要带回去加班？"

"反正我周末也没什么事情。"

"我今天在全世界订了位置，想要请你妈妈吃晚饭。"

"这会儿她可能已经准备了晚饭。"

"不会，因为我今天中午就给她打了电话，预约过。"

江绿汀惊讶："你怎么有我妈妈的电话？"

"我打的是固定电话。"

江绿汀还是很惊讶："你怎么知道号码？"

"你昨天拨号的时候我看了一眼就记住了。"

江绿汀："……"

和他这样的人在一起，动不动觉得自己智商和记忆力渣到无可救药的感觉真是很不好。

霍易霆带着江绿汀去接了叶惠一起吃晚饭。

席间，叶惠看着坐在自己对面的一对年轻人，很公正地认为，霍易霆比自己的女儿更加优秀更加出色。

所以，欢喜之余，心里又有些忐忑纠结。一方面她希望这样的年轻人成为自己的女婿，另一方面又觉得这样优秀的年轻人，自己女儿恐怕不一定Hold得住。

饭菜吃到一半的时候，霍易霆说道："阿姨，有件事我想和你商议。关于，绿汀的工作。"

江绿汀吓了一跳，不知道他要说什么，赶紧在桌子底下，轻轻碰了碰他的腿。

霍易霆没有理会她的暗示，继续说道："绿汀一直很喜欢写作，想要全职码字。"

江绿汀急得快要出汗，急忙把手伸到桌下，拉了拉他的衣角。

霍易霆伸手将她的手握住了，自然而然地放到了他的腿上。江绿汀窘得不敢乱动，想要抽出来，却又没有他的力气大。

"我听说你反对她全职码字。"

叶惠道："我也不是反对，是担心她全职宅在家里找不到对象。"

霍易霆笑说："现在你不用担心了。"

叶惠笑着点头。

江绿汀一开始紧张，此刻听到这儿，大约明白了霍易霆的意思。

霍易霆说："我很支持她，我觉得她很有天赋。"

叶惠惊喜地问："真的吗？"

霍易霆点头："不需要她成名成家，只要她喜欢开心就好。"

叶惠高兴地松了口气："那太好了。"

霍易霆扭脸看看江绿汀，正色道："所以，我打算下个星期辞掉她，阿姨没什么意见吧？"

叶惠噗地笑了，江绿汀也忍俊不禁，没想到专职的问题就这么被他轻而易举地就解决了。

吃完饭，霍易霆送了母女俩人回去。

江绿汀不再去公司假装上班，在家里整理稿子。

叶惠确定要买盛世家园的房子，开始去办理贷款手续。

购房手续办好之后，叶惠开始带着江绿汀一起到处买东西。虽然是精装修的房子，但也有不少东西需要添置。在老家的东西叶惠不打算再托运过来，打算全部都换新的。

正值夏天，天气炎热，霍易霆特别体贴周到地派了张弛过来给叶惠当司机，方便出行。叶惠对霍易霆越发的满意，好几次都和江绿汀说起秋天结婚的事情。

江绿汀暗暗好笑，这一点上自己老妈竟然和孟涵心有灵犀。

不过霍易霆似乎并不急，虽然经常和江绿汀出去约会，却没提结婚的事。

时光飞逝，叶惠眼看江绿汀二十七岁生日马上就要到了，更加难受。于是，晚上准备了丰盛的晚饭，邀请霍易霆来家吃饭。

席间，叶惠说起江绿汀在家里宅了一周码字，周末应当出去玩玩，别老憋闷在家里，然后又问霍易霆附近可有什么旅游景点。

叶惠的用意就是想让霍易霆和江绿汀多一些相处，增进感情，早些把婚事定下来。

霍易霆回答："附近没有什么好去处，邻省倒是有片新开发的海域，游人很少。只不过我后天要去香港出差，等我下周回来，带绿汀过去度假。"

叶惠当即笑着说好。

江绿汀送了霍易霆下楼，霍易霆仿佛有心事，几次欲言又止，最终却是低头亲了亲江绿汀，简单说道："等我回来。"

翌日上午，江绿汀正在房间里码字，手机突然响起来。

打来电话的竟然是久未联系的沈卓。

看到这个电话号码，江绿汀想了想，没有去接。江绿汀和霍易霆在人际交往这一点上，都是抱着能简则简的态度，沈卓对她来说，属于没有必要再联系的人。

停了一会儿，他发了一条短信过来。

"你知不知道霍易霆和鹤羽现在在一起？他们后天一起去香港！"

江绿汀笑了笑，把手机放到了一边。

沈卓没有等到回复，便连着打了四个电话过来，江绿汀只好关机。

吃过晚饭，她照例下楼去散步，走过马路，突然从路边停着的一辆车里，下来一个男人。

看见沈卓，江绿汀怔了一下，不由停步。

沈卓脸色很不好，蹙着眉道："绿汀，你上车我有话要和你谈。"

江绿汀道："你和鹤羽之间的事情，和我无关，你还是去找她谈吧。"

"那霍易霆的事情总和你有关吧。你上车，我这里有一些照片给你看。是霍易霆和鹤羽的照片。"

沈卓打开车门，江绿汀犹豫了一下，坐上车，心脏开始激烈地跳起来，什么样的照片，她不敢细想。

沈卓将一个信封递给了江绿汀。

江绿汀打开一看，顿时松口气，里面的照片不是她想象的那样，霍易霆和鹤羽两人的衣衫都很整齐，其中有几张，江绿汀很眼熟，正好是那天在全世界三人一起的照片。

她把照片还给了沈卓："这没什么。"

沈卓不可思议地望着她："你竟然一点都不介意？"

"沈先生，我一点都不介意，而且我觉得你偷拍别人，很不合适。"江绿汀说完，拉开车门想要下车。

车门却是锁着的，沈卓脸色阴鸷，一踩油门开了出去。

江绿汀顿时感到紧张起来，扭头便问："你要带我去哪儿？"

沈卓冷着脸不说话，江绿汀眼看情势不对，立刻拿出手机。倒霉的是，今天因为躲他的电话，她还一直关着机。就在她低头开机的工夫，沈卓突然踩了一脚刹车。

江绿汀上车之后，根本就没有想过会和沈卓一起离开，所以也没系安全带，车子猛地停住，她的身体惯性往前一扑，额头砰一声撞到了玻璃上，手机也甩了出去。

一阵剧痛险些没让江绿汀昏过去，她用手捂住头，眼前一片昏花。

沈卓伸手搭上江绿汀的肩头，问道："没事吧。"

江绿汀右手捂着额头，挥开左臂甩了沈卓的手，气愤不已："沈卓，你和鹤羽之间的事情和我有什么关系。你扯我进来做什么？"

"和你没关系，但和霍易霆有关系。"沈卓面无表情说道，"你打电话给霍易霆，告诉他你在我的车上。"

江绿汀立刻问："你要对他做什么？"

"我不做什么。我只是要他带着鹤羽过来见我。你放心，我不会伤害你，霍易霆把鹤羽带过来，你就可以和他一起走。"

"你疯了。"

"我没疯。我找不到鹤羽，只能找他。他不肯见我，也不肯和我交涉，所以我只能借助于你，希望你在他心里有点分量。"

江绿汀气得瞪了他一眼，弯腰捡起手机。

沈卓道："打电话给他。"

江绿汀拨了霍易霆的电话。

"易霆，我在沈卓的车上。"江绿汀刻意保持了冷静的声音，但是声音略略有点发紧。

电话里的霍易霆仿佛感觉到了什么，立刻问她怎么回事。

沈卓抢过电话，冷冷道："霍易霆，你立刻带着鹤羽到凤求凰来见我，否则别怪我对江绿汀不客气。"说完，将江绿汀的手机放到了自己的屁股底下。

江绿汀气得狠狠瞪了他一眼，扭头看着窗外。虽然知道沈卓不会伤害她，但对这种类似于挟持的行为还是感到很气恼。怪不得鹤羽避而不见，沈卓白长了一副沉稳儒雅的面孔，冲动起来，行为幼稚得不可理喻。

车子径直开到城郊一家私人会馆的门前。

四周异常安静，修竹亭亭玉立。灯光下"凤求凰"几个朱红色的字异常醒目耀眼，像是一位美艳洒脱的女王。

檐角下挂着一盏很独特的灯，全部用白色羽毛装饰而成，晚风拂动片片白羽，飘飘欲飞，美如幻梦。

看到"凤求凰"这个名字，再看到这盏白羽灯，江绿汀第一直觉，这个私人会馆一定和鹤羽有关。

一路沉默的沈卓开口道："我不会伤害你，我也不会对霍易霆怎么样。我只是要见一见鹤羽，有些话要和她讲清楚。"

江绿汀依旧默然看着窗外，对沈卓的话，置之不理。

沈卓望着那盏白羽灯，自言自语说："十年前，她说她的梦想就是自己开一家私人会馆，她要做个老板娘，弹琴喝酒，过自由自在的生活。现在我建好了她想要的地方，她却连来看一眼都不肯。"

"那是十年前。现在的她，只想要同同。"

"对，所以我费尽心机，替她要回同同。"

江绿汀忍不住嘲讽："你工作做得很足，甚至连我的过去，你都调查得一清二楚。可惜你白费心机了。霍易霆已经将同同的抚养权交给了鹤羽。你想要借此感动她，也没了机会。单从你今天挟持我的这个举动，我就觉得鹤羽有句话说得没错。你的的确确比不上霍易霆。"

沈卓突然怒声道："你根本就不知道，她以前有多爱我，她甚至向我求过婚！她嫁给霍易霆不过是一时赌气，是想让我后悔。她现在和霍易霆在一起，是为了同同，她心里压根就没爱过霍易霆。"

江绿汀怔然一愣，她还以为沈卓是单相思鹤羽，原来不是这么回事。大约霍易霆所说的心结，指的就是这个。

"她的确做到了，我确实很后悔。"沈卓一脸痛色，"你知道这个世上最难的是什么吗，就是挽回人心。"

"缘分散了，强求不来。"

"我不相信她和我之间的缘分已经断了。她和霍易霆离婚，就是一个证明。"

江绿汀蹙眉道："你们真是自私。霍易霆在你们中间算是什么，一个赌气的工具？一个逃离的踏板？你们有什么资格利用别人的感情来玩自己的游戏？真是让人看不起。"

说话间，突然一道明亮的光线打了过来。

沈卓道："霍易霆来了，看来，他还是很关心你。来得这么快。"

江绿汀看见熟悉的车子以很快的速度开了过来，然后戛然一响停在沈卓的车旁。

沈卓下了车，霍易霆也几乎是在同时推开了车门。

江绿汀见到他，心里涌起一种很复杂的感觉。高傲如他，知道自己妻子嫁给他不过是为了和另一个男人赌气，心里该是何等滋味，也难怪会离婚。

江绿汀推开车门的时候，霍易霆已经疾步走到了她的面前。

灯光下，她额头上鼓着一个很明显的大包。

霍易霆抬头想要摸一下，又停住不敢落下，沉声问："这是怎么了？他对你动手了？"

江绿汀说："没有，他急刹车的时候，我磕到玻璃上了。"

沈卓发现霍易霆的车里没有鹤羽，顿时脸色一变，问道："鹤羽怎么没来？"

霍易霆扭头看着沈卓，面冷如霜，默如玉山。突然间，一拳挥了出去，正打中沈卓的脸。

江绿汀吓了一跳，情不自禁捂住了嘴巴，险些叫出声。

沈卓个子几乎和霍易霆一样高，却被这一拳打了个趔趄，险些摔到地上，他连着退了好几步，才站稳身体。可见，霍易霆这一拳力道有多大，如有雷霆之势。

沈卓抬手抹了一下嘴角，将流出来的血迹擦了擦。

霍易霆冷冷望着他，满目肃杀之气，一字一顿道："这一拳，我早该在五年前就给你。"

沈卓低头笑了笑："很好，我不会还手。"

"我从来不屑于和人动手。今天是例外。"霍易霆话音一落，又挥了一拳过去。这一次出拳更快更猛，沈卓当即倒地。

江绿汀急忙拉住了霍易霆的手，低声道："你别动手。"

霍易霆握着她的手，视线依旧锁在沈卓身上，冷声道："我只说一次，你听清楚。鹤羽和我，已经没有一丝一毫的关系，她的事情我不会去过问。你和她之间的恩怨情仇，与我无关，更与江绿汀无关。如果你再敢来找江绿汀，我不会饶过你。"

"鹤羽在哪儿？"

霍易霆根本没理会他，带着江绿汀上了车，离开了"凤求凰"。

夏夜的风从窗户里吹进来，霍易霆侧目看了看江绿汀，很抱歉地说了声对不起。

江绿汀看看他："是为了骗我而道歉？"

"不是，是因为让你受了惊。"

江绿汀嗔道："你要和鹤羽一起去香港玩，为什么说是出差？我最讨厌别人骗我。"

"我没有骗你，的确是要出差。鹤羽要带着同同去加拿大，取道香港，想让我和她一起陪着同同在迪士尼玩一天，留下纪念。因为，同同以后可能不会再和我见面。"

"为什么？"

"因为我并不是同同的爸爸。"

江绿汀怔然望着霍易霆，震惊得连话都说不出来了。

"如果我猜得没错的话，沈卓才是他的亲生父亲。"

江绿汀愈发的震惊。

霍易霆一向严谨，从来没有在她面前说过谎话，更不可能拿这件事来骗她，自然，也绝不可能拿这件事和她开玩笑。她难以置信，却又不得不信。

霍易霆把车子靠在路边停下，开了车里的灯，仔细看她的额头，"要不要紧，我带你去医院看看吧？"

"没事。"

"你这样回去，阿姨肯定要问，要不，我带你回家，煮个鸡蛋滚一滚。"

"不用。"江绿汀拦开了他的手，很认真地说，"我觉得两个人之间有什么事情都应该摊开了明说，信任坦诚是最基本的原则。"

霍易霆觉察出她有点生气，解释道："其实昨天晚上，你送我出门的时候，我就很想对你说。后来还是犹豫了一下，打算从香港回来再告诉你。"

江绿汀心想怪不得他当时欲言又止。

"我不是刻意要瞒着你，而是这件事对我来说，不是什么光彩的事，我一直觉得难以出口，甚至连我父母，我都一直没有说过。"

江绿汀虽然还是云里雾里不大清楚事情的原委，但养了四年的儿子不是自己的亲生儿子，的确是一件很难启齿的事情，尤其是面对盼孙心切的父母。

"我和鹤羽之所以结婚，全是因为那场车祸。"霍易霆揉着眉心，缓缓道，"我出院后，有一天，她突然向我表白，说她一直倾慕我，想要和我在一起。我当时对她充满感激，再加上也到了适婚年纪，父母一直在催促我成家。鹤羽无论是外形还是工作能力，都堪称出众。你也知道，当一个人的身上套上救命恩人的光环时，看她的眼神就会失去理智的判断。这点你应该深有体会，你做梦都想不到沈卓会骗你，我也是。"

江绿汀听到这儿，隐隐明白为什么霍易霆从未对外说过离婚的原因。

"我很快就和她结了婚。当时公司有个项目，投资比较大，我去北京和一家公司谈合作事宜，大约在京待了一个多月，商议合作细节。等我签完合同从北京回来，鹤羽已经怀孕。我虽然觉得不大可能，但并没有怀疑她会背叛我，只当是一次意外。

"但是有好几次，她背着我打电话，被我看到时神色又很慌张。刘阿姨说过，我在北京时，有一次鹤羽的同学结婚，她喝醉了酒被一个朋友送回来。那个朋友，就是沈卓。你也知道，我比常人的感觉要敏锐。当时就有所怀疑，但又觉得是自己在疑神疑鬼。毕竟她主动追求我，而且怀孕后辞职在家，很少出门。

"同同出生之后，和我没有一点相像的地方，也不大像鹤羽。我早就认识沈卓，虽然不是很熟，但对他的相貌并不陌生。不知为何，我总觉得他们有点相像。我认为是自己的心魔作祟，暗自鄙视自己的不堪想法，甚至觉得自己很猥琐卑鄙。"

江绿汀忍不住打断他："你才不是。"

听到这儿她已经猜到了真相。

霍易霆接着说："再后来有一次，我在外面应酬，无意间碰见了鹤羽和沈卓在咖啡馆。我越来越觉得不对，但还是不肯相信自己的直觉，不想去怀疑鹤羽，因为她曾经救过我。

"我犹豫了将近两年的光景，才终于下定决心去做个亲子鉴定。"霍易霆道，"我并不信佛，但那天心情实在很乱，于是走进了悟觉寺。"

江绿汀伸手握住了霍易霆的手，很明白他当时该是如何的心境。大约就和她差不多，明知道兰洲已经病入膏肓，却还是不肯放弃最后一线希望。

"鉴定结果出来的时候，我说不出来什么感觉。冷静下来，仔细回想，才发现这段婚姻是个极大的错误。我和鹤羽结婚，不是因为爱，而是因为她救过我。正因为她救过我，所以我还是没法对她很绝情。而且同同这个孩子，我已经养了两年，有了感情，所以我想要再给她一次机会。我对鹤羽说，只要你主动向我坦诚你做过的错事，我就原谅你。"

此刻，江绿汀忆起他的一句话，他说这世上再也没有人比他更大度，当真如是。

"我没想到的是，她向我坦诚的并不是同同这件事，而是嫁给我的目的。她谎称倾慕我，和我结婚，就是想要嫁一个各方面都比沈卓更优秀的男人，让沈卓后悔，让他看看，她离开他会过得更好。"

霍易霆说到这儿，再次自嘲地笑笑："我这才知道自己被耍弄得有多彻底。所以终于下了离婚的决心。"

"我当时非常愤怒，坚决不肯把同同的抚养权给她，也是存了报复之心。"霍易霆说到这儿，望着江绿汀，问道，"你是不是觉得我小心眼、心胸狭隘？"

江绿汀摇头："这件事放在任何人身上都会气得失去理智。"

"报复了鹤羽，我自己并不快乐。每次看到同同，都处于一种爱恨交织的挣扎之中，非常痛苦压抑。你和傅明琮的事情，让我赫然明白，纠结于过去对任何人都没有好处。我何必拿别人的过错，来让自己痛苦。"

霍易霆将江绿汀的手，紧紧地握了握，柔声说："是你解开了我的心结。"

江绿汀脉脉地看着他："所以，你把同同的抚养权还给鹤羽，让她带走同同。"

霍易霆点点头，"再养下去，我可能真的不想把同同给她。这两年，其实我很刻意地收敛自己的感情，很怕自己太喜欢同同，将来会舍不得。"

江绿汀听到这句话，不禁想起自己对他的诸多误会，曾经无数次腹诽他对同同不够关爱、太过严苛，而事实上却恰恰相反。

昏暗的车内，霍易霆身上仿佛有一圈温暖的光，双眸深邃，面容俊美正气，江绿汀情不自禁地说："你的身上真是有很多让人意想不到的好。"

霍易霆点头："对啊，所以你运气真好，碰到我。"

江绿汀忍俊不禁。

霍易霆揉了揉她的头发："其实对你说这些我还不算很难堪，我真的有点不知该如何对我父母说。"

江绿汀俏皮地笑："你这么厉害，也有怕的事？"

"当然。"霍易霆凝睇着她，"自从出了车祸之后，我开车从未像今晚这么快。很担心你。"

"同同要走了，其实我心里也很舍不得。"

霍易霆笑了笑，从后车座上拿过来一个精美的盒子："这份礼物，我本来是打算在香港分别的时候再送他，既然你这么想他，要不，我们现在就去送给他。"

"好啊。"

"你打开看看。"

江绿汀拆开了外面的彩带，打开盒子，里面是一个精美的纪念册。她拿起来翻看一看，暗暗感慨霍易霆的用心。

册子里印着她给同同整理好的童话故事，每一个故事都配了美丽的卡通画图，故事的下面，用深蓝色的笔，写了几句话，是关于这个故事的内涵和寓意。

这些字显然应该是霍易霆的手笔。

"这份礼物真的很棒。"江绿汀合上纪念册，认真地说，"我觉得还是最适合离别的时候送给他。"

"也好。"霍易霆顿了顿说，"你如果想要和同同道别，可以打电话给鹤羽，问她几点的飞机。"

"你和鹤羽不是同一架飞机？"

"当然不是。我是去出差，事情办完了，抽出一天时间陪同同。鹤羽和同同一起走，我是和秘书、赵经理一起，你想到哪儿去了？"

江绿汀笑："我没想到别的啊，是你自己敏感。你就算和鹤羽、同同一起，我也没什么意见。"

"当真？"

"当真。"

"你还真的大度。"

"和你比差远了。"

霍易霆皱眉："我怎么听着像是嘲笑。"

"当然不是，是真心话。"

江绿汀将纸盒外的丝带仔细包好，由衷叹道："好羡慕同同。有这么好的礼物。"

霍易霆笑："那我送一份更好的礼物给你。"

"什么礼物？"

"很快你就知道了。"

江绿汀咬牙："卖关子很好玩吗？"

"你猜得到我就告诉你。"

"关于什么方面的？"

"送礼物当然是送本人最喜欢的东西。你最喜欢什么？"

霍易霆侧目望着她，似笑非笑："你不要告诉我，你最喜欢我。"

江绿汀又窘又好笑，抿着两个梨涡不说话。

霍易霆看她脸色粉粉的煞是好看，故意又问："你到底最喜欢什么？"

江绿汀脉脉望着他，忽然不知哪里来的勇气，探过身去，亲他的唇。

她本想蜻蜓点水般一触即离，谁知霍易霆反应极快，不等她离开，便紧搂住她，深深吻下去。

霍易霆将江绿汀送回家的时候，时间已经很晚。

叶惠正在卫生间刷牙。江绿汀怕她看见额头上的包，捂着脑门和老妈打了声招呼就闪进了房间。

刚才在楼下分手时，霍易霆让江绿汀上楼登录邮箱，说是送了她一份礼物。

江绿汀急不可待地打开电脑，满心好奇会是什么礼物，既然是发到邮箱里的，大约会是一封情书吧？

她嘴角噙笑，打开邮箱。

收件箱里果然躺着一封邮件，但发信人并不是霍易霆，而是一个陌生的ID，而且邮件还带有附件。

江绿汀看完邮件，已经激动不已，再点开附件，还未等看完，就忍不住立刻拿出手机拨通了霍易霆的电话。

霍易霆仿佛正等着她的来电，不等她开口，便率先说："这份礼物怎么样？"

江绿汀高兴得有点语无伦次："当然喜欢。你怎么瞒得这么紧，好歹也提前给我说一声有点心理准备啊。"

她没想到霍易霆竟然将她为同同整理的那些童话故事投给了一家出版社，附件里是一份出版合同。一个月来他瞒得滴水不漏，竟然都谈到了签合约的阶段才告诉她。

霍易霆的声音在电话里听上去柔和沉稳："你已经失望过一次，所以这一次，一定要做成了才告诉你。虽然你的稿子我认为很好，但是，就连文豪也曾遇见过被退稿的情况，我也不能保证你的稿子就一定能过，这也是投了好几个出版社才有的结果。"

江绿汀知道他指的是上一次被傅明琮欺骗空欢喜一场的往事，其实她早已不放在心上了，她没那么脆弱。

"谢谢你这么费心，等你回来，我请你吃饭。"

霍易霆答了声好，又说："合同我看过了，没什么问题。我虽然是你的经纪人，但签合同还是要由作者本人来签，请你打印一式两份，记得附上身份证复印件。"

江绿汀忍不住好笑："你对出版社说，你是我的经纪人？"

"不然怎么方便替你投稿，替你谈合同？将来大约还要替你安排签售会。"霍易霆在电话里笑了笑，"我当你的经纪人，你没意见吧。"

江绿汀笑答："当然没意见，只是没工资啊霍先生。"

"没关系，我就当投资潜力股。等你成了中国的罗琳，我就回家做做饭钓钓鱼，养家糊口的事交给你。"

江绿汀噗地笑了，虽然霍易霆说的是一句玩笑话，可是话里的意思，却让她怦然心动。因为他说到了他们的将来。

"你记得加上那位编辑的号码，她负责来做你的书。"

"嗯，好。"

"晚安。"

江绿汀轻声道了晚安，挂了电话之后，稍稍平静了一下，然后去加编辑为好友。

编辑大名朱丹，网名叫猪七七。江绿汀眼看时间不早，没敢和对方多聊，约好明天再详谈。

躺到床上，她兴奋得根本毫无睡意。这一次的幸福感比之上次更加浓烈，因为这一次能够出版的是她最喜欢也最擅长的童话故事。

这个开始，让她离梦想，更近一步。

霍易霆坐翌日早上的飞机去香港，不想让江绿汀一大早起来去送他。但是他送了那么一个让人惊喜若狂的礼物，江绿汀也想礼尚往来，送他一个惊喜。

于是，第二天趁着老妈出去晨练的工夫，她带了个遮阳帽溜出门，打车直奔机场。

等待候机的乘客中，霍易霆气宇不凡，容颜出众，江绿汀很快就找到他。

她粲然一笑，正欲走过去，突然却笑容一僵，步子停了下来。

他身边竟然坐着鹤羽，同同坐在她的怀里，霍易霆正偏着头和同同说话。昨晚，他亲口对她说，他和鹤羽不是同一班飞机，怎么会那么巧在一起候机？

霍易霆无意间一抬眼看见了江绿汀，神色一愣，马上站起来，朝着她疾步走过来。

"绿汀你怎么来了？"

江绿汀佯作生气地哼了一声。

霍易霆揽着江绿汀的肩头，急忙在她耳边解释："我没有骗你。我真的不是和她同一班飞机，我也不知道她怎么会来得这么早。"

江绿汀笑着嗔他一眼："怪不得不让我来送你，原来是这样。"

霍易霆揉着眉心，叹了口气："这真是跳进黄河也洗不清了。"

江绿汀莞尔，握起他的手，朝着同同走过去。

同同马上从鹤羽腿上跳下来，扑过来抱着江绿汀，亲亲热热地喊她江老师，有点恋恋不舍。

江绿汀蹲下来，抱住了同同。

两年的朝夕相处，不同一般的师生情谊。一想到以后可能不会再见面，她忍不住鼻子有点发酸。

鹤羽在一旁笑着说："同同这些天经常念叨江老师。"

江绿汀站起身，对鹤羽笑了笑："同同很乖，我一直很喜欢他。以后若是回来，希望有机会能再见。"

鹤羽看了一眼霍易霆，欲言又止。

说话间已经到了登机时间，霍易霆和随行的两位公司下属一起走进了安检。

鹤羽抱着同同，却没有进去。

江绿汀其实有点奇怪，她既然不和霍易霆一起走，为何要来这么早，难道只是为了送他？可是到了香港再见面也不迟啊。

因为霍易霆昨夜讲的那些事，江绿汀对鹤羽的印象可谓是一落千丈。江绿汀为人坦荡，做事有担当，对这种欺骗别人的女人，委实没有半分好感，所以霍易霆一走，她便打算离开。

鹤羽叫住她，笑着说："江老师，其实我来得这么早，就是为了见你。"

江绿汀蹙了蹙眉："见我？"

鹤羽点点头："我猜你可能会来送机，所以来试试运气。果然我最近的运气特别好。"

"有什么事吗？"

"是关于同同的事。我知道易霆很喜欢你，或许你的话，他能听进去。所以想要拜托江老师帮个忙，劝劝易霆。"

"什么事你直说。"

"他好像不打算再和同同见面。"

江绿汀心想：这是自然。同同本来就不是他的孩子，见到同同，就会想到很多不愉快的往事。

鹤羽叹了口气："我有自知之明，知道易霆不想再见到我，也不想再和我有任何联系。但是，同同毕竟是他的儿子，我还是希望他能每年和孩子见见面，或者偶尔通通电话。大人之间的恩怨，和小孩子无关。同同是无辜的。即便我将来再婚，同同有了新爸爸，但霍易霆是他的亲生父亲，这份父爱无人替代。"

江绿汀听到"亲生父亲""父爱"这些词，已经很无语，再看着鹤羽一副淡然坦然的面孔，终于忍不住道："其实易霆早在两年前就知道了一切，只是他没说出来而已，你不要以为他什么都不知道，直到现在还想要骗他。"

鹤羽惊讶地看着江绿汀："我不懂你说的是什么意思。"

"你为什么会不懂呢？你做过的事情，你应该很清楚。欺骗了他那么多，你不觉得愧疚吗？"

江绿汀心里很替霍易霆抱屈不平，但当着同同的面，有些话还是无法直接说出来，只好点到为止。

看着鹤羽一副不知情装无辜的样子，江绿汀也不欲再和她多说，转身要走。

鹤羽急忙一把拉住了她的胳膊："江老师，你把话说清楚。"

江绿汀叹了口气："你非要我说透吗？不可缺失的父爱，应该去找沈卓才对吧。"

鹤羽有些恼怒："你在胡说什么？同同是易霆的儿子。"

江绿汀见她直到此刻还在狡辩，不禁有些生气："我没有胡说。现在科技很发达，易霆是个坦荡君子，你应该明白，他没有证据，不会冤枉你。"

鹤羽震惊地看着她，握着江绿汀胳膊的手，在微微颤抖："你说，他做过亲子鉴定？"

江绿汀点了点头。

鹤羽脸色苍白，语无伦次道："怎么会，怎么会，我不知道，我真的不知道。这不可能，这怎么可能！"

"所以，请你以后别再去骗他，他早就什么都知道。"

"我没有骗他，我根本就不知道，我真的不知道。"鹤羽有点崩溃，眼睛红红的直直盯着江绿汀。

这副表情让江绿汀很吃惊，她愕然反问："你竟然会不知道？"

"我真的不知道。"鹤羽神色痛苦不堪，声音都在颤抖。

江绿汀摇了摇头，转身离开。

鹤羽木呆呆地站在那儿，看着江绿汀的背影，像是做了一场噩梦。

"妈妈，你怎么了？"同同摇着她的胳膊问道，"妈妈，你为什么要和江老师吵架？"

鹤羽低头看着同同，仔仔细细地看着他的眉眼，突然间打了个寒战。

她颤抖着手指，拿出手机拨出电话。

电话里传出沈卓欣喜若狂的声音："你终于肯打电话给我，你现在在哪儿？"

鹤羽一字一顿道："沈儒风结婚那天，你做过什么？"

沈卓在电话里沉默了片刻，说道："那也没什么，我们曾经就是情侣，又不是第一次。"

"你混蛋！"鹤羽突然失控，怒骂了一句，浑身哆嗦。

"鹤羽，我们重新开始好吗，我这些年一直在等你。我可以对天发誓，我再也没有和别人在一起过。"

鹤羽咬牙说了几个字："你做梦吧。"她关掉手机，仰起头盖住眼睛，想要挡住从指缝中溢出的眼泪。

直到今天她才知道霍易霆为什么会那么坚决地离婚、那么厌恶她。当初同同生下来他那么高兴、那么疼爱，而离婚的时候他又那么坚定地要同同的抚养权，所以，她从未想过同同会不是他的孩子。

"妈妈你怎么哭了？"

鹤羽用手背抹了一把眼泪，然后弯腰抱起同同，将脸埋在他的颈窝里，低声道，"爸爸走了，妈妈有点伤心。"

"妈妈，我们不去外国，和爸爸在一起好不好？我舍不得爸爸。"

鹤羽紧紧拥着同同，泪如雨下。

江绿汀离开机场，坐在出租车上，眼前一直晃动着鹤羽的面孔。

她那种震惊难以置信的表情不像是装出来的，而且自己当面揭开一切真相，她貌似也没有再装下去的必要。难道说她真的不知情？难道是当时，她醉酒神志不清？

当初离婚前，霍易霆曾给她一个机会，让她坦诚一切，就原谅她。

她错失了那次机会，那么这一次在香港，她会不会为了让同同有个完整的家，而再努力一回？霍易霆并没有向她求婚，也没有做出婚姻的承诺，如果鹤羽向他解释了当年的误会，恳求他的谅解，他会不会动摇？

一周之后，霍易霆从香港回来，第二天便带着江绿汀去了离S市三百公里之外的海边度假。

海边的晚霞，漂亮至极。

江绿汀带着宽大的遮阳帽，穿着长裙，赤足走在沙滩上。一手提着鞋子，一手拿着一瓶水，迎着徐徐海风，走向海边的礁石。

礁石上支着一张遮阳伞，伞下是临海垂钓的霍易霆。刚才他说口渴，请她去不远处的商店帮他买水。

江绿汀走过去，将手里的矿泉水递给他。

霍易霆接过来，却没有打开喝，放到一旁，笑眯眯问："你要不要来试试？"

"我不会。"

"很简单，来我教你。"

霍易霆拉着她的手，让她坐到自己怀里。

江绿汀有点羞涩，却也没有闪避，接过了他手里的钓竿。

霍易霆两只手从她的腋下伸过去，环抱着她的腰，几乎将她整个人都包裹在怀里。

夏天她穿得很单薄，露肩的裙子，整个肩膀都裸着，他将下颌支在她的肩上，胡须虽然刮得干干净净，却还是有一种硬硬的感觉扎得她又痒又疼。

她缩着肩膀，笑着埋怨好扎。

霍易霆突然低头亲上去，故意用下颌在她脸蛋上狠狠蹭了几下。

江绿汀连忙闪躲，推着他的脸，笑道："你不是要教我钓鱼吗？"

"看看鱼上钩了没有。"

"我没感觉到有动静啊。"

"可能鱼饵都被吃掉了，你提起来看看。"

江绿汀提起鱼竿，发现有点沉，惊喜地问："是不是有鱼啊？"

"提起来看看就知道了。"

江绿汀用力一提，呆住了。

鱼钩上竟然钓着一个盒子。这一定是刚才他让她去买矿泉水的时候安上去的。

江绿汀心里开始怦怦直跳，看着那个盒子，渐渐离开水面。这会不会是他的求婚戒指？

霍易霆收了线，解下盒子，打开。

里面不出所料，是一枚戒指。

江绿汀低头看着这枚漂亮耀眼的翡翠戒指，想要忍着笑意，可是却怎么都忍不住，唇角一直往上弯，直到眼睛有点湿热。

翡翠绿得直沁人心，周边镶着一圈钻，夕阳下，闪着迷人而沉静的光。

"你名字叫绿汀，所以我觉得翡翠更配你。"霍易霆握住了她的手，想要把戒指戴上去。

江绿汀忽然握住了拳头，低声道："等等，我有件事要告诉你。"

"什么事？"

"鹤羽，没有对你提起过什么？"

霍易霆摇头："没有。"

"你知道吗，你和鹤羽之间有很大的误会。"

"什么误会？"

"当年你给她一个机会，让她坦白自己的错误，她那时候可能不是存心要骗你，只是因为她自己也不知道。那天你上机之后，她和我在机场聊了一会儿。我觉得她应该是不知情。我以为她在香港，会对你解释清楚，谁知道她什么也没说。"

霍易霆沉默着，眸光深深："你为什么要告诉我？"

"因为，我和你一样，不想你留有遗憾。你说过，知道真相再做选择，这样才公平。"

霍易霆有些震动，沉声说："我不会有任何遗憾。我遗憾的只是当初不应该和她结婚。"

他低头脉脉看着她，眸光中依稀有万千霞光："我一直不想告诉你，我才是眉山救过你的人。是因为，我不想你像我当年那样，被救命之恩的光环蒙住眼睛。"

他抬起手指，指腹慢慢抚摩着她的眉骨滑过去："感激和喜欢是两回事。"

江绿汀脉脉回望着他。

两人视线交缠，霍易霆一瞬不瞬望着她的眼睛，沉声问："你确定对我，不是感激之情？"

江绿汀脸色微微泛红，低了头，轻声道："当然不是。"

"那是……"

江绿汀脸色羞红，低了头。

霍易霆抬起她的下颌，很坚定地问："是什么？"

江绿汀容色娇红，轻缓却坚定地吐出两个字："喜欢。"

霍易霆绽颜一笑，将戒指套到她的手指上，然后双臂一收，将她拥在胸前。

江绿汀贴在他的心口，轻声说："你既然想要和我在一起，那为什么会告诉傅明琮我和他分手的真相，为什么会告诉我，他妈妈已经去世，你不担心我和他复合？"

霍易霆沉吟了片刻："我担心，但是我还是愿意赌一把。我已经草率过一次，所以第二次我很慎重，我要把一切可能会影响到将来的隐患都清除掉，不想日后再来处理这些。"

"如果，你赌输了呢？"

霍易霆成竹在胸地笑："那我会再把你抢回来。"

江绿汀回抱着他，低声道："你知不知道，我刚才告诉你鹤羽的事情，心里很紧张，也像是在赌。"

霍易霆胳膊用力将她往怀里收紧了一些，低头望着她："你放心，我不会让你赌输。"

番 外

四个月之后，江绿汀的新书上市。

猪七七给江绿汀快递了十本样书。

封面设计得特别卡通可爱，一看就让人爱不释手。

江绿汀摸着样书喜不自胜，欣赏完了之后，拍了样书的照片，发微信传给霍易霆，分享喜悦。

阳光下，她手上的翡翠戒指水汪汪地泛着光，叶惠看着，不由自主又勾起了心病。

"绿汀，你们到底什么时候结婚？"

江绿汀头也没抬，答了一句不知道。

"戒指都送了几个月了，他怎么也不提结婚的事啊。要不，明天我问问他。"

"哪有你这样逼婚的。"

"你一天不领结婚证，我这心一天都不得安宁。你们都这么大岁数了，认识了这么久，戒指也送了，他为什么拖着不结婚？到底是个什么意思？难道要谈个三五年？那可不行，到时候万一他生了别的心思，你都三十了怎么办，要赶紧结婚啊，你都二十七了，马上就是二十八，啊，天啦，好可怕。"

江绿汀又好笑又好气。

叶惠是个急性子，霍易霆和江绿汀从海边度假回来，叶惠以为两人很快就会结婚，谁知道，一晃就是四个月，霍易霆竟然提都不提结婚的事。

叶惠三天两头地催问江绿汀。

江绿汀其实心里也有点奇怪，霍易霆求婚之后，迟迟没提结婚的事，不知是何道理？难道是因为前一次婚姻太仓促，所以这一次要仔仔细细考虑清楚，慎之又慎？

霍易霆看到她的微信，很快回复："晚上请你吃饭庆贺。"

叶惠在江绿汀临出门前，狠狠把女儿打扮了一番，然后给她下了死命令，今天务必要问出来霍易霆的打算，究竟什么时候结婚。

江绿汀很郁闷地下了楼，完不成任务，老妈肯定唠叨，可是她又实在不好意思主动开口。

霍易霆开车就等在楼下。

江绿汀以为霍易霆会带她去饭店吃饭，谁知道，车子却朝着眉山的方向而去。

江绿汀问："你要回家？"

霍易霆点头："我今天晚上下厨。你有没有意见？"

"当然没意见。"

江绿汀自从上次吃过他做的菜之后，心里一直念念不忘，难得他今天肯下厨，她自然不会拒绝。

说也奇怪，以往两人尚未恋爱时，江绿汀每周都来霍宅，反而成为恋人之后，霍易霆却一次也没带江绿汀回来过。

园中风景照旧，霍易霆把车子停在车库，牵着江绿汀的手，往主宅里走。

踏进客厅，江绿汀不由一怔。

整个屋子都变了样，所有的家具都焕然一新。

她惊讶地问："你重新装修过了？"

"对，一切都是新的。"霍易霆垂目望着她，"喜欢吗？"

江绿汀环顾周围，嫣然笑答："喜欢，很漂亮。"

霍易霆牵着她走进客厅，茶几上竟然放着一本江绿汀新出版的书。

江绿汀笑了："你去买的？"

霍易霆点头，然后拿起旁边放着的笔递给江绿汀，一本正经地请她签名。

江绿汀噗地一笑，接过签字笔。

翻开书页，她心头怦然一跳。

扉页上写着一句话：

"元旦作为我们的结婚纪念日你觉得如何？"

她终于明白他为何不急着结婚，原来是在重装房子，给她崭新的一切。

元旦，一年的新开始，也是他和她的新开始。

她微微红着脸颊，在下面写了个"好"字，然后，提笔落上自己的名字。

一笔一画，仿佛签下一生的誓言。

霍易霆喜静，选择度蜜月的地方也比较另类，是Y国的一个海滨城市。

两人坐了十几个小时的飞机，然后又是三小时的汽车，到达KS城堡的时候，是当地时间下午三点多钟。

见到这座掩映在绿荫中的城堡，江绿汀所有的倦意都一扫而空。

霍易霆安顿行李，她迫不及待跑到顶楼的平台上。

举目眺望，可以看见远处碧波万顷的大海，视线收回来，由远及近的景致分别是沙滩、树林、草坪，和附近充满了异域风情的建筑。风景优美，堪如一幅油画。

身后传来木制楼梯轻轻的咯吱声，江绿汀回眸望着长身玉立、清俊伟岸的新婚丈夫，柔情脉脉粲然一笑。

霍易霆走到她面前，双臂绕到她的腰后，托着不盈一握的纤腰，说道："我觉得你应该喜欢这里。"

江绿汀点头："很喜欢很喜欢。"

她喜欢写童话，故事里经常会出现城堡，而这个城堡的样子仿佛早就存在她的脑海中。

霍易霆的安排，让她喜出望外。心有灵犀，大约如是。

霍易霆长身玉立，俊美无俦，像是帝国最英俊的骑士，向她伸出掌心。

"公主殿下，你要住哪个房间，下来看看。"

江绿汀嫣然一笑，将手掌放在他的掌心里。

这一刻，她真的感到自己像是公主，被他宠爱在掌心里。

城堡里的六个客房，每一间的风格都不同，真是让人难以选择。江绿汀看完了所有的房间，站在廊下的光影中，犯了选择障碍。

霍易霆仿佛早就料到她的为难和纠结，笑吟吟说："你可以任意选。"

江绿汀一怔："没有别的客人入住？"

霍易霆点头："对，只有我们。"

江绿汀粲然一笑，忽然发现房门上写着502，一开始还以为是房间号，结果六个房间，每个房间号都是502。

她忍俊不禁，回眸笑问："为什么都是502？"

霍易霆从背后环抱着她的腰身，下颌放在她的肩上，慢悠悠道："你知道你在眉山昏迷不醒的时候对我说过什么吗？"

江绿汀好奇不已："说了什么？"

霍易霆低下头，温柔的吻从她的唇上滑过去，落在她的耳畔，"你说，一辈子要和我黏在一起。"

江绿汀羞赧地笑，双手环过他的腰，对着他心口的位置说："一辈子。"

（全文完）

《爱你，是我做过最好的事》

姐妹篇

《爱若为了永不失去》

拥不拥有也会记住谁，快不快乐有天总过去；

爱若为了永不失去，谁勉强娱乐过谁；

爱若难以放进手里，何不将这双手放进心里……

扫描微信二维码回复"初心不负"

看史上最让人心动的男神医生……